PROYECTO BALLENA

EL CASO SKYLINNER

ROMÁN BÚHO

PROYECTO BALLENA

Primera Edición: Febrero de 2024

ISBN: 9798871480250
Impresión: Amazon Kindle
Corrección: Cristina Baquerizo
Cubierta: Enrique Martínez
Contratación: contratacion@artesbuho.com

PRÓLOGO DEL AUTOR

Este manuscrito es una novela interactiva compuesta por el texto, la banda sonora, los vídeos y la actuación en directo.

En el libro el lector encontrará numerosas referencias musicales que conciben el universo sonoro de Proyecto Ballena. A continuación, podrá acceder a tres enlaces. En el primero, encontrará la música de Proyecto Ballena; en el segundo podrá escuchar referencias musicales; y, en el tercero, canciones para acompañar la lectura.

Spotify Proyecto Ballena

https://open.spotify.com/intl-es/artist/6sjBXd2HgrAWMHxqEhGsWA?si=-G_RbXUeTxytgzIi9E1nrw

Lista referencias Proyecto Ballena

https://open.spotify.com/playlist/2xGE8d32F2Rcql53cPa54L?si=1f1681966c824dda

Lista para acompañar la lectura

https://open.spotify.com/playlist/276UXdKQoxeJiDevyW2A7c?si=b88e1048bde74cd3

El lector también puede ampliar más información en las Redes sociales de Proyecto Ballena.

Instagram

https://www.instagram.com/proyecto_ballena/

Tik Tok

https://www.tiktok.com/@proyecto.ballena

Cuando el lector finalice la novela, si es de su interés, podrá profundizar más en la historia a través de la actuación musical, que aporta información inédita.

Para mi pareja Julia y mi hijo Diego

Parte 1

El laberinto de metal

Bilbatúa

Robo del Núcleo 48 en Skylinner

Tras la Tercera Guerra Mundial, conocida como la Gran Gran-Guerra, la población quedó diezmada. Sin recursos ni un claro vencedor del conflicto, los dirigentes se vieron obligados a pactar el cese de la violencia. La firma de un armisticio, llamado Proyecto Ballena, aseguró un nuevo orden mundial, agrupando a la población en cinco megalópolis. La Unión Europea, los Estados Unidos, el Gigante Asiático… se redujeron a un único concepto: "La Ballena, ciudad-nación". Cada población se situó en un continente, dando lugar al nacimiento de la Ballena Europea y sus cuatro hermanas, situadas en Asia, América, África y Australia. El término ballena se acuñó en honor al extinto animal que simbolizaba grandeza, belleza, majestuosidad… a la par que respeto, miedo y veneración.

La Ballena Europea se dividió en cinco distritos: cuatro terrestres y uno aéreo, que se extendían sobre la Península Ibérica, ocupando toda la superficie geográfica e invadiendo parte del mar Mediterráneo, del mar Cantábrico y del océano Atlántico. Los distritos uno y dos eran los más pobre de la ciudad. Se habían especializado en la producción de energía y bienes de primera necesitad. El tres cubría el sector servicios y el cuatro era el motor financiero, siendo ambos más ricos en bienestar y recursos que los dos primeros. Por encima de todos ellos, se encontraba la Cabeza, un distrito aéreo que albergaba a la población más influyente. La ciudad flotante se extendía sobre los distritos uno, dos, tres y cuatro, cubriendo el cielo con su panza de hierro y neón. Toda la población de la ciudad tenía como meta ascender a la Cabeza, símbolo de poder y éxito, el único lugar de la megalópolis donde se veía el cielo.

En la Cabeza de la Ballena Europea se encontraba la sede de Skylinner, la empresa más poderosa e influyente de la mastodóntica ciudad. Las instalaciones se situaban en el sector 4, la zona lujosa de la Cabeza. El diseño del edificio haría estremecer a cualquiera que lo viese por primera vez. Diez monstruos mitológicos en forma de columna y capitel fueron construidos para sostener el frontón de la sede, en el que se podía ver con claridad el símbolo de una gigantesca ballena hecha con retales de metal. El inmueble combinaba a la perfección los elementos del antiguo y del nuevo mundo, pretendiendo ser una réplica del Partenón griego con las ornamentaciones tecnológicas propias de la época y con una altura de veinte pisos. La entrada al edificio se hacía a través de las fauces de una ballena azul disecada. Una vez dentro, había un amplio *hall* segmentado en varios pasillos que conducían a los departamentos de Ingeniería, Producción, Administración, Seguridad e Investigación.

Aquella mañana, tres hombres y dos mujeres se acercaron al mostrador principal con paso firme y decidido. Manejaban un miniaerodeslizador que los ayudaba a transportar el material de trabajo.

—Buenos días. Somos del control de plagas. Venimos al Departamento de Investigación. Nos ceñimos al código de actuación 182.

—Esperen un segundo.

La robótica secretaria les indicó el camino, tras cotejar con el Departamento de Seguridad que los datos eran correctos. Una cinta de aire los transportó cómodamente hacia la sección nuclear. Mientras la cinta avanzaba, el control de plagas podía observar los hologramas publicitarios de la empresa, que mostraban de forma ostentosa las investigaciones punteras de Skylinner en materia armamentística y de tratamiento de metadatos. La publicidad era insultantemente evidente. Trataba de despertar los sentimientos más primarios de la clientela con anuncios directos: «¿Tienes miedo a que te asalten por la noche al volver sola a casa? No te preocupes, Skylinner tiene la solución: la nueva G78 es un arma discreta y de fácil uso. Aquí tenemos nuestra primera línea diseñada en exclusiva para mujeres que quieren protegerse».

El grupo avanzaba en silencio mientras los anuncios se sucedían:

«Conecta tu cristal fino con Skylinner. Déjanos formar parte de ti para poder ayudarte en tu día a día. Gracias a tus datos podremos ofrecerte las mejores ofertas a la hora de hacer compras online, además de conectarte con amigos en nuestras redes sociales. Solamente hoy, al registrarte, te regalamos un mes de suscripción, completamente GRATIS. ¡Forma parte de la familia de la Ruleta del Ascenso!».

El control de plagas no articuló palabra. De alguna manera, cuando llegaron al control de seguridad que restringía el acceso al área, sintieron alivio al abandonar aquel bombardeo.

El punto de control estaba situado en el piso dieciocho del inmenso edificio. El puesto de seguridad era lo único que los separaba de una inmensa puerta que ocultaba el corazón de Skylinner. Había cinco ametralladoras automáticas colgadas en la pared y un campo electromagnético protegiendo la entrada. Los trib de seguridad, que estaban cómodamente despanzurrados en sus asientos, se pusieron en pie para exigir al control de plagas la documentación pertinente. La jefa del escuadrón se la entregó sin mediar palabra. Sus subordinados vestían un uniforme gris compuesto por gorra, pantalón largo y una chaqueta ancha con una gran cantidad de bolsillos que no dejaban ver qué escondían en su interior.

—Llegan con retraso. Echemos un vistazo.

El trib dio un par de golpes al miniaerodeslizador con sus grasientos dedos, manchados por el bocadillo de lombrices trituradas que acabada de ingerir. La mujer al mando del servicio de plagas extendió la mano, invitándole a comprobar por sí mismo el contenido de este. El jefe de escuadrón trib hizo una señal a sus compañeros para que le ayudasen a abrir el pesado compartimento de metal. Los rayos X no podían traspasar el grueso manto que recubría el aerodeslizador, por lo que, como siempre, procederían a inspeccionarlo manualmente. Mano sobre mano, los hombres forzaron la máquina.

La panza metálica del artilugio chirrió, dejando a la vista una manta roja con productos de limpieza muy tóxicos. La líder realizó la señal acordada al quitarse las gafas que llevaba puestas. Las ametralladoras automáticas que colgaban del techo y el campo electromagnético fueron desactivadas en el acto. El trib responsable retiró la tela sin percatarse de lo sucedido. El hombre cogió la máquina de rayos X móvil y pasó el escáner. La luz roja se encendió, dejando a la vista un baúl cargado de armas y explosivos. Su corazón dio un vuelco. Al instante, posó la mano derecha sobre el arma reglamentaria que guardaba en la bandolera. Cuando giró la cabeza con un movimiento brusco, el hombre pudo ver las cabezas de sus compañeros envueltas en negras bolsas. Era demasiado tarde para reaccionar. La mujer al mando tronchó el cuello del último trib con vida. Como esperaban, su contacto había inutilizado el cierre de emergencia, las ametralladoras móviles, las puertas de seguridad y los rayos X. Sin embargo, también había activado la alarma de seguridad para alertar al órgano de las Capas Negras. La jefa del escuadrón sacudió la cabeza, confundida: ¿por qué su contacto habría hecho esto último?

Bilbatúa estaba completamente borracho cuando recibió el aviso. Había pasado su día libre metido en el club Sangre Verdadera. Estaba obsesionado con todo lo que estuviera relacionado con el ambiente policíaco de antes de la Gran Gran-Guerra, por lo que le encantaba ir a los clubs de alterne para sentirse en el New York de los noventa. La conejita de Stacy siempre lo entretenía, pero, lejos de hacerle enrevesados ejercicios sexuales, se dedicaba a charlar con Bilbatúa sobre Henry, su encantador perrito. A Stacy le hacía feliz cobrar por oír cómo aquel gigante se dedicaba a narrarle, mientras se bebía una copa tras otra, las aventuras de su mejor amigo. Aquella noche no pudo acabar de contarle cómo había conseguido que el cánido diese tres vueltas seguidas sobre sí mismo. Tras recibir el aviso, Bilbatúa cogió la chaqueta, apuró de un trago el último whisky y partió como buenamente pudo.

El general llegó quince minutos tarde y considerablemente alterado a la escena. Su subordinado, el N.º 51, había acordonado el edificio y esperaba la llegada de su superior con un café humeante en la mano.

—¿Cuál es la situación? —preguntó el general.

—Un grupo ha penetrado en el edificio y tienen secuestrada a la plantilla de investigación. Han lanzado gas naranja y hackeado el sistema para que no tengamos visibilidad. Desgraciadamente han conseguido desmantelar las barreras de seguridad por completo. Estamos a ciegas.

—¿Y los trib?

—Al tener las defensas automatizadas solo tenían una veintena de hombres para todo el edificio.

—¿Se ha identificado a los terroristas?

—Negativo, señor.

—¿Número de muertos?

—Se estima que los veinte trib de seguridad.

Bilbatúa se retiró a la tanqueta. Abrió su americana y sacó del interior una petaca plateada con una frase inscrita: «En honor al general Bilbatúa por destacar en la Gran Gran-Guerra». Acto seguido, le dio un buen trago al líquido que contenía e inició el operativo.

Las tropas se desplegaron por todo el vestíbulo. El edificio estaba rodeado por los agentes, que habían establecido un perímetro de seguridad para cubrir la retaguardia del grupo de choque que había entrado. El área de investigación se encontraba aislada por tres grandes cordones de contención que obstruían las posibles salidas. La puerta principal se abrió, dejando salir una gran cantidad de gas que impedía la visión del general y sus hombres. Los efectivos de las Capas Negras avanzaban con sus visores térmicos por la escena mientras, en el puesto de control, el equipo de informáticos intentaba recuperar el sistema de seguridad. Llegaron al puesto donde yacían los trib abatidos. Una vez allí, se desplegaron hacia el área nuclear.

El general se encontraba apostado en las escaleras de la sala cuando se percató de la desquiciante calma que reinaba. El desnivel que había entre la entrada principal y la amplia sala de estar, donde se había desplegado su equipo, hacía que estuvieran en desventaja. Bilbatúa, tras mover el dedo gordo del pie derecho, decidió actuar con rapidez para evitar una posible emboscada. Había un panel de seguridad al que acceder para introducir el código y entrar con todo. La unidad de robots artificieros comprobó la ausencia de explosivos y Bilbatúa dio luz verde para iniciar el operativo. Uno de los agentes tecleó el número de forma correcta. La puerta se accionó y con ella un robot artificiero dio la voz de alarma al detectar una bomba trampa.

—¡A cubierto! —gritó el general.

La trampa se activó y los agentes apenas tuvieron un segundo para reaccionar. Bilbatúa se refugió tras una columna mientras todo volaba por los aires con la fuerte explosión. Los escombros se desperdigaron por doquier y el humo lo cubrió todo. Cuando Bilbatúa volvió en sí, gracias al zarandeo del N.º 51, se percató de la gravedad de los hechos.

—¡Señor! ¡Señor! ¿Qué hacemos? —gritaba sin parar el N.º 51.

Bilbatúa dio la orden esperada mientras se daba cuenta de que tres de sus hombres habían caído:

—¡Entramos!

Conforme se fue disipando el humo, se presentó un panorama desolador. La destrucción del espacio había sido total. A pesar de las dificultades, el general consiguió despejar todas las salas hasta llegar a la oficina número veinte, donde encontró un butrón que iba a parar a la red de ventilación del edificio. Bilbatúa ordenó a sus hombres seguirles el paso hasta que llegaron al sótano del edificio. Cuando se disponían a seguir una pista, el sistema de seguridad de Skylinner se reactivó repentinamente. Las medidas para casos de emergencia se accionaron, clausurando las cloacas y atrapando a los agentes en las instalaciones, impidiéndoles poder seguir a los ladrones. El núcleo 48 había sido robado con éxito.

PR
Conociendo a Chamorro

Los primeros recuerdos de PR tenían forma de sotana y crucifijo con luces de neón. Desde que tenía uso de razón había vivido en el orfanato del Distrito Tres. Cada distrito poseía uno, debido a la gran cantidad de niños huérfanos que la Gran Gran-Guerra había dejado.

El orfanato, también conocido como la Pompa de Jabón, era un lugar mestizo, donde confluía el nuevo y el antiguo mundo. Divididos entre la aceptación de la Revolución Robótica o su rechazo, los religiosos aplicaban a regañadientes los planes de estudio aprobados por la Industria de la Vida. El objetivo era focalizar el aprendizaje de los pupilos hacia un conocimiento técnico hiperespecializado. El futuro laboral se basaba en la promoción a través de la ruleta del ascenso, un sistema en el que toda la población optaba a ascender de distrito según la puntuación que tuvieran. El objetivo era crear ciudadanos eficientes y sumisos que venerasen la Cabeza de la Ballena y su orden social.

El edificio había sido construido en 1932 por la Segunda República Española. Todavía conservaba el aire señorial que había tenido en sus inicios, a pesar de la innegable decadencia que dejaba entrever con sus rojizos ladrillos, su agrietada fachada o sus escaleras de madera carcomida. El suelo de piedra del recibidor reflejaba la luz que desprendía el inmenso crucifijo de neón de la entrada principal. Las luces horteras daban la bienvenida a quien tuviese el valor de penetrar en la anacrónica Pompa de Jabón. A cinco metros del corredor principal, había un puesto de seguridad con un ciberbot armado para recordar a los internos que la falta de disciplina no era una opción. Las manzanas podridas del sistema estaban almacenadas en un canasto desgastado; las olas del mar golpeaban el mimbre hacia las rocas.

El orfanato daba cobijo a mil niños y a seiscientas niñas, las cuales vivían en el ala este. El edificio de las chicas había sido construido *a posteriori* y gozaba de un diseño más moderno y desenfadado, con forma de cubo. Tenía dos lados pintados de rojo oscuro, lo que contrastaba con el color grisáceo de los otros dos restantes. La contaminación y la humedad habían provocado visibles manchas que caían desde las ventanas, como si fuesen lágrimas vertidas por los ojos del edificio. Era habitual ver a las niñas sentadas entre las rejas de las habitaciones mientras observaban el ajetreo de la calle o cómo sus compañeros jugaban en el patio principal. En mitad de este, una pantalla inmensa de LED se encargaba de bombardear al alumnado con los últimos ascensos, los productos más novedosos o los mensajes políticos de la canciller del Origen. En una ocasión, un joven había decidido apedrear la pantalla. La Zumbadora X888 que el anuncio le ofrecía con extravagante recochineo le resultó insultante. Los sistemas de vigilancia conectados con el Centro de Seguridad del Distrito se encargaron de identificar al menor. El rumor se extendió como la pólvora entre el alumnado: «Le han frito el cerebro», «Que no, tío, que lo han transformado en un dron de seguridad». Habían pasado seis años desde el incidente, pero desde entonces nadie había vuelto a lanzar nada contra la pantalla. ¿Qué pasó con aquel joven?

En el ala oeste se encontraba el edificio antiguo donde los chavales recibían las clases magistrales, hacían sus juegos de promoción, comían y jugaban en el patio con sus cristales finos, dispositivos electrónicos que habían sustituido a los antiguos móviles y ordenadores, donados por los filántropos de la Cabeza de la Ballena. Los numerosos pasillos interconectados entre sí generaban la sensación de estar en un laberinto. Entre baldosas rotas transitaban drones, robots y curas encargados de que el devenir de la Pompa de Jabón siguiese su desorden funcional.

La vida entre esas cuatro paredes no era fácil, y menos para una persona como PR. Con pelo rizado, negro como el carbón, y barba de un par de días, PR solía caminar sin rumbo fijo por el orfanato. Sus ojos de color miel observaban a sus compañeros con inquietud y curiosidad. Desde pequeño había tenido problemas para relacionarse con el resto de niños; quizás fuese por su notoria timidez, o quizás por su aspecto paliducho y enclenque.

Conforme los años trascurrieron, la situación no mejoró. Los juegos infantiles sin malicia, las risas y la inocencia volaron demasiado pronto y, a los seis años, PR empezó a ser maltratado por sus compañeros. Cuando se dirigía a algún niño siempre era ignorado. Con cara de pena, el fantasma invisible deambulaba solitario por el centro: se apoltronaba en el patio en una esquina a entretenerse solo o se sentaba a leer en las escaleras de madera, mientras el resto de niños jugaban juntos.

La primera vez que escuchó de lejos su mote, el Payaso, estaba jugando al baloncesto en la clase de Educación Física. La broma tuvo una gran aceptación. A la semana siguiente, ya había sido inscrito en el registro civil de los niños impopulares: Anteo el Payaso Feo había llegado al mundo. Por aquel entonces, cuando se paraba a pensar en su mote solía concluir que ser el Payaso Anteo no estaba tan mal. El pseudónimo no tenía ninguna explicación más allá de la burla y el desprecio, pero, por lo menos, se dignaban a tratarlo. Cierto era que no lo habían bautizado como a CR, «el Popular», o a AB, «la chica con el mejor culo». Aunque siempre podría haber sido peor: podrían haberlo llamado como a ZA, «el Comepiojos», o a DI, «la Foca».

A partir de los doce años, el vacío como forma de relación volvió a cobrar importancia, pero esta vez con un cariz diferente: se había convertido en la comidilla de las redes sociales. En Super-link, en los juegos de entrenamiento oficiales de la Ruleta del Ascenso, en los *shooter online*… era habitual encontrar referencias al Payaso Anteo. Ver la hiriente imaginación que tenían sus compañeros diseñando memes sobre él, haciendo montajes con su cara o boicoteando su puntuación en la Ruleta del Ascenso era insoportable.

«Aguanta. Protege tu castillo y sigue adelante. Solo son estúpidos. Quieren hacerte daño, pero no lo lograrán. Tú puedes vencerlos».

A los catorce años, PR se había leído media biblioteca, tenía un amplio conocimiento sobre robótica y programación y podía desenvolverse en diseños industriales básicos. La relación con sus compañeros no había cambiado lo más mínimo y él se había refugiado en su formación. Gracias a ello, logró diseñar, tras analizar el comportamiento de los robots de seguridad del aula, un pequeño dron del tamaño de una manzana al que llamó Mimi. Las funciones de este eran limitadas, pero tenía en mente un objetivo ambicioso a largo plazo: crear el primer robot inteligente capaz de tener emociones propias. Su disparatado propósito fue más realista de lo que parecía al comienzo. A los diecisiete años, las funciones de Mimi habían mejorado considerablemente y el robot se había convertido en el único amigo y compañero inseparable de PR. Este compartía con Mimi todas sus inquietudes y delirios de grandeza. El pensamiento que más le revolvía estaba relacionado con su inminente salida del orfanato al cumplir la mayoría de edad. No había desarrollado las herramientas necesarias que debía tener para enfrentarse al mundo exterior ni por asomo. Afortunadamente, llegó un nuevo maestro al orfanato, alguien que lo cambió todo para PR.

El padre Chamorro era un anciano afable de sesenta y cinco años que no trataba de ocultar que le gustaban el vino, la filosofía y las tertulias. Los chavales, como siempre hacían, intentaron tantear el terreno para ver hasta dónde podían avasallar al entrañable hombre de pelo cano que había llegado nuevo a la Pompa de Jabón con el curso empezado. Lo que parecía un alma cándida demostró ser un hombre de fuerte carácter. Nunca nadie había logrado conseguir en clase un silencio tan sepulcral.

En la primera semana de clase, Chamorro se convirtió en el modelo a imitar de PR. El docente era un ilustrado que parecía dominar con sus elegantes formas las relaciones sociales. Además, la pasión que tenía por la robótica y su ágil retórica le otorgaban un punto extra que le hacían conectar con el joven. Al profesor le llevó tres días deducir que PR estaba siendo maltratado y unos días más saber quién era el cabecilla que orquestaba la ceremonia de odio hacia el alumno más brillante de la clase. El susodicho se llamaba CR o, como PR le había apodado en la intimidad, el Cabronazo.

Ante este problema, ignorado por los maestros que le antecedieron, Chamorro optó por trazar una estrategia a un mes vista. Las dos primeras semanas reforzó el ego de CR e ignoró por completo a PR. El Cabronazo, completamente embaucado, no cabía en sí, mientras que PR se hundía en lo más profundo, pensando que Chamorro era la mayor decepción que había pasado por el aula. Sin embargo, el profesor estaba esperando el momento adecuado para darle a la situación un giro de ciento ochenta grados.

El alumno CR acostumbraba a desayunar todos los días cinco galletas con leche y, justo después, se dirigía religiosamente a hacer de vientre. Chamorro, tras observar su ordenada rutina, se encargó de invitar a desayunar a ambos alumnos.

—Buenos días, caballeros. Me alegra tenerlos junto a mí.

Después de estrechar la mano del profesor, PR se sentó a su lado y CR hizo lo propio en la esquina opuesta.

—Para serles sincero, les he invitado a desayunar conmigo porque son, con mucha diferencia, los alumnos más brillantes que tengo y me veo en la obligación de premiarlos de alguna forma.

—Es todo un honor —dijo CR, orgulloso.

PR prefirió mantenerse callado. No entendía bien qué hacían allí y la situación le generaba desconfianza.

—Si me lo permiten, voy a ir a servirles un café para celebrar este día excepcional, pero que no sirva de precedente; no se vayan a malacostumbrar.

El profesor se retiró, dejándolos solos. El comedor del orfanato era amplio, de unos mil metros cuadrados. En la pared opuesta a la entrada principal los robots dispensadores de comida se encargaban de proporcionar al alumnado las raciones que les tocasen en base a su rendimiento escolar y a las clasificaciones obtenidas esa semana en la Ruleta del Ascenso. A mano izquierda, se encontraba el área de los curas, que gozaban de un servicio personalizado y una comida hecha por la cocinera oficial: Murge, la Sin Pelo. Esta siempre andaba echando pestes de los cinco robots que tenía a su cargo. El resto del espacio estaba ocupado por los alumnos, separados por clases y edades. Era la primera vez que PR y CR estaban en el reservado de los profesores.

—Eh, tú, Anteo —le chistó CR—. Vaya suerte que has tenido, ¿eh? Que no se te suba a la cabeza lo de desayunar con Chamorro. No quiero que te confundas. Tu sitio está con los bichos raros, no con la élite.

PR se preguntó si debía entrar al trapo o no. La insolencia de aquel ser le sacaba de sus casillas. Le hubiese encantado que la conversación se desarrollase de la siguiente manera:

—Tranquilo, CR. Tu presencia anula cualquier posibilidad de que este desayuno sea interesante, prefiero estar solo antes que con gente insustancial.

—¿Me estás llamando imbécil?

—No se me ocurriría…

—Tú tranquilo, Payaso Anteo, que a todo cerdo le llega su san Martín.

—CR, mira cómo tiemblo.

Sin embargo, lo único que logró emitir a modo de contestación fue una especie de gruñido apenas audible para su contrincante. El profesor llegó a la mesa con los cafés preparados y, acompañado por el robot de servicio, les entregó el desayuno.

—Me alegra ver que se llevan tan bien. Aquí tiene el café, CR, y este es para usted, PR. Escojan lo que quieran comer, no se corten. ¿De qué estaban conversando?

CR contestó rápidamente a la pregunta:

—Nada importante, hablábamos de boxeo.

El Cabronazo buscaba conducir la conversación hacia un campo en el que estuviera cómodo.

—Vaya, no sabía que también practicase ese deporte —dijo Chamorro dirigiéndose a PR.

—Si le soy sincero, no me entusiasma. Más que charlar, escuchaba el abrumante conocimiento de CR sobre los púgiles.

El sarcasmo de PR fue descarado. Se notaba que se sentía protegido bajo el ala del profesor.

—He de reconocer que en esta materia me siento más identificado con usted, PR. Nunca me ha apasionado la idea de fortalecer el cuerpo. Siempre preferí desarrollar más la mente, quizás por eso tengo tan mala salud a mis sesenta años, pero les puedo asegurar que no se me escapa ni una.

Desde el minuto uno quedó patente que no era el día de CR. El muchacho, al intentar agradar, evidenciaba constantemente su ignorancia, y Chamorro, lejos de quitarle hierro, aprovechaba cada metedura de pata para tomarle aún más el pelo. La conversación entró en una espiral viciosa donde CR no podía callarse. A PR le hubiese gustado disfrutar con la descalificación de su compañero, pero debía reconocer que no era de su agrado ver cómo Chamorro humillaba al Cabronazo mientras desayunaban. Sentía lástima por él y no dejaba de preguntarse: «¿Por qué no cierras el pico, imbécil? Y tú, Chamorro, ¿a qué viene esto?». Sonó el timbre. La hora de ir a clase había llegado.

—Ha sido un desayuno exquisito. Ahora, si me lo permite, maestro, voy a ir al aseo —dijo CR, fiel a sus costumbres.

—¡De eso nada! Me van a acompañar directamente a mi despacho. Quiero que lo conozcan. Además, así me ayudan con el material de clase. A veces se echa en falta algo de calor humano y pienso aprovechar al máximo la compañía de mis dos alumnos más brillantes.

La tripa de CR le indicó que necesitaba evacuar con apremio. El café que había tomado no le había sentado nada bien. Sin embargo, ambos acataron las órdenes del anciano y, tras recoger el material del despacho, pusieron rumbo al aula.

—Maestro, con su permiso, necesito ir al servicio.

—Me temo que eso va a tener que esperar. Tengo una sorpresa para ustedes dos preparada en clase.

—Pero…

—No hay réplica que valga, CR. ¡No vea cómo lo vamos a pasar!

Chamorro dio una palmada fuerte a los dos adolescentes y continuaron la marcha. Al traspasar el umbral, todos se deshicieron en aplausos. En el centro de la clase había dos plataformas, bajo las que se podía leer: «Primer concurso de conocimientos generales».

—¡He aquí la sorpresa! Hoy ustedes dos van a competir en este maravilloso trivial que he diseñado, inspirado en la Ruleta del Ascenso. Quien gane podrá venir conmigo a comer algún día fuera del orfanato. Así que tomen asiento y que empiece el espectáculo.

PR no daba crédito. Se sentía expuesto, como un animal en un zoológico. «Qué cruel» fue lo primero que se le pasó por la cabeza. No le gustaba exhibirse de aquella forma, pero consiguió tranquilizarse al ver la cara sudorosa de su contrincante.

—Empezaremos por algo sencillo. La temática es Geografía. CR, ¿cuál era la capital de la antigua Trinidad y Tobago?

—No lo sé.

—Rebote.

—Puerto España —contestó PR con atino.

—¿Cómo se llaman…?

—Maestro, disculpe que le interrumpa, pero necesito ir al lavabo con urgencia.

—¡Pero bueno! ¿Acaso es usted un gallina que huye ante el peligro? No sea perezoso, serán solo cinco minutos, y ya podrá ir cuando acabe el juego. Ahora concéntrese.

El rostro de CR estaba rojo como un tomate. PR, situado a un metro y medio de distancia de él, podía escuchar sus retortijones perfectamente. Miró al resto de la clase. El aula tenía cuarenta mesas, colocadas en hilera. El alumnado miraba el espectáculo con cara de aburrimiento. En realidad, la disposición de los estudiantes y el material no había variado nada del existente a principios del siglo XXI. Claramente eran los últimos monos de la Industria de la Vida, dedicada a la formación.

—Pasaremos al ámbito de Historia. Esta es para usted, PR. ¿En qué año aprobaron las cortes de Cádiz la primera constitución de España?

PR no sabía la respuesta, pero afortunadamente había actualizado a Mimi con las lecciones de esa semana para que le ayudara a estudiar. Mimi, el robot de diez centímetros de diámetro, estaba escondido bajo la chaqueta de PR, la cual le quedaba grande. Su orgullo estaba a prueba y no pensaba fallar ni una pregunta, así que, sin que nadie se percatara, se llevó la manga derecha a la cabeza como si se estuviera rascando para escuchar la respuesta de Mimi.

—En 1812.

—Correcto. CR, ¿cómo se conoció, coloquialmente, dicha constitución?

—No lo sé, profesor —confesó CR al límite de sus fuerzas.

—¡Rebote!

—La Pepa —dijo PR, tras repetir el mismo movimiento con la manga de su chaqueta azul oscuro.

El vaivén de preguntas se sucedió durante tres rondas más, hasta que CR tuvo que salir corriendo por la puerta sin mediar palabra. Al dar la espalda a la clase, se pudo ver claramente cómo se había defecado encima. Las risas de los compañeros llegaron hasta el patio del orfanato, coreando al unísono el cántico humillante de: «¡Se ha *cagao*! ¡Se ha *cagao*!». PR prefirió no mofarse de su contrincante, ya que se había percatado de que todo había estado orquestado por Chamorro. No pudo evitar preguntarse por qué, pero no obtuvo respuesta hasta que fueron a comer juntos fuera del orfanato.

***

Era la primera vez que PR salía fuera de la Pompa de Jabón con un profesor. Cuando veía aquel caos planificado de luces, movimiento, robots, tribus urbanas y máquinas estrafalarias siempre se sentía insignificante, como si no perteneciera a ese universo. Al ser su primera escapada juntos, Chamorro había optado por pedir a la cocina que les preparase un tentempié que se pudiesen comer mientras caminaban.

—¿Le gusta el bocadillo de lombrices?

—Sí, muchas gracias.

PR era un pésimo mentiroso. Lo cierto es que la comida le daba exactamente igual. El adolescente estaba embobado mirando el holograma publicitario en 3D que Skylinner proyectaba sobre un rascacielos de cien plantas.

—Usted no es muy hablador. ¿Verdad, PR?

—No lo sé. Creo que no.

—¿Qué opina del episodio que ocurrió el otro día en clase con su compañero CR?

La pregunta hizo que PR recuperase el interés por la conversación. Por un instante, dudó si contestar, pero finalmente se animó.

—No me gustó —dijo sin quitar ojo del holograma.

—Míreme cuando me hable. Es de mala educación y quiero verle el rostro. Estamos dialogando.

PR obedeció mientras se rascaba el cuero cabelludo con fuerza. A pesar de sus intentos, no logró sostener la mirada del profesor.

—No lo haga.

—¿El qué?

—Apartarla. Sé que le cuesta, pero es muy importante que aprenda a mantener el cuello erguido y los ojos bien abiertos; si no, muchos otros como CR abusarán de usted.

PR volvió a mirar la impresionante proyección mientras daba un mordisco al bocadillo.

—Tiene diecisiete años y le faltan solamente seis

meses para salir de aquí y empezar su proceso de Transición a la Vida Adulta. Dígame, ¿cómo cree que es el mundo que le espera?

—No lo sé —murmuró el chico, con restos de comida entre los labios.

—Eso no es una contestación válida. ¡Piense, maldita sea!

PR tragó. Acto seguido, se regaló unos segundos para meditar.

—Sinceramente, no lo sé. Esta es… es la primera vez que me hace esa pregunta, por lo que, aunque me gustaría, no puedo contestar a su pregunta.

—Ese es su problema, PR, le cuesta improvisar. Quiero ser franco con usted: hoy está compartiendo esta comida conmigo porque me suscita simpatía. Veo que tiene carisma, potencial, brillo, pero lo van a machacar como no espabile un poco. Acaba de salir del orfanato y es una persona perspicaz, así que explíqueme qué le parece el mundo que tiene ante sus ojos.

PR giró la cabeza para observar su entorno. Se encontraban sentados sobre una antigua estatua posmoderna con forma de cilindro que ya no parecía importar a nadie, en una calle de doble sentido, separada por leds publicitarios que creaban formas perturbadoras a la par que fascinantes. Enfrente de él desfilaba una carretera de robots que transportaban mercancías. Cada uno iba a lo suyo, sin detenerse y con un ritmo vertiginoso. Apenas serían cuatro humanos en la calle contemplando semejante espectáculo: un capa negra, los agentes que habían sustituido a la antigua policía; el dueño de la tienda de componentes informáticos, quien se fumaba un cigarrillo en la entrada; y ellos dos. Un pitido llamó la atención de PR, que levantó la vista hacia el cielo. Sobre él se extendían largos edificios que brillaban gracias a los hologramas que proyectaban en las fachadas. A escasos metros se extendía la autopista aérea. El tráfico era denso pero fluido, y un centenar de zumbadoras se movían con agilidad por los carriles invisibles que los sensores detectaban. Por encima de ellas se extendía el cielo de los pobres: la Cabeza de la Ballena, el distrito aéreo que cubría toda la ciudad y al que todos querían ascender. La Cabeza, inmensa y majestuosa, filtraba la luz del sol por sus pantallas grisáceas, iluminando la ciudad.

—Hostil —respondió finalmente.

—Ha dado usted en la diana. Así es la selva que le

espera fuera de la seguridad del orfanato. —PR arqueó las cejas: «¿Seguridad?», pensó. Chamorro entendió su mirada—: Sí, sí, ha entendido bien. Esto es la jungla, por lo que, si no espabila, se lo van a merendar con patatas. No tiene ni idea. Lo normal es que acabe ejerciendo la prostitución o metido en las drogas. Debe poner remedio para que eso no suceda. No debe tirar su talento a la basura.

PR volvió a mirar el holograma. Esta vez más serio y meditativo, preguntó:

—¿Y cómo se supone que debo hacerlo? ¿Qui… quizás metiendo laxante en el café de mis compañeros?

—¿Ve? ¡Ahí tiene la respuesta! ¡Ese es el muchacho que necesita reforzar! Rápido, incisivo, inteligente, observador; implacable. Lo que presenció el otro día en clase es la primera lección de muchas que me gustaría impartirle. Si me lo permite, claro está.

El chico meditó su contestación.

—No. No quiero ofenderle, pero lo cierto es que no estoy seguro de querer pasar más ratos como el del otro día.

Chamorro carraspeó sorprendido por la contestación, por lo que PR decidió ampliar la argumentación.

—No disfruto vejando a las personas. Si quiere, puede mofarse de mí, pero, después de estar tantos años en la otra cara de la moneda, no me parece agradable humillar a nadie.

—¿Quién ha hablado de ridiculizar? Me temo que no ha entendido nada. No debe reducir el episodio con CR a la simple vejación. Debe ir más allá.

—Lo siento, pero no lo sigo.

PR no había apartado la mirada de la hipnótica pantalla y, a su vez, Chamorro no le había quitado el ojo de encima. Parecía un combate por ver quién ganaba el campo visual del contrincante.

—Lo que quise demostrarle, aleccionando a CR, es que la autoridad y el poder, la fuerza bruta, la multitud, la violencia… no son nada contra un plan bien urdido y contra un orden jerárquico. Fíjese, en un corto espacio de tiempo he conseguido acabar con el mafioso de su clase que llevaba martirizándole años. Quizás su amiga pueda ayudarle en este sentido.

—¿Qué amiga?

—La que esconde en su abrigo.

PR palideció.

—¿Cómo lo sabe?

—Me esfuerzo en conocer en profundidad a quien me importa. Dígame, ¿ha diseñado al robot usted?

PR afirmó tímidamente y dejó que Mimi saliera de su escondite. Ella se posó sobre la palma de la mano de Chamorro, observando al maestro con sus grandes ojos de metal. Acto seguido, se frotó contra el maestro como un perrito cariñoso.

—No hay robot igual en toda la Ballena —dijo PR con orgullo.

—¿Cómo está tan seguro?

—Al… al suprimir el código de actuación 1365, he logrado que sea capaz de improvisar y pensar por sí misma.

Chamorro miró atónito a PR.

—¿Está sugiriendo que tengo delante al primer robot con sentimientos propios?

El huérfano asintió, mientras dejaba entrever una tímida sonrisa. El profesor añadió:

—Sabía que era brillante en robótica y programación, pero no hasta qué punto. ¿Me podría hacer una demostración de sus habilidades?

Durante quince minutos, PR le estuvo explicando a Chamorro cómo funcionaba Mimi. El robot se actualizaba todos los días gracias a los datos que recababa de los cristales finos más cercanos. Accedía a estos a través de un programa de invasión que PR le había instalado. De esta manera, podía seguir aprendiendo de forma autosuficiente. El objetivo, a dos años vista, era que Mimi hubiera integrado todos los datos e información disponibles en la red. El siguiente paso que PR quería dar era más ambicioso: su creación pretendía llegar a ser una fuente inagotable de conocimiento que analizara y reinterpretara la realidad a una velocidad vertiginosa. Para sorpresa de Chamorro, PR había logrado que la máquina pudiera tener un pensamiento propio a la vez que forjaba un vínculo indivisible con su creador, dando vida a lo que podríamos considerar la primera inteligencia artificial con comportamientos humanos.

—¿Nunca ha pensado en utilizar sus conocimientos para otra cosa que no sea aprobar exámenes? Tiene una mente brillante y debe aprender a desarrollarla en su beneficio. Y, ahora, responda a mi pregunta: ¿cuántos años llevaban haciéndole la vida imposible?

PR volvió a sentirse incómodo. El tono de Chamorro se había vuelto tosco e inflexible.

—¡Míreme a los ojos y conteste, maldita sea!

PR obedeció, de nuevo mientras se rascaba la cabeza.

—Muchos.

—¿Y usted qué ha hecho para remediarlo, aparte de esconderse como un cobarde?

PR movió los hombros.

—¡Eso no es una respuesta!

—Nada.

—No ha hecho absolutamente nada, lo que es inadmisible. ¿Y sabe por qué? Porque usted también tiene derecho a vivir y a disfrutar de las cosas hermosas que hay en el mundo. Créame que esta ciudad está repleta de gente como CR, pero también está plagada de cosas sensacionales como el robot que ha creado. Lo miro y me recuerda a mí cuando tenía su edad: frágil e ingenuo. Le aseguro que no disfruté humillando a CR, Dios sabe que no, pero en ocasiones hay que emplear medidas drásticas para conseguir reacciones drásticas. No mezcle la solemnidad con la estupidez. La vida es cruda y hay que sacar la rabia que nace de nuestro interior para ensuciarnos las manos. Esto me lo han enseñado los años y los errores cometidos por ser bondadoso; por tener un alma pura como la que tiene usted. Hay que prepararse para lo peor o, si no, la vida te hundirá y el resultado final será que usted y su bondad se irán a criar malvas al cementerio, mientras que los tiranos seguirán haciendo de las suyas. ¿Usted quiere eso? —PR negó con la cabeza—. He aprendido a base de palos y me ha llevado casi cuarenta años empezar a disfrutar de la vida. Le aseguro que no le deseo pasar por mis experiencias vitales para lograrlo. Ahórrese el sufrimiento.

Chamorro agarró el mentón del joven y lo obligó a mirarle de nuevo a los ojos, pero esta vez le regaló una amplia sonrisa en vez de un sermón. El muchacho percibió su cariño y le correspondió con una mueca que pretendía ser una tímida sonrisa.

—Quiero que me prometa una cosa.

El joven asintió de forma cómplice mientras parpadeaba, a punto de llorar.

—A partir de hoy, va a coger las riendas de su vida.

Plantará cara a cualquiera que intente abusar de usted, y lo hará antes de abandonar este orfanato. Si no lo logra, lo tomaré como una derrota personal y entonces el problema lo tendrá conmigo. Creo haber demostrado que soy un enemigo más temible que el matón de su aula, así que le recomiendo que se esmere. ¿Le ha quedado claro? Como hicieron conmigo, le iré encomendando tareas que le exigirán una gran responsabilidad y compromiso. El objetivo es que se prepare para lo que le espera fuera del orfanato y gane confianza en sí mismo. ¿Ha quedado claro?

PR asintió, dócil.

—En ese caso le encomiendo su primera misión: lleva ya dos años realizando prácticas en casa de los Wagner, ¿no? Cuando acuda mañana, quiero que preste toda la atención posible para, después, contarme lo que escuche y vea. Nadie puede darse cuenta, ¿me entiende?

PR se quedó en silencio, reflexionando durante un instante.

—¿Por qué quiere que me introduzca como topo en casa de los Wagner?

Chamorro se quedó perplejo al comprobar la fulminante sinceridad del huérfano.

—De momento, eso no es asunto suyo. Interprete esta primera misión como una prueba de confianza. Si logra superarla, poco a poco, le revelaré el porqué de las misiones que le vaya encomendando. Confíe en mí.

PR asintió sin añadir nada más. Acto seguido, volvió la cabeza hacia el holograma del edificio de enfrente, donde la canciller del Origen pronunciaba un discurso en directo.

Bilbatúa

La canciller del Origen

—Abrimos la actualidad con una invitada muy especial. Hoy nos visita: ¡la canciller del Origen!

El público, nervioso, se deshizo en aplausos al ver a la dirigente acercándose al graderío. Tras dar un par de apretones de manos, caminó con paso seguro hasta el inconfundible sofá rosa del programa y tomó asiento.

—Buenos días, canciller. Es un placer tenerla con nosotros.

—Buenos días.

—¡Qué honor! ¡La canciller en nuestro programa! ¡Otro aplauso para ella!

El público obedeció entusiasmado. El presentador llevaba una americana con brillantina que lucía con estilo. Las redes sociales ardían comentando la escena. Las estrellas y los comentarios de los fans incondicionales no paraban de subir como la espuma. «Su pelo engominado tiene demasiado *flow*», «A mí me vuelve loca su sonrisa», «No tenéis ni idea… lo que se sale son sus pestañas de luz».

En realidad, la excéntrica estética del presentador contrastaba con la sobria imagen que transmitía la canciller. Esta, muy avanzada en edad, vestía un pantalón negro de pinzas y una elegante blusa azul marino. Su media melena parecía un casco bien fijado a la cabeza. El enlacado era excesivamente potente, aunque cumplía su función a la perfección, dejando inmóvil el cabello para que sus ojos verdosos lucieran más ante las cámaras. Las doce operaciones estéticas a las que se había sometido no habían logrado rejuvenecerla. El rostro esculpido por el estrés y la postura medio encorvada por las responsabilidades que debía llevar a cuestas eran imposibles de disimular. Ni siquiera el pote conseguía tapar las irregularidades de su piel, que tenía un relieve granulado como el de una prenda vieja que ha sido lavada demasiadas veces. En pleno entrecejo, más que una arruga, una zanja profunda e inconfundible le daba un toque pintoresco. Ciertamente, su ceño fruncido se había convertido en seña de identidad. Debía ser de las pocas mujeres con ciento veinte años que seguía en activo.

—Gracias, gracias. Hoy es un día importante, Larry.

—¿Por qué, canciller?

—Ayer batimos un récord. Por primera vez en la historia de nuestra nación, el número de ascensos de distrito se ha triplicado. ¡Ya son tres millones de personas las que han logrado promocionar!

El público volvió a batir las palmas, eufórico, esta vez por voluntad propia.

—¡Es sensacional!

—¡Desde luego! —La Canciller esperó a que el público se tranquilizase—. Vivimos tiempos únicos: los índices de felicidad nunca han sido tan altos, la tasa de desempleo es prácticamente nula, el consumo se ha disparado por las nubes. ¿Y sabes por qué, Larry? —Este negó con la cabeza—. Orden, disciplina, obediencia… esfuerzo.

El silencio en el plató era sepulcral. El aleteo de una mosca se podría haber percibido ante tanta expectación.

—Estoy orgullosa de todos vosotros; de mi querida Ballena. Entre todos hemos construido una sociedad de ensueño y lo hemos logrado gracias a mucho sacrificio. No ha sido fácil. Todos recordaréis lo que supuso la Gran Gran-Guerra. «Dios recuerda a los muertos» —recitó mientras hacía un triángulo con la mano. Todos repitieron el gesto mecánicamente—. Hoy estoy aquí por una razón concreta: necesito vuestra ayuda.

Al instante, un murmullo se extendió entre los asistentes.

—Esta noche recibiréis una notificación en el cristal. En ella encontraréis una veintena de fotografías de los terroristas del Movimiento Río de Lava más buscados. Sospechamos que la organización está trabajando en algún tipo de arma química realmente peligrosa, por lo que debemos dar con ellos, debemos ser implacables; debemos trabajar juntos para destruirles.

El público asintió preocupado.

—Ahora, sigan mis órdenes. Cierren los ojos. Piensen en lo que más aman: sus familias, sus empleos, los ascensos de distrito, la Ruleta de la Fortuna… ¿Lo tienen? Bien, ahora visualicen a sus enemigos: los terroristas del Movimiento Río de Lava. Concéntrense. Son despiadados, son inteligentes, son implacables. ¿Qué sucedería si tuviesen el control? ¿Recuerdan la Gran Gran-Guerra?, ¿el caos, la muerte, la miseria? Hay mucho en juego y la línea que nos separa de nuestro oscuro pasado es estrecha. Debemos plantarles cara y no dar ni un paso atrás. No les quepa la menor duda de que si fallamos los terroristas no tendrán piedad. —Se escucharon algunos lamentos entre el público—. No debemos caer en la desesperanza. ¡Unidad!, ¡honor!, ¡sacrificio! ¡Juntos venceremos! ¡Fuerza!

El público estalló al unísono: «¡Fuerza! ¡Fuerza!».

La canciller del Origen veía la retrasmisión de la intervención desde su despacho del Distrito Cuatro. Sentada en una cómoda butaca de cuero, entrelazaba los dedos meditabunda, analizando el éxito de su comunicado. Mientras, en el pasillo, Bilbatúa esperaba a ser recibido por la canciller. Según sus fuentes, el discurso había tenido un buen impacto, pues se había transmitido antes de los ascensos de distrito en *prime time*. El cinismo se había apoderado de las redes sociales una vez más. De puertas afuera, el comunicado había sido sensacional, según todos los hilos generados, pero, de puertas adentro, la posición no estaba tan clara. Nadie se atrevía a mojarse a favor de los rebeldes públicamente por miedo a las consecuencias; nadie quería acabar encerrado en la Torre de Marfil, la prisión de la Ballena Europea.

El Movimiento Río de Lava era la organización que se oponía al sistema político vigente. Estar de acuerdo con ellos significaba convertirse en un enemigo público. El general Bilbatúa, máximo responsable de las Brigadas de Atención al Ciudadano, era el encargado de combatir al ejército rebelde, localizar sus bastiones y predecir los siguientes pasos. Para su desgracia, el Movimiento había asestado un golpe clave a los dirigentes de la Cabeza hacía unos días. El discurso solo podía significar una cosa: la eficiencia de Bilbatúa para contener a los rebeldes se había puesto en entredicho.

Desde que tenía uso de razón, Bilbatúa quiso ser policía. De niño jugaba con las esposas, hablaba como sus héroes favoritos y pedía que le comprasen los cromos electrónicos del capitán Kus. Las novelas, las películas, las series… empezaron a formarle, ayudándole a adquirir mayor rigor. Su película favorita es, todavía a día de hoy, el clásico *Los Intocables*, de Eliot Ness, que ha visto en bucle unas cien veces.

Bilbatúa nació y se crio en Biganos, Francia, en un pueblo cercano a Burdeos que lindaba con el mar antes de la Gran Gran-Guerra. A los siete años ya era un bicho raro. Mientras los niños lucían camisetas de futbolistas, él siempre llevaba objetos de *Harry el Sucio*, *Blade Runner*, *Arma letal*… En la escuela lo miraban con extrañeza al verlo jugar por el pasillo con su arma imaginaria o cuando, en mitad de clase, soltaba frases como: «Jack, no dejes que el comisario eche todo a perder». Cuando salía a jugar por su barrio, Bilbatúa no podía evitar sentirse como un auténtico «espagueti» dentro del *Padrino* de Coppola, pero en versión francesa de finales del XXI. El frío gatillo del revólver de balines le ayudó a omitir la falta de habilidades sociales. Cada bang era como una caricia en la nuca; como el beso furtivo en los lavabos del instituto que nunca dio… Su madre, preocupada, un día le preguntó qué le habían hecho los dichosos botes que con tanto ahínco hacía explotar, a lo que él contestó: «Jefa, me estoy entrenando para ser inspector. Todavía no tengo placa, así que no puedo disparar contra ellos —Señalando a los vecinos—, pero voy cogiendo práctica para, cuando entre en el cuerpo, poder apuntar mejor. En la calle es así: o matas o te matan».

Los años transcurrieron y Bilbatúa se hizo adulto. El ambicioso joven tenía un único objetivo en mente: resolver casos y ser más ingenioso que los enemigos del orden y la ley. Tras el estallido de la Gran Gran-Guerra, se alistó en la academia militar, donde fue escalando puestos hasta llegar al cargo que actualmente detenta: general de las Brigadas de Atención al Ciudadano, también conocidas como Capas Negras; los nuevos policías de la Ballena Europea. Por primera vez en toda su intachable trayectoria, su carrera peligraba.

«Toc, toc». El general llamó a la puerta del despacho de la canciller. Era la una de la mañana.

—Buenos días, general. Por favor, tome asiento.

El musculoso agente, con pelo negro algo canoso y laterales rapados, hizo la reverencia de rigor ante la canciller del Origen. Acto seguido, dejó caer sobre la silla de madera sus cien kilos de peso de puro músculo.

—Bien, oficialmente damos la sesión por comenzada. Le formularé tres preguntas: ¿cómo es posible que el Movimiento Río de Lava entrase en Skylinner?, ¿cómo han podido hacerlo delante de nuestras narices? y…

¿cómo el responsable de seguridad de la Ballena Europea no lo ha impedido?

El general permaneció impasible. A pesar del tono amenazante, contestó con serenidad.

—Canciller, ya he iniciado la investigación para esclarecer los hechos. Lamento informar de que todavía es pronto para extraer conclusiones.

—General, quiero que entienda la gravedad de los hechos; necesito que comprenda que está usted a punto de caer por el precipicio. ¿Y sabe por qué? Por su incompetencia, señor Bilbatúa, por su simple y llana imprecisión. Delante de mí tengo un informe detallado donde se explica con exactitud cómo el Movimiento penetró en el laboratorio para robar el Núcleo 48 de Skylinner. ¿Sabe usted las causas? ¿Podría explicarme cómo es posible que tenga en mi poder estos datos y usted no tenga nada?

Los guardaespaldas de la canciller, Remo y Bruno, parecían disfrutar con la vejación. Bilbatúa seguía impasible, como si la historia no fuese con él. Su mirada ausente y sus labios delgados, prácticamente inexistentes, transmitían intranquilidad.

—Le prometo que, si no resuelve la situación en un breve espacio de tiempo, estará leyendo ofertas de empleo en vez del periódico mientras desayuna.

Bilbatúa reflexionó sobre si aquella afirmación era un ultimátum o no lo era. Desde niño, el general tenía dificultades para comprender los dobles sentidos. En la escuela le clasificaron como niño con hiperactividad. También advirtieron a sus padres de que tenía algunas de las características propias del espectro asperger.

—Disculpe, canciller…, ¿qué quiere decir exactamente? —preguntó para no quedarse con la intriga, algo que no soportaba.

—¡Recoja el informe de inmediato!

Bilbatúa obedeció y, tras transmitir los documentos a su cristal fino, se quedó erguido mirando a la nada a través de la cristalera, esperando una nueva orden.

La estancia tenía un amplio ventanal por el que se podían ver los edificios más emblemáticos de la ciudad. Cada distrito poseía la gestión de un monumento histórico que era el orgullo de la ciudadanía: el Distrito Uno tenía el estadio LID de boxeo; el Dos tenía adjudicado el Rastro como filial; el Tres, la Industria de la Vida; el Cuatro, la Estación Central; y el Quinto, el Distrito Aéreo, tenía el Ministerio del Saber. Bilbatúa observaba las formas de cada edificación con parsimonia, mientras un robot limpiador aspiraba los pelos de su perro Henry que tenía en el pantalón del traje. La lámpara de araña colgada del techo reflejaba los rayos del sol, llenando la estancia de luminosidad. Si el hermoso objeto pudiera penetrar en los pensamientos de Bilbatúa con tanta eficacia como reflectaba la luz, habría sabido al instante que Bilbatúa espera una última orden antes de marcharse, aunque la tensa mirada de la canciller le había invitado a salir tiempo atrás.

—General, veo que necesita que sea más explícita. Tiene tres meses para resolver el caso Skylinner o puede olvidarse de este trabajo porque estará despedido. Y ahora ¡váyase!

—¡A sus órdenes, canciller! ¡Fuerza!

La voz del general no tembló lo más mínimo al despedirse. Antes de cruzar la puerta, regaló una mirada fulminante al robot. Tras cerrar la puerta, dio un silbido seco y sonoro. Henry apareció al instante, meneando la colita, feliz de reencontrarse con su dueño. Bilbatúa se dirigió impávido hacia el ascensor por el pasillo que unía el distribuidor con la oficina de la canciller del Origen, seguido por su inseparable amigo, al que llevaba a todos lados. En el ascensor, contuvo sus ganas de encender el pitillo que sostenía ya entre los dedos. «Clin», el elevador supersónico había llegado. Bilbatúa se introdujo en el aparato, pasó su mano por la pantalla de luz y se giró hacia el cristal para observarse en el espejo con cara de póker. El sistema de frenado cumplió su función en la azotea del edificio, dejando entrever, al abrirse las puertas, un curioso paisaje. El rascacielos Palantium tenía unas impresionantes vistas del Distrito Cuatro. La estampa era digna de un cuadro futurista: el gigantesco policía, acompañado de su mascota, se encontraba oteando el vasto horizonte, desdibujado entre amasijos de hierro fundido. Su mirada se posó sobre las sombras del Distrito Uno, morada del Movimiento Río de Lava. Concretamente, trataba de definir el estadio de la Liga Inter Distritos (LID) que tanto odiaban sus enemigos.

—Esta ciudad da grima. ¿Dónde os esconderéis, terroristas? —se preguntó con preocupación, encendiéndose el cigarro con apremio.

La Ballena Europea era un monstruo que albergaba en su interior cientos de pequeños monstruos, miles de cazadores de monstruos, decena de limpiadores de monstruos, entrenadores de monstruos, humoristas de monstruos; monstruos buenos que querían ser malos y malos monstruos que pretendían ser buenos. Cuando caía la noche y la población alzaba la vista hacia la Cabeza de la Ballena, las millones de luces les hipnotizaban. El camino se desdibujaba entre destellos invitándoles a ascender, a promocionar en la Ruleta, a competir contra sus semejantes… El sendero de *checks* verdes era fácil de vislumbrar, pero difícil de alcanzar. Desobedecer no era una opción inteligente, ya que significaba ir en contra de la grandeza del símbolo; de la ciudad que salvó a la humanidad de la extinción. Quien movía los hilos de la mastodóntica ciudad tenía una visión clara de cómo proceder: represión y esperanza en la misma proporción.

La Cabeza de la Ballena Europea siempre fue la cara visible del poder, detentado por un reducido número de personas. Ellos, los de arriba, controlaban desde las alturas a la ciudadanía, que, más que humanos, parecían cabezas de ganado. El rebaño había normalizado pastar basura en vez de alimentos y, lo peor de todo, es que lo hacía de buen grado. Los nanoanuncios, la Ruleta del Ascenso o el Ponte en su Piel tenían a la población absorta. Las estrategias que adoptaba la Cabeza para perpetuar su control eran desquiciantemente efectivas: fomentar la rivalidad entre los distritos, crear odio y señalar las diferencias en vez de las semejanzas entre la población. En lo alto, como siempre, la ciudad flotante, el Distrito Aéreo encargado de recordar a todos los habitantes del Cuerpo de la Ballena que, si algún día querían aspirar al éxito social, tendrían que promocionar e ir cambiando de distrito: del uno al dos, del dos al tres, del tres al cuatro y, por fin, a la Cabeza de la Ballena.

Para poder abandonar el distrito, la ciudadanía tenía

que obtener puntuaciones. Estas iban directas a la Ruleta del Ascenso, una plataforma conectada con los cristales finos donde los actos de los ciudadanos se juzgaban públicamente, puntuándose de una a cinco estrellas. No se clasificaba únicamente el rendimiento laboral, sino que se podía puntuar cualquier acción que se realizase. Solo hacía falta que el evaluador crease una etiqueta y la subiese a la red con: *#acción a evaluar+ geolocalizador del cristal fino que se quisiese puntuar#* y «¡hala, buena suerte!». De esta manera, una mala conversación con tu vecina te podía salir cara y estropear la media del mes. Además, todos los ciudadanos estaban obligados a evaluar veinte acciones al día; si no, el Tribunal de *hashtags* les bloquearía la posibilidad de promocionar de distrito. La higiene y la correcta estética según la tribu urbana a la que pertenecieses, el *flow* que uno tenía caminando, el corte de pelo, el estilo de los pantalones, «¿Vas a la moda o eres un *kikiki*?», también puntuaban en la Ruleta del Ascenso.

Con el cigarrillo casi acabado entre sus finos labios, el general se dedicó a ojear en su cristal fino el informe que le había entregado la canciller del Origen en la reunión. La literatura no era de su agrado. El bostezo de león así lo evidenció.

«Caso Skylinner [...]. Ha pasado una semana y la investigación no avanza [...]. A grandes rasgos, la sustracción del Núcleo 48 por parte del Movimiento ha sido una hábil jugada [...]. Podemos concluir que hay dos supuestos relacionados entre sí:

—El Movimiento Río de Lava logró infiltrar a alguien en Skylinner para robar el Núcleo 48.

—Los planos hallados en una redada indican que están creando algún tipo de arma puntera para atentar contra la Cabeza».

—¡Por Dios!, ¿quién habrá escrito esta basura? —se dijo el general en voz alta mientras eliminaba el documento y se encendía otro cigarrillo.

Acto seguido, Bilbatúa sacó una grabadora de cinta y le dio al *rec*. El objeto era una reliquia de 1990 que había comprado en el Rastro por ser imposible de hackear ni rastrear. Plasmar las ideas en este formato le ayudaba a ordenar las opciones y tener una visión más objetiva de los hechos. Además, en una sociedad donde el espionaje estaba a la orden del día, utilizar aquella antigualla a la que nadie otorgaba efectividad significaba poder trabajar con un banco de información que tuviese garantías de confidencialidad.

Por si esto fuese poco, el general había adoptado mayores medidas de prevención. Para asegurarse de que nadie pudiera entender sus transcripciones, en el supuesto de que se hiciesen con el aparato o lo espiasen, había inventado un lenguaje en clave que solo él comprendía.

—Spectrum numera ochenta. Ajata Skylinner. O mezco picare for maxilum…

El general plasmaba en la grabadora sus impresiones con una soltura sorprendente, teniendo en cuenta el complejo lenguaje que utilizaba. Lo que acababa de decir se transcribía como: «Grabación número ochenta, caso Skylinner. El informe no vale para nada. A continuación, analizaré los frentes abiertos».

Sonó un clic y la grabadora se pausó. Bilbatúa volvió a retomar el hilo, tras meditar unos segundos.

—O bulongo porongo motrongo…

«El Movimiento Río de Lava no ha podido tener acceso al Núcleo 48. Lo he investigado en profundidad y no hay evidencias de su implicación. Aunque hay parecidos con su *modus operandi*, también he encontrado numerosas irregularidades que no encajan con sus operativos. Sinceramente, creo que los terroristas no tienen ni la capacidad ni la información necesaria para realizar una operación de este calibre. Pero, entonces, ¿por qué hay semejanzas con su forma de actuar? ¿Alguien les ha intentado incriminar para borrar sus huellas? A pesar de esta reflexión, no descarto ninguna hipótesis, pero debo barajar todas *las sábanas*: ¿quién tiene acceso directo a la empresa más puntera de la ciudad? ¿Qué es el Núcleo 48? ¿Por qué lo querrían robar?».

De nuevo pausó la grabadora, para continuar tras meditar un poco sus palabras, todavía en código.

«El acceso a la base de datos y mis conversaciones con la canciller del Origen han *arrojado algo de luna* a todo esto. El Núcleo 48 es un arma de tecnología militar puntera. Lo que el arma puede llegar a hacer es *top secret*, no hay informes al respecto y nadie ha *soltado calcetín*. Lo que sí que pude comprobar es que su fabricación no tiene relación alguna con los departamentos de la empresa Skylinner, ya que no consta en sus impuestos, y eso nunca miente. ¿Por qué tenía la empresa un departamento secreto? Al compartir mi inquietud abiertamente con la canciller del Origen me ha dicho que eso es irrelevante para la investigación y que me ciña a la desaparición del arma, no a lo que el arma hace; no a dónde se ha diseñado; no a por qué se ha creado».

Bilbatúa se detuvo, sacó la pequeña cinta, le dio media vuelta y la volvió a introducir.

«Abriré una nueva línea para centrarme en Erik Wagner y en su empresa Skylinner. ¿Por qué la canciller lo protege? ¿Por qué no quiere que le investigue? ¿Sabía ella de la existencia del arma? La canciller me *aprieta las arandelas* y luego me limita, no tiene sentido excepto que tenga algo que ocultar por su cercanía a Wagner. Siguiente paso a dar: ampliar el rango de acción. Por un lado, seguiré investigando al Movimiento Río de Lava. Tengo unas grabaciones en las que salen los cinco sospechosos que llevaron a cabo el robo. Debo dar con su paradero y hacerlo rápido. Por otro lado, abriré una nueva línea para centrarme en Erik Wagner y su empresa Skylinner. El objetivo de esta última es entender cómo financiaron la creación del arma y saber cómo han evadido los registros para averiguar los intereses ocultos».

—Joto que jata.

«Corto y cierro».

Bilbatúa miró la hora en su cristal, tiró el cigarrillo por la terraza del rascacielos, guardó a Henry en una mochila especial que llevaba para transportar perros y se marchó rumbo al *parking*. Tras coger la moto zumbadora, condujo a toda velocidad hasta el callejón contiguo al restaurante italiano Diavola, situado en el Distrito Tres. Este local pertenecía a Antoni, un hombre de origen italiano que, además de dedicarse a hornear *pizzas*, tenía un negocio de escuchas ilegales. Bilbatúa, como otros tantos, requería sus servicios cuando debía obtener información sin que la Administración tuviese registro de ello.

El general no pensaba en nada concreto mientras apretaba el acelerador al máximo, simplemente se veía en tercera persona como si fuese una película del antiguo Hollywood. Al llegar a su destino, descendió por una alcantarilla que siempre que iba allí utilizaba y dejó su chupa colgada en una percha que tenía preparada, agarrada a una tubería en la que ató también a Henry. A continuación, recorrió el túnel hasta llegar a la entrada secreta ubicada bajo la cocina del establecimiento. Subió por la escalera, abrió la compuerta y se dirigió al despacho de Antoni, donde se sentó sin decir ni «hola».

—Ha llegado el momento.

—Buenos días, general. ¿Dónde quedan los buenos modales?

—¡*El tiempo está en fuera de juego* y tengo nuevos planes para Wagner!

El italiano no mostró sorpresa al recibir la noticia ni al escuchar la errónea frase hecha. Sabía cómo debía comportarse cuando el general estaba sobresaltado y lo peor que podía hacer era mostrarse inquieto. Bilbatúa nunca compartía más información de la estrictamente necesaria y Antoni debía leer entre líneas las necesidades de su cliente. Meses atrás, se presentó en su establecimiento y le dijo que quería introducir a un topo en casa de los Wagner. Por qué o para qué quería llevar a cabo aquella insensatez eran incógnitas sin resolver. Todavía recuerda cómo se sucedió la conversación:

—Es hora de investigarlo. No sabes las ganas que tengo de… —El general había cortado la frase, midiendo sus palabras, y había decidido cambiar de tema—. Antoni, dime que ya tienes a un candidato que merezca la pena.

—Sí, ya he conseguido sobornar al pinche de cocina. Es un huérfano del Tres que lleva trabajando en casa de los Wagner dos años. El programa de Transición a la Vida Adulta nos ha beneficiado. El huérfano seleccionado se llama PR.

—¿Cómo ha llegado a trabajar para Wagner un desamparado del Tres? Ponme en contexto.

—Si quiere le puedo enviar un artículo donde se ve a PR estrechando la mano a Erik. Los medios alabaron la buena iniciativa de la familia Wagner de crear un programa de inserción laboral en la Cabeza. El objetivo era que un desamparado del orfanato del Distrito Tres trabajara en su mansión aprendiendo un oficio. Desde luego, Wagner no se imagina lo caro que le va a salir tener buena prensa… ¿Quiere conocer al huérfano?

Bilbatúa había movido el dedo gordo del pie, un gesto recurrente que hacía cuando estaba nervioso.

—Para minimizar daños, él no debe saber de mi existencia. Y ahora, *manos al andamio*.

Habían transcurrido meses desde aquella conversación y, en este periodo de tiempo, el infiltrado había pasado desapercibido con éxito, pudiendo enviar a Bilbatúa una veintena de informes. Ahora, el general quería ir un paso más allá.

—También necesito que instales micros en la mansión Wagner y una línea directa a la que solo yo tenga acceso.

Antoni alzó la ceja derecha y, acto seguido, esbozó una sonrisa maliciosa.

—General, me temo que esta misión será más cara de lo habitual. Introducir a un topo en su vivienda tiene un pase, pero instalar escuchas en casa de uno de los hombres más poderosos de la ciudad es algo extremadamente complejo. Le costará el cuádruple.

Bilbatúa frunció el ceño.

—Te pagaré el doble, ni más ni menos.

—Eso es imposible. General, yo…

—Antoni, si quieres seguir haciendo negocios conmigo, te sugiero que aceptes.

El duro semblante del agente cogió a contrapié al italiano, que, finalmente, aceptó el trato. Sin embargo, no contuvo su curiosidad:

—General, ¿qué ha pasado?

—Erik Wagner se cree intocable, pero está equivocado. Ahora ponte a trabajar, demuestra que vales lo que cobras.

Bilbatúa, sin dejar espacio a la réplica, abandonó el despacho, dejando a Antoni sentado en su sillón, meditabundo. Finalmente, tras comprobar por la cámara del callejón que Bilbatúa se había marchado, cogió el cristal fino y buscó un contacto en la agenda. En el holograma del cristal se podía leer: «Perros». Se disponía a llamar a Connor Brown, el mafioso más influyente del Cuerpo de la Ballena y socio de Antoni, perteneciente a la mafia italiana.

—Buenos días, Connor —saludó cuando Perros respondió a la llamada—. Nuestro cliente estrella se acaba de marchar. Me dijo que estuviese atento por si veía algo raro y creo que tengo una novedad que le puede interesar. Me ha pedido que incremente el nivel de escuchas en casa de los Wagner. No sé qué espera conseguir con este nuevo servicio, pero el cliente estaba muy alterado. Como bien me advirtió,

Bilbatúa guarda un interés oculto en Wagner y Skylinner. ¿Cómo quiere que actúe?

—…

—De acuerdo, formaré a PR para que instale las escuchas. Descuide, no tendrá problemas. Ya sabe que domina la tecnología perfectamente y no le costará familiarizarse con los programas. Además, los micrófonos son imposibles de detectar, por lo que el riesgo es mínimo. ¿Hago el siguiente pago al huérfano?

—…

—No creo que quiera mover un dedo sin ver por lo menos la nueva placa base que le prometimos, ya sabe que el chaval es un friki y lo único que le interesa es mejorar a su robot. Si se la damos, no hará preguntas incómodas y lo hará sin rechistar.

—…

—A sus órdenes. Haré el pago al huérfano y no le quitaré ojo a Bilbatúa.

—…

—Puede estar tranquilo, no creo que el general sospeche nada sobre su vínculo con Wagner. Por si acaso, me mantendré atento. Haré que sus intereses prevalezcan.

PR
Caminando

PR abandonó el orfanato rumbo a casa de los Wagner, donde llevaba dos años haciendo las prácticas del módulo de cocina que le habían asignado en su itinerario de estudios. Caminó cinco minutos hasta llegar a la estación de Nubes Cinco, donde cogió la cinta de aire hasta la parada situada a unos doscientos metros del suelo. En lo alto de la estación, se podían divisar las impresionantes vistas del Distrito Tres, que amanecía con los primeros rayos del sol.

Una vez en la parada, el joven activó su cristal fino para ojear los horarios: faltaban diez minutos hasta que llegase el transporte. No habría más de treinta personas en la calle, así que aprovechó para coger un papel arrugado que puso en su oreja derecha. Antes de ponerse manos a la obra activó, a través de Mimi, el vaporizador de IPS para que no quedase registrado en su cristal lo que iba a hacer. A continuación, ya sentado, prendió el costo minuciosamente para moldear con sus manos una delgada línea recta, elegante, perfecta. Le gustaba sin filtro, que rascase en la garganta, un viaje más rápido; como un golpe directo en la cabeza. Se había colocado con muchas drogas sintéticas que circulaban en el orfanato. Por la noche, los chavales se drogaban con la PROOMM$, el J5, la Calavera Hortera…: las sustancias de moda en la Pompa de Jabón, que no acababan de convencer a PR. Su consumo se remontaba a los doce años, cuando se topó con unos chavales que fumaban en el baño. Estos, por hacer la gracia, le obligaron a darle unas caladas al porro que tenían. La sensación fue extraña: angustiosa a la par que excitante, lo que le llevó a repetir. Desde entonces, pagaba la droga en el mercado negro del orfanato, haciéndole los deberes a los camellos del centro o trasfiriendo buenas clasificaciones en la Ruleta del Ascenso.

PR prendió el artefacto, se puso los cascos y le dio al *play*: comenzó a sonar *Gold*, de Chet Faker. Se movía lento. Otra calada. Casi podía volar con el teclado de Chet y su voz al estilo: «Fóllame aquí mismo o pírate». «El tipo debió de ser un chulo engreído», pensó PR. Le encantaba la música antigua de antes de la Gran Gran-Guerra. Era especial, menos industrial. No obstante, como buen melómano que era, no hacía asco a ningún estilo y siempre encontraba en los distintos géneros algún pequeño matiz único que le sacara una sonrisa. Otra calada; ya debía de ser la sexta. El bajo dejaba silencio para que la voz fluyera, mientras que las palmas coincidían con la caja de la batería, que le invitaba a fumar al tempo de su corazón.

El transbordador llegó. PR dio la bienvenida al aparato, abrazado a las suaves melodías que el piano de Chet emitía mientras la somnolencia le acariciaba los párpados. Eran las cinco de la mañana y le quedaba mínimo una hora y media de viaje hasta llegar al trabajo. Entró en el vagón y movió el cuello apático, saludando al robot que le daba la bienvenida. Al sentarse se percató de que casi no podía abrir los ojos. «Esto va a ser un viaje intergaláctico», dijo para sus adentros. Todavía podía sentir los estragos del costo en su cuerpo.

Un movimiento brusco del transbordador lo despertó. Ya estaba en el intercomunicador principal de la ciudad, situado en el Distrito Cuatro. La estación original se destruyó en la Gran Gran-Guerra. La actual edificación, enorme, bestial, había sido construida en la transición para convertir el devastado espacio en la Estación Central de la ciudad, aglutinando así todos los movimientos de población y mercancía en una única ubicación. El edificio con forma de huevo de gallina había sido diseñado de esta manera para garantizar su seguridad ante la posibilidad de un ataque. Por la fachada del edificio cientos de túneles se abrían paso, como si de las aberturas subterráneas de una colonia de hormigas se tratase. La sala principal se conectaba con el exterior por los conductos. Estos penetraban en una inmensa masa de energía que fluía por todo el edificio como si fuese agua. La tecnología punta servía como combustible para los aerotransbordadores y como fuente de recarga para el edificio.

Cuando se montó en el nuevo transbordador, la somnolencia no lo había abandonado todavía, pero eso no le impidió fijarse en la triste estampa que se desarrollaba. Al ver a todos los trabajadores con la cabeza pegada a su cristal fino sintió lástima. Por un instante, una extraña sensación de incomodidad le embargó: «Esto no está bien. ¿Qué es lo que chirría?». Finalmente, se rindió a la masa, agarró su cristal y se sumergió en él como uno más, mientras enterraba la cabeza como el avestruz lo hace en la arena.

El océano de internet lo atrapaba más de lo que le gustaría admitir. A pesar de que el Sistema de Calificaciones le resultaba excesivo, PR participaba de forma activa en él. Para no ser detectado cuando cometiera infracciones había inventado un pequeño dispositivo que había bautizado como el «vaporizador de IPS», que eludía los registros de la Cabeza. Era un hombre cauto a la hora de relacionarse en la red, por lo que tenía varias direcciones IP en las que pivotaba.

Buceando en las profundidades de la red, llegó al último *checkpoint*. En la salida del último control le esperaba

Mimi, que había sido transportada por los tentáculos de luz. PR le dio unos toquecitos en su ovalada cabeza antes de coger la cinta de aire que les conduciría hasta su destino. El costo le pegó otro directo al mismo tiempo que pulsaba el timbre de la mansión Wagner a través de su cristal. Eran las siete de la mañana. Puntual, como siempre. «Din, don».

Sin embargo, cuando se abrió la puerta, PR se quedó congelado: no entraba en sus planes encontrarse de frente con la joven. Se esforzó por intentar ocultar su nerviosismo.

—Buenos días, señorita —logró decir—. No esperaba verla despierta a estas horas.

—Hoy vuelve la abuela. Día importante, ya sabes. —La muchacha alzó los hombros.

Carolina llevaba un pijama blanco con forma de oso de peluche. El apretado pantalón hacía que la goma de su ropa interior se marcase, detalle que no pasó desapercibido para PR. La muchacha tenía una estatura media, alrededor de un metro setenta, y un cuerpo estilizado. PR lamentó que la capucha no le dejase ver la pelirroja cabellera que tanto le gustaba, aunque la prenda resaltaba su cara pecosa y hacía brillar más si cabe los ojos azul cielo que tenía. Al borde de un ataque de nervios, el chico intentó escabullirse rápidamente.

—Señorita, si me lo permite, me retiro a la cocina —se disculpó, tratando de agradarla con su tono zalamero.

—Como quieras, pero, tío, no me llames «señorita» —le pidió resoplando, tras lo cual le guiñó un ojo.

Para PR lo mejor de trabajar en casa de los Wagner era poder pasar algunos ratos con Carolina. A la joven le quedaban, como a él, pocos meses para cumplir los dieciocho y PR había entablado una peculiar relación de amistad con ella. Los contrastes culturales, relacionales y expresivos de una mujer criada en la Cabeza y de un hombre criado en el Cuerpo habían sido el germen de su atracción mutua. Ambos sentían una curiosidad morbosa por el mundo del otro, por lo que aprovechaban los escasos momentos de intimidad que tenían para entablar conversaciones poco usuales en la forma y el contenido. Carolina era autoritaria y cortante, incluso maleducada, en el trato, mientras que PR pecaba de una excesiva corrección, sin atreverse a abandonar el rol de servidumbre por completo. No obstante, aquella forma de interactuar era el resultado de un mecanismo de defensa inconsciente. Si algún familiar los viese interactuar en un tono menos formal, PR podría ser despedido en el acto y su relación se acabaría. Sin haberlo hablado nunca de forma explícita, ambos habían adoptado aquel código con el que jugaban.

—¡Ah! Se me olvidaba… —soltó ella de repente—. Antes de que te vayas, quiero que me hagas un favor. Ya me acabé el libro que me trajiste. —PR se quedó sorprendido: el libro tenía novecientas páginas y lo había devorado en tres días—. La trama no estaba mal, pero el estilo de la autora es lamentable. Además, te pedí algo con chicha, pero me has traído una novela romántica que deberíamos echar a la chimenea por el bien de la humanidad. Sinceramente, ha sido decepcionante.

Carolina no apartaba de él sus ojos azules cuando le hablaba. PR, nervioso, sentía como si aquel infinito océano le fuera a engullir.

—Mañana tráeme el libro que te dé la gana, pero algo que no sea insustancial, ¿vale? De hecho, tengo una idea mejor. —Carolina pareció encontrar de pronto la inspiración que necesitaba—: Me vas a traer la novela que te tenga enganchado ahora. ¿Ha quedado claro?

Hacía cosa de un año, Carolina le soltó aquella idea disparatada. «¿De verdad quieres que yo, el cocinero de la casa, te traiga un libro?», se había preguntado PR internamente. La cara del sirviente debió de ser todo un poema, ya que Carolina le dijo:

—Ni una palabra a mis padres. Y, por cierto, el libro no puede ser digital; formato papel.

Aquel día, PR llegó al orfanato ilusionado. Aunque la petición le había parecido un poco extraña, asumió la tarea con entusiasmo. Desde que PR había llegado a casa de los Wagner con quince años, esta había sido la primera interacción cercana que había tenido con Carolina. En aquel momento no lo sabía, pero ese contacto fue el inicio de su amistad. La hija de la adinerada familia vio en PR la oportunidad de encontrar otro modelo de referencia alternativo. La joven siempre se había sentido incómoda con su contexto, ansiando descubrir nuevos mundos y, en cierta manera, rebelarse contra el modelo con el que había crecido desde niña. Gracias a la lectura y a tener cerca un referente distinto como PR, Carolina había cambiado su forma de ser. No obstante, esto no fue unilateral. Mientras PR refinaba sus modales y, en secreto, aspiraba a ascender de distrito hasta llegar a pertenecer a la Cabeza, Carolina había realizado el proceso inverso, tratando de hablar y comportarse como una joven de barrio bajo, con modales y expresiones ajenos a su clase social que solo utilizaba en presencia de PR y sus amigos.

La primera novela negra que PR le entregó a Carolina fue *Los hombres que no amaban a las mujeres*, de Stieg Larsson. Sabía que le gustaría, ya que la protagonista, Lisbeth Salander, era una mujer indomable, lo que era un valor seguro con el huracán Carolina. El éxito fue sonado y a los tres días Carolina le pidió que le trajese los otros dos ejemplares que completaban la trilogía.

PR había tenido que aprender a sortear el difícil reto de conseguir libros en formato papel, un artículo prácticamente extinto, herencia del pasado. Todo lo que no estuviese en la nube se había quedado desfasado, por lo que encontrar libros en formato físico era un galimatías. Afortunadamente para él, existía un lugar en la ciudad idóneo para adquirir cualquier reliquia: el Rastro. En este mercado urbano había un librero de ochenta años que trataba de despachar sin éxito su biblioteca privada. De hecho, PR se atrevería a decir que él mismo y Murge, la cocinera del orfanato que le recomendó aquel desván de papel, eran de los pocos clientes que tenía el romántico librero.

—Señorita, la próxima vez no la decepcionaré: le traeré un clásico.

—¡Y dale con «señorita»! ¡No me llames así!

PR dio un brinco para atrás.

—Lo siento, pensaba que estábamos…, ya sabes…, jugando.

PR empezó a rascarse la cabeza con fuerza, incómodo por haber metido la pata. Odiaba que siempre le picase el cuero cabelludo cuando una situación le perturbaba.

—¡Hoy llámame Carolina y punto, que no estoy de humor! Entiendo que cuando están mis padres no lo hagas, pero cuando nos quedamos solos puedes relajarte un poco y dejar de vacilar.

PR asintió, mientras sentía cómo la timidez lo cubría con su manto.

—De acuerdo, Carolina. Bueno…, ahora… ahora tengo que irme a preparar la comida.

—Espera, un segundo. ¿Y esa cara?

PR se quedó petrificado, esperando a que Carolina continuase.

—Relájate, PR. ¡Que estaba de coña! Te tendrías que haber visto… ¡Vaya careto!

PR sonrió. Aquella muchacha que olía como los ángeles y que, ciertamente, hacía que sus rodillas temblasen, le mantenía en un sinvivir. «¡Por Dios, es muy temprano! —pensó—. Vaya energía tienes nada más levantarte. ¿No puedes dejarme en paz? Son las siete de la mañana y necesito un café antes de desmayarme».

—Bueno…, bueno…, creo que debería irme a cocinar.

Carolina suspiró.

—De acuerdo, tío, pero no te olvides del libro, ¿*ok*?

PR acababa de dar el primer paso hacia la cocina cuando la muchacha le chistó para que se detuviera. Aquello no acababa nunca.

—Tsss, no te olvides. Me llamo Carolina. Nada de «jovencita» o «señorita». No eres tan mayor como quieres aparentar y no hay que pasarse con el vacile —le advirtió ella—. Adiós, su majestad —se despidió, haciendo una reverencia con tono burlón.

PR llegó a la cocina. El olor de la chica parecía no querer abandonarlo. Intentó abrir la puerta del guardarropa con las manos temblando, pero no pudo. Afortunadamente, Mimi lo hizo por él. El porro que se había fumado seguía haciendo de las suyas. «Joder, cómo voy. ¡Menos mal que ha abierto Carolina y no la jefa de cocina!», pensó algo aturdido.

Una vez en la cocina, ya vestido con su elegante uniforme, PR vació una calabaza que estaba situada en la encimera que lindaba con la pared del salón, sacó el dispositivo que le había entregado Chamorro el último día que le había visto y lo colocó en el interior de la verdura. Tras recubrirlo con restos de calabaza para que nadie sospechara y untar una crema incolora sobre la verdura que imposibilitaba la localización del dispositivo, se puso a preparar los ingredientes de la comida. Programó a Mimi para que empezara a pelar cebollas mientras él acababa de ultimar su meticulosa rutina. Al poco tiempo, cuando estaba en plena actividad, la angustia le abrazó fuerte: sintió como las lágrimas brotaban sin control. No sabía si era la cebolla friéndose o el vaivén de sentimientos que le embargaban. Había que pelar muchas capas para comprender los sentimientos de PR.

***

En la parte superior de la mansión, Erik Wagner cogió su cristal fino y buscó un contacto. La destinataria de la llamada era la canciller del Origen, íntima amiga y máxima responsable del funcionamiento de la Ballena Europea. No hubo grandes artificios en la conversación, solo una descripción detallada de lo sucedido en Skylinner hacía una semana.

—Efectivamente, canciller. No sé cómo ha podido ocurrir. Por un lado, hemos perdido las puntuaciones de casi medio millón de cristales. Con el debido respeto, opino que el general no ha sabido contener la situación y su investigación no avanza al ritmo que debiera. Por otro lado, la pérdida del Núcleo 48 es inadmisible. ¿Se hace una idea de lo que puede llegar a hacer el Movimiento con semejante arma, canciller? La investigación interna se hará minuciosamente como ordena, aunque no servirá de mucho, ya que el sistema fue hackeado y apenas se ha logrado recuperar datos.

Erik se quedó callado para escuchar atentamente la réplica proveniente del otro lado de la línea.

—Ya, ya, canciller. Entiendo perfectamente que Bilbatúa debe tener límites. No seré yo quien le baile el agua.

—...

—Esto ha sido una debacle que no puede repetirse. Estoy de acuerdo, canciller. Así lo haré, pero tengo una condición. Si Bilbatúa no da con los terroristas del Movimiento Río de Lava a tiempo, será nuestra cabeza de turco.

—...

—No pienso transigir en esto. Aunque sea su subordinado, no puedo permitir que airee información de Skylinner a los medios: mi reputación está en juego. Piense qué haría si llegase a conocerlo todo. Ya sabe que tiene un código moral demasiado rígido..., cómo decirlo..., demasiado estricto, para entender lo que estamos construyendo.

—...

—Indudablemente hay que minimizar daños. Al fin y al cabo, Bilbatúa no es más que un peón prescindible.

¿Tenemos un acuerdo entonces?

—…

—Así lo haré, pero será tarea suya atar en corto al general hasta que solucionemos la situación. Es mucho más inteligente de lo que aparenta.

Bilbatúa
La primera pista

Bilbatúa se había pasado toda la noche en vela revisando las grabaciones sobre el robo del Núcleo 48. Tras analizar cada detalle de los vídeos, había encontrado una pista. El general descolgó su cristal fino y llamó a su compañero, el N.º 51. Tras darle una dirección, se dirigió a toda velocidad hacia el punto de encuentro acordado.

Bilbatúa hizo una entrada triunfal derrapando en la puerta de la fábrica de metales pesados del Distrito Uno. Tras detener el vehículo, echó la vista atrás para comprobar que nadie le seguía. Últimamente tenía la impresión de que una sombra, a la que no lograba echar el guante, se cernía sobre él. Inquieto, salió del automóvil. Tras ordenar a Henry que le esperara en el interior del vehículo, se dirigió a la entrada del edificio, donde su compañero le recibió con un humeante café en la mano.

—Buenos días, general. Ya he hablado con el empresario de la fábrica y está todo dispuesto. Nos espera en la oficina de recursos humanos.

Bilbatúa fulminó con la mirada a su compañero, cogió el café y entró sin decir nada. En el recibidor se encontró con la directora de recursos humanos. Esta los acompañó hasta la sala de reuniones, donde el dueño de la fábrica los aguardaba.

—¡General! ¡Es todo un honor tenerle con nosotros! —le saludó el rechoncho propietario mientras le estrechaba la mano—. ¡Está todo en marcha, como indicó el N.º 51!

Los presentes tomaron asiento en torno a la mesa redonda.

—¡Gracias, Kat, por acompañarlos! —dijo señalando a la única mujer de la sala—. Ella es la directora de recursos humanos de la empresa. ¡Mantiene a raya a esa pandilla de holgazanes!

El hombre estaba visiblemente alterado por la inesperada visita del general. Más que hablar, gritaba. Bilbatúa le echó un vistazo a Kat mientras el gordinflón largaba compulsivamente.

—¿Quieren una taza de café? ¿Unas pastitas?

Bilbatúa fue directo al grano.

—Quiero que te calles y escuches.

La sequedad de la boca del empresario se incrementó considerablemente al escuchar el bufido del general.

—Co… como usted ordene.

—Necesitamos su colaboración.

El empresario respiró aliviado.

—¡Por supuesto! ¡Estamos a su servicio! ¡Para... para lo que necesite!

La directora de recursos humanos miró de soslayo a su jefe, que era incapaz de mantener la boca cerrada. El desprecio que su rostro reflejó era insultantemente visible. Probablemente, la fábrica entera sabía que la directora de recursos humanos opinaba que el jefazo era un cretino de primera categoría. El N.º 51 dedujo que la mujer debía de ser realmente válida en su trabajo si todavía seguía conservando el puesto con semejante actitud.

—Estarán al tanto del robo que sufrió la empresa Skylinner —continuó Bilbatúa—. Creemos que uno de sus trabajadores ha estado implicado en el robo de Skylinner.

—¡Dios santo!

—Las botas que llevaba el día de la operación le han delatado. Analicen esta fotografía.

La mujer se adelantó al empresario.

—Ricardo, si te parece, me encargo yo. Conozco mejor a nuestros empleados.

El hombre asintió y se quedó en segunda fila, sumiso. La mujer manoseó el holograma con curiosidad.

—En efecto, estas botas son de nuestra empresa. Las llevan los técnicos que supervisan la producción de láminas destinadas a las aeronaves.

—Bien. Quiero que eche un vistazo. No se fije en su cara porque lleva un desfigurador de rostro y el aspecto que tiene no le pertenece. Preste atención a su envergadura, su postura, sus movimientos… Cualquier detalle que se le venga a la cabeza puede marcar la diferencia.

La mujer analizó la proyección.

—Sinceramente, no se me ocurre quién puede ser. Piense que estas botas las llevan todos los operarios de las tres fábricas. Así que, déjeme pensar… Eso quiere decir que hay, aproximadamente, unos doscientos trabajadores que tienen ese calzado, por no hablar de los antiguos empleados que todavía las conserven. —Kat hizo una pausa para beber un poco de agua, antes de concluir—: Lo único que me ha llamado la atención al ver la imagen es que las botas están bastante desgastadas.

Bilbatúa asintió. Él también se había percatado. Estaba claro que la directora era mucho más perspicaz que el empresario.

—Bien, supongo que tendrán un inventario fechado con la ropa de trabajo y cuándo se ha entregado.

—Así es.

La mujer volvió a mirar el holograma mientras se mordisqueaba los labios.

—Yo diría que el desgaste de las botas se corresponde con las de un trabajador que lleve aproximadamente un año y medio, o incluso dos. Aquí el calzado es fuerte. Los operarios se dedican a supervisar el correcto funcionamiento de los robots y las prensas que trabajan a gran temperatura.

Bilbatúa procesó la información a la velocidad del rayo.

—Quiero que me envíe una lista de las personas que calcen un cuarenta y cuatro o un cuarenta y cinco. Deseche a los nuevos. Solo me interesan los que lleven entre uno y dos años utilizando el calzado. También añadirá un informe donde incluirá los nombres de todas las personas que han abandonado el trabajo durante los dos últimos años, haciendo especial hincapié en los últimos tres meses. Si alguno coincidiese con la fecha en la que se llevó a cabo el robo en Skylinner, llámenos de inmediato.

El general se levantó y, sin despedirse, salió de la sala de reuniones. El N.º 51, tras agradecer la ayuda prestada a Kat y al empresario, corrió tras Bilbatúa, al que encontró fumando un cigarrillo en la salida.

—General, ¿cómo se ha dado cuenta del detalle de las botas?

Bilbatúa expulsó el humo cerca del rostro del subordinado.

—Punta de acero.

—¿Qué?

—Las botas están recubiertas con puntas de acero. Lo que indica que o bien son botas de trabajo, o bien son botas que pertenecen a capas negras o a fanáticos de la guerra. Como había muchas posibilidades pedí al Departamento de Informática que depurase más la imagen. Ya sabes, con toda esa parafernalia del 3D lograron extraer la fotografía en un ángulo imposible. Así fue como encontramos el logo de la empresa desdibujado en la suela. El siguiente paso fue hacer una reconstrucción por vectores del logotipo porque era ilegible. Me da la impresión de que le hemos pillado *con las manos en el bizcocho.*

—¡Impresionante!

—¿Y tú qué has averiguado?

El agente N.º 51 no quería desperdiciar la oportunidad que Bilbatúa le estaba brindando. Como compañero novato que era, la simple posibilidad de afianzar su puesto y convertirse en la mano derecha del general le hacía estremecerse. Para lograrlo, había estado buscando información determinante sobre el caso Skylinner. Tras toparse con varios callejones sin salida, había decidido acudir a su padrastro, Connor Brown.

El Distrito Uno era con claridad el más pobre de toda la ciudad. Históricamente se había especializado en la extracción de minerales y en las centrales energéticas que estaban instaladas en el núcleo de la tierra. El distrito albergaba en su seno un submundo marginal dirigido por mafias que se dedicaban a la trata de personas, el contrabando, la prostitución, las peleas ilegales, las apuestas… El Amante de los Perros, Connor Brown, era el líder de la mafia irlandesa y aliado de la mafia italiana, en competencia directa con la china y la gitana. Aparte de todas sus actividades, Connor era el padrastro del N.º 51. El mafioso se manejaba como pez en el agua en la lucha por el poder político de su distrito, llevando a cabo el trabajo sucio que nadie quería realizar. Había llegado a un pacto tácito con las Brigadas de Atención al Ciudadano: siempre que mantuviera a los habitantes de su sector controlados y siguiera pagando los sobornos a los altos cargos de la ciudad, tendría manga ancha para realizar las actividades que quisiera.

El negocio principal de Brown se centraba en organizar y controlar las apuestas que generaban las peleas de boxeo de los Distrito Uno y Dos. Este deporte se había convertido tras la Gran Gran-Guerra en la competición estrella de la Ballena Europea y generaba unos beneficios impresionantes, más incluso que el fútbol. Connor era el responsable de supervisar el correcto funcionamiento de los combates: controlaba las apuestas y los datos de los cristales finos, así como mantenía la seguridad en los eventos. Corría el rumor de que el mafioso hacía honor al significado de su apodo, el Amante de los Perros, ya que alimentaba a sus criaturas con los pedazos de los boxeadores que eran derrotados en las peleas clandestinas. Nunca se había podido comprobar si dicha acusación era veraz. Lo que nadie se atrevía a negar era su crueldad.

—Soy yo —le anunció el N.º 51 a Connor cuando este respondió a la llamada.

El joven había encendido el altavoz del cristal fino tras contarle a Bilbatúa la idea y que este diera su aprobación. El general fumaba a su lado, sentado en la entrada de la fábrica. El contacto se estaba realizando a través de una línea segura.

—Marzo, ¿dónde te habías metido?

Bilbatúa gesticuló con la cabeza para que el N.º 51 continuase.

—¿Has oído algo sobre el caso Skylinner? —preguntó este sin preámbulos, ignorando la pregunta de su padrastro.

—¡Cómo no voy a haber oído hablar del robo, si la ciudad no hace otra cosa!

—Hay mucha palabrería, pero no todo el mundo tiene tus oídos.

—En eso tienes razón y bien sabes que quien algo quiere, algo le cuesta. Últimamente no das señales de vida y me tienes desinformado. ¿Qué pasa, hijo? ¿Has estado chupando muchas pollas por la comisaría? ¿Por qué no les preguntas a los maderos a ver qué saben?

El N.º 51 ignoró el tono de su padrastro y siguió con su estrategia:

—Estoy a punto de ser ascendido; por eso he estado incomunicado estas semanas. Muy pronto seré la mano derecha del general Bilbatúa, y los dos sabemos lo que eso podría significar.

—Me alegra ver que tienes un futuro prometedor junto al general —afirmó irónicamente Connor, riéndose entre dientes—. Entonces seguro que tú estás mejor informado que yo. Dime, ¿qué novedades tiene el viejo Bilbatúa en el caso Skylinner?

El N.º 51 miró al general para confirmar su aprobación antes de contestar. Bilbatúa, con solemnidad, asintió sin articular palabra.

—El principal sospechoso ahora mismo es Erik Wagner. Bilbatúa cree que Erik robó el Núcleo 48 de su propia empresa, pero cómo, por qué o qué quiere hacer con el arma son incógnitas aún. Tengo que darle al general alguna información determinante si quiero seguir en el caso. Ahora mismo estoy estancado y necesito tu ayuda.

Se hizo el silencio al otro lado de la línea.

—¿Connor?

—Sí…, sí, estoy aquí. Dame un par de días. Movilizaré a las ratas a ver qué averiguan. Quiero que me mantengas al tanto de las novedades, ¿de acuerdo?

Connor parecía sorprendido y su tono había cambiado. No era habitual pillar a contrapié al mafioso, pero estaba claro que al escuchar el apellido Wagner las alarmas se habían activado.

—En unas horas conseguiré algo de información que darte para contentar a Bilbatúa.

—Genial.

—Y, Marzo, a ver cuándo te pasas por casa a tomar una copa.

Ambos adoptaron un tono más cercano, aunque demasiado frío para ser realista.

—Lo tengo pendiente. No ha sido fácil mi adaptación a esta nueva fase en las Brigadas de Atención al Ciudadano.

El silencio se adueñó de la conversación, hasta que Connor retomó el hilo.

—Hijo, no pierdas el foco: entraste en las Capas Negras con un propósito, no lo olvides.

—Tengo que colgar. Nos vemos pronto, padre.

—Adiós, Marzo.

Tras colgar, el N.º 51 se quedó callado. El general Bilbatúa, con una fina sonrisa en los labios, le dijo:

—Lo has hecho bien.

—Eso espero —contestó con sequedad el subordinado.

—Claro que sí, muchacho. Cambiar de bando nunca fue sencillo, pero verás como todo esfuerzo tiene su recompensa.

—General, no entiendo por qué has querido que compartamos lo que sabemos sobre Skylinner con mi padrastro.

Bilbatúa torció los labios como si intentase sonreír y guardó silencio, ignorando al agente. El N.º 51 volvió a insistir, dejando patente que no se conformaría con una evasiva.

—¿Y bien?

Bilbatúa sopesó su contestación durante unos segundos.

—Llevo años trabajando con Antoni, el espagueti del Tres y socio de Connor. Hace escuchas ilegales para mí cuando no quiero que haya registros oficiales. Siempre ha sido discreto y nunca me ha dado problemas, hasta que hace unos días le pedí que instalara escuchas en casa de Wagner. ¿Sabes qué hizo en cuanto empecé a espiar a Erik?

—¿Qué?

—Se puso en contacto con Connor.

—¿Cómo lo sabe?

—Tengo pinchado su cristal.

—Pero, general, no entiendo por qué acudió a él si sabía que eran socios. Era obvio que le informaría.

—Lo que me interesaba saber era qué le diría a Connor.

—¿Y qué descubrió?

—Que Connor y Wagner tienen intereses en común.

—¿Cuáles?

—Ni idea, pero lo averiguaremos pronto.

—¿Cómo?

Bilbatúa le regaló al N.º 51 una cara de aburrimiento a modo de contestación.

—¿Y?

—Filtraremos información a Connor a través de ti y a través de Antoni.

El cristal fino del N.º 51 sonó, interrumpiendo la conversación.

—General, es la directora de recursos humanos.

—Cógelo.

—¿Sí?

—Buenos días, soy Kat. Tengo toda la información que han pedido.

—¡Estupendo! Envíela a la comisaría de inmediato.

—Ya lo he hecho, agente. Le he llamado porque he encontrado algo que quizás les pueda interesar. Al cotejar los datos he encontrado a un trabajador que encaja en el perfil que andan buscando. Su nombre es Alberto Ruiz. Calza un cuarenta y cinco y llevaba trabajando con nosotros dos años, hasta que hace una semana desapareció. ¿No es esa la fecha en la que se efectuó el robo? Desde entonces no hemos tenido noticias suyas. Por cierto, lo he comprobado con nuestras imágenes de archivo: es zurdo.

El N.º 51 miró al general, quien también escuchaba la conversación gracias al altavoz del cristal fino.

—¿Qué estatura tiene? —intervino Bilbatúa.

—Yo diría que un metro ochenta o un metro ochenta y poco.

Los dos agentes asintieron. Tras colgar el cristal, subieron a la zumbadora, encendieron la sirena y se fueron a toda velocidad en búsqueda del sospechoso. El N.º 51 siguió bombardeando a preguntas al general, pero no consiguió respuesta alguna. La sirena a todo volumen y el rugir del motor fueron los únicos sonidos que pudo identificar camino a casa del sospechoso.

Bilbatúa
De la escena del crimen al restaurante

Los agentes se encontraban en el Distrito Tres, concretamente en la barriada 341, en el bloque de pisos donde vivía el sospechoso que la jefa de recursos humanos había logrado identificar hacía unas escasas horas. Mientras subían por la escalera de incendios del edificio, el N.º 51 desenfundó el arma reglamentaria, una Black 78 con disparo semiautomático. Bilbatúa cubría su espalda. No querían llamar la atención. Subieron hasta el rellano del piso veinte, donde recuperaron el aire tras comprobar que no había nadie en las proximidades. El general ordenó entonces al N.º 51 que avanzara hasta el otro lado del pasillo para cubrir la entrada.

La puerta tenía vetas de maderas irregulares, carcomidas por el paso del tiempo. La pintura desconchada parecía sudar. La luz de tubo que iluminaba el angosto pasillo emitía un zumbido irritante. El general, mientras su compañero vigilaba, se inclinó y miró por debajo de la puerta con un cable de águila que conectaba con su lupa de gato, instalada en el ojo izquierdo. «Todo despejado». Bilbatúa cambió el modo de la escopeta a máxima descarga y disparó a la cerradura. La bombilla del pasillo estalló en mil pedazos. El

N.º 51 no se dejó amedrentar por el inesperado estruendo y lazó una granada cegadora al interior de la vivienda.

—¡Capas Negras! ¡Todo el mundo al suelo!

Los gritos de los agentes retumbaron contra el desangelado salón. Sin perder ni un segundo, pasaron a inspeccionar el baño y la cocina. Los azulejos verdosos llenos de polvo que había en las estancias distorsionaban sus reflejos. Llegaron a la primera habitación, que estaba cerrada. Bilbatúa, tras dar una patada a la puerta, lanzó otra granada cegadora para que el N.º 51 comprobara el interior. En la esquina izquierda, una mancha agazapada se movió.

—¡Manos arriba!

El N.º 51 no obtuvo respuesta y, sin pensarlo dos veces, disparó. Las balas sonaron como cañonazos al percutir contra el cuerpo, que cayó abatido. Las chispas centelleantes que comenzaron a salir del objeto corroboraron la sospecha del agente: el robot de servicio al que había acertado de pleno perdía sus últimos rayos de energía mientras miraba al N.º 51. Aquellos ojos negros, incómodos, le parecieron casi humanos. El general, al comprobar que la habitación estaba despejada, se desplazó hasta la entrada de la última estancia.

—¡Sabemos que estás ahí! ¡Sal con las manos en la nuca! ¡Estás rodeado!

El silencio en la casa era total. Lo único que se podía percibir era el llanto de un niño pequeño que lloraba a lo lejos. El corazón le iba a mil; la yugular a punto de explotar y el mirar del robot clavado en las pupilas del N.º 51.

—¡Es tu última posibilidad!

Bilbatúa le indicó a su compañero que lo cubriera mientras se acercaba a la cerradura para colocar el señuelo de sombra. Este aparato proyectaba un holograma para distraer la atención del oponente. Se utilizaba cuando había posibilidades de que hubiese un tirador apostado. Una vez el señuelo estuvo ubicado a escasos centímetros de la puerta, el general la echó abajo de una patada. El holograma con la forma de Bilbatúa se proyectó de inmediato.

—¡Manos arriba! ¡Al suelo!, ¡al suelo!

Nadie contestó, nadie disparó, nadie se movió en el interior del habitáculo. Ambos agentes entraron con las armas en alto y el dedo bien pegado al gatillo. Para su sorpresa, lo único que hallaron fue el cadáver del sospechoso, Alberto Ruiz, en mitad de la cama con un tiro en la cabeza. La tempestad golpeaba la catedral del desasosiego que deja la muerte tras su paso; del cadáver que se ha ido y que nunca volverá. Bilbatúa había visto cientos de muertos y le seguían pareciendo igual de irreales; algo que pertenece a otro mundo ajeno al humano.

—¡Mierda!

El general se frotó los ojos, decepcionado. Acto seguido, se puso en cuclillas para retomar el aliento y tratar de pensar con mayor claridad sobre cuál debía ser el siguiente paso. El resto de los refuerzos tardaría en llegar diez minutos más, tiempo suficiente para que Bilbatúa y el N.º 51 fuesen los primeros en inspeccionar la escena. El general, con las ideas más claras, comenzó a revisar el cadáver, mientras su compañero daba una vuelta al resto de la casa. El difunto se había volado los sesos. Las manchas de sangre, esparcidas por todo el cabecero de la cama, parecían dibujar trazos aleatorios, como si un pintor enloquecido hubiese lanzado vino tinto sobre un lienzo blanco.

—¡Señor! ¡Tiene que ver esto! —le indicó su subordinado desde la lejanía, interrumpiendo las pesquisas del general, quien comprobaba ahora la trayectoria de la bala.

Cuando Bilbatúa llegó al cuarto contiguo se topó con un falso armario que el sospechoso había construido para ocultar otro espacio dentro de la casa. Ambos agentes desenfundaron las armas, encendieron las linternas y pasaron al cuarto secreto. El quejido de la inerte madera parecía alertar de la presencia de los intrusos. Las pesadas botas intentaban, sin éxito, acallar aquel crujir escandaloso, caminando con tiento. Una gota de sudor rodó por la nariz de Bilbatúa. El N.º 51 encontró un interruptor y lo pulsó, destapando el pastel.

—¡Madre mía!

Al iluminar el escondrijo apareció ante sus ojos todo un arsenal: diez armas, tres ordenadores, cinco cristales finos, memorias externas, granadas, explosivos C4… y, colgada sobre la pared más ancha, una bandera que tenía serigrafiado un cuchillo atravesando una granada, el símbolo de las fuerzas especiales de la Gran Gran-Guerra.

—División 12, tercera de infantería. La que comandaba Wagner —musitó el general para sus adentros.

—¿Está viendo esto, general? Huele a… ¡ascenso!

La euforia que el N.º 51 mostraba no parecía ser compartida por Bilbatúa, que, tras echar un vistazo, le dijo a su compañero:

—Deja de hacer el payaso. Tenemos poco tiempo antes de que lleguen los demás. Quiero que hagas una grabación de todas las habitaciones tal y como están e investiga el pasado del cadáver. También necesito un informe detallado del Departamento de Toxicología y otro de Forense. —El general parecía realmente contrariado—. ¡Estate atento al cristal!

Acto seguido, el N.º 51 se acercó a la bandera y la

palpó con el dedo índice, dibujando su contorno, como si algo hubiera llamado su atención. Al tocar la tela percibió que detrás había algo. En el acto, quitó la bandera, dejando a la vista un blasón, en el que estaba dibujado un número romano: «III».

—General, es un símbolo rebelde, ¿no?

Sin más miramiento, Bilbatúa cogió el blasón, lo enrolló y se lo guardó. De inmediato, abandonó la habitación, alterado. Antes de cerrar la puerta, se volvió hacia el N. º 51.

—Ni una palabra sobre esto —le dijo.

—¡Espere, general! ¿A dónde va?

***

Eran las nueve de la noche cuando Bilbatúa llegó al restaurante Diavola. Tras aparecer por la trampilla de la cocina, ordenó al metre que fuese a buscar a Antoni para reunirse con él. Al instante, los camareros prepararon un reservado y guiaron al general hasta su mesa. Bilbatúa había acudido allí con un plan: revelar toda la información que sabía para que Connor Brown actuara contra Erik Wagner, y precipitar así los acontecimientos. De esta manera, sabría si la relación que tenían Wagner y Connor guardaba algún tipo de relación con Skylinner y el robo del Núcleo 48. No obstante, el general era plenamente consciente de que no podía revelar la información sin levantar sospechas, por lo que había trazado un genuino plan.

El restaurante Diavola era un local peculiar. Antoni había sabido combinar el estilo de una pizzería italiana clásica, con su horno de leña, sus mesas de madera noble y sus manteles rojos… con los avances tecnológicos más punteros. El restaurante tenía dos áreas: la familiar y la privada. La primera de ellas se caracterizaba por ser una *trattoria* al uso. La segunda área era conocida por su particular privacidad, gracias a la tecnología de cascada electrónica que se extendía del techo hasta el suelo, formando una película de agua que caía constantemente. Esta servía para impedir la visión y la escucha de las mesas aledañas, y, a su vez, como aislante para que hubiese quietud en el reservado, idóneo para la discreción de políticos, mafiosos, amantes…

Antoni se sentó en la mesa del general. Tras saludar a su invitado, ambos pasaron a elegir la cena. La carta interactiva desplegaba ante ellos los olores de los platos seleccionados. Antoni aprovechó que Bilbatúa ojeaba los hologramas para analizarlo. Su metro noventa y sus cien kilos de peso imponían. Era la primera vez que iban a cenar juntos, pero estaba convencido de que devoraría como un tigre. Las orejas largas y anchas parecían ir a juego con su prominente mentón, que destacaba gracias a la cuadrada mandíbula que le caracterizaba. La barba bien rasurada y su pose orgullosa apestaban a tufo militar, que Bilbatúa potenciaba con orgullo.

—¿Qué tomará, general?

—Quiero unos espaguetis *alle vongole* y una jarra de cerveza de barril.

Antoni se sorprendió al escuchar su elección. Habría apostado un brazo a que su invitado elegiría una *pizza* hawaiana o alguna guarrería similar, propia de la población que no tenía criterio culinario.

—General, si me lo permite, le sugiero que compartamos una botella de Chianti, en vez de su cerveza. Invita la casa.

—Traiga las dos cosas. ¿Para qué privarnos? Hoy estamos de celebración.

Antoni asintió. El camarero se marchó y los dos hombres se quedaron solos.

—¿Qué se supone que celebramos, general? —preguntó Antoni, expectante.

—Que mi investigación avanza.

—Genial. Eso es maravilloso.

Bilbatúa cerró la carta, puso las manos sobre la mesa y se irguió.

—Por eso estoy aquí, Antoni: para darte buenas noticias. Pero antes, ¿has empezado ya con las escuchas paralelas a Wagner?

La pregunta agradó a Antoni, que no pudo ocultar su afanosa alegría, ya que pretendía cobrarle un sobrecoste por los nuevos servicios.

—¡Por supuesto! ¡Ya está todo dispuesto! Sin embargo, debo advertirle de que los dispositivos han sido más costosos de lo esperado. He precisado de tecnología punta para que pasasen desapercibidos. Además, he tenido que formar al topo para su cometido.

—Antoni, pareces judío en vez de italiano con tanto regateo, pero no te preocupes porque tengo una contraoferta que hacerte.

El italiano ladeó la cabeza, sorprendido. El general era pésimo negociando. Estaba impaciente por ver qué disparate iba a sugerir.

—Quiero oídos en casa de un nuevo cliente.

—¡Sin problema! ¡Usted pida! ¡Le haré un descuento por los dos servicios!

Bilbatúa se regaló un segundo mientras sonreía maliciosamente.

—Vas a espiar a Connor, el Amante de los Perros. ¿Lo conoces?

Antoni se quedó petrificado. Para no parecer sospechoso, pensó que la solución más prudente sería regalarle a Bilbatúa una cínica sonrisa.

—Sí…, claro que sé quién es.

—Excelente. ¿Podrás hacerlo?

—Por supuesto. Pero ¿por qué quiere investigarlo?

La pregunta ansiada por Bilbatúa acababa de aterrizar sobre la mesa.

—Vengo ahora mismo de la escena del crimen. Era nuestra principal pista para resolver quién ha robado el Núcleo 48 en Skylinner y ¿sabes qué? El sospechoso se había volado la tapa de los sesos, *caput*. Pero al registrar la vivienda he encontrado algo interesante.

—¿El qué?

Bilbatúa forzó una pausa dramática que logró cortar la respiración de Antoni.

—En la pared colgaba un cuchillo atravesando una granada, el símbolo de las fuerzas especiales, concretamente el distintivo de la División 12, tercera de infantería, la que comandaba Wagner en la Gran Gran-Guerra. Pero eso no es lo mejor. Detrás de la bandera, ¿sabes qué había?

Al instante accionó su cristal fino, reproduciendo un holograma donde se podía ver una imagen.

—Como ves, detrás de la bandera se encondía un

blasón con un setter irlandés, el símbolo del clan de Connor. El irlandés y Wagner son competencia directa. Voy a averiguar si la organización de Connor está implicada en el robo de Skylinner.

Cuando Bilbatúa estaba a punto de describir los pormenores de su nueva misión, Antoni dejó caer la servilleta al suelo. El camarero vio la señal y acudió al instante con los platos de comida y una botella de vino.

—¡Vaya pinta tiene esto! —dijo el General a la vez que Antoni se levantaba de la mesa, excusándose.

—Voy a ir rápidamente al servicio. Por favor, Luigi, quédese en mi ausencia para atender al caballero. Que no le falte de nada.

Antoni se esfumó bajo la cortina de agua que aseguraba la privacidad de aquel reservado, y el camarero aguardó, junto a Bilbatúa, esperando nuevas órdenes.

Los minutos avanzaron y Antoni no regresaba. El perrito faldero del camarero miraba la cortina de agua más tieso que el palo de una escoba. La pajarita del metre cada vez parecía apretarle más, y Bilbatúa, aburrido del silencio, decidió empezar con el tinto. En un abrir y cerrar de ojos, el líquido chocaba contra la copa, arrullando un agradable canto etílico que parecía seducir los oídos del general, quien no perdía detalle de semejante explosión sonora.

—¿Quieres probar un poquito? —le preguntó al camarero con tono burlón. Este rechazó la propuesta con un gesto, sin disimular su incomodidad.

Bilbatúa bajó el vaso de un trago y, con cierta soberbia, golpeó la copa con las uñas para que el camarero la rellenase. Al pobre empleado le temblaban las manos.

—¿Te he dicho que pares?

El camarero, nervioso, llenó el vaso hasta que Bilbatúa le indicó que se detuviera. El recipiente estaba a punto de rebosar: parecía un mini de calimocho barato en vez de un vino de lujo.

—¿Dónde está tu jefe? ¡Vete a buscarle!

—Señor, no puedo hacer eso. Me ha dicho que espere aquí.

—¡Mueve el culo!, ¿o quieres que te lo repita?

El chiquillo estaba a punto de salir del reservado cuando Antoni atravesó la cascada de agua. Bilbatúa lo miró con dureza y el camarero, por fin, pudo respirar aliviado.

—Puedes retirarte, Luigi. Llévate los platos y dile al *cuoco* que vuelva a servirnos.

—Ya era hora, italiano… —afirmó, molesto, Bilbatúa.

—Luigi, antes de que te vayas: trae otra botella de vino. Parece que esta le ha gustado al general —pidió mientras se servía el culito que quedaba—. Un Mauro edición especial del 2011 estará bien, la del cuarto cajón. Sírvelo en el decantador para que se oree bien, como tú sabes. Ya he dejado todo dispuesto.

Antoni le guiñó un ojo al camarero y este, tras recibir la nueva orden, se fue más nervioso si cabía. Bilbatúa retomó la palabra.

—¿Qué coño hacías?

—General, por favor, le ruego que disculpe mi demora. Al salir del baño he tenido que atender un asunto urgente.

—¿Cuál?

—Unos clientes se querían ir sin abonar la cuenta. Desgraciadamente es una práctica más habitual de lo que parece, menos mal que tenemos al ciberbot de seguridad. A ese no se le escapa una.

—¿Y por eso me has hecho esperar diez minutos?

—General, lo siento mucho, pero creo que han sido solo cinco minutos…

—¡Basta de tanta palabrería! Ya hemos perdido suficiente tiempo haciendo el payaso. Ahora bebe y hagamos negocios.

Antoni miró la copa con pereza, pero el general parecía realmente cabreado y no parecía barajar la opción de la abstinencia.

—¿No me digas que me vas a dejar solo con todo esto? —le espetó este, señalando la nueva botella de vino que traía el camarero junto con los dos platos recién cocinados que llevaba el robot Z436.

Antoni alzó la copa.

—A su salud.

—Brindemos mejor a la salud de Connor. Celebremos que, gracias a ti, vamos a desenterrar todos sus secretos.

Luigi tragó saliva al escuchar las palabras de Bilbatúa, que no se cortó ni un pelo con la bebida. Después de que el camarero, entre temblores, rellenara el vaso del general, los dos hombres se quedaron a solas, retomando la conversación.

—¿Cómo han podido traerlo tan rápido?

Bilbatúa miraba fascinado el exquisito plato que tenía delante, sorprendido de lo poco que habían tardado en reponerlo, apenas dos minutos.

—General, aquí damos más de cuatrocientas cenas por noche. Nuestra cocina está completamente automatizada con robots de primera marca que trabajan sin descanso. El tiempo es oro… Nuestro *cuoco*, Andrea, es el encargado de supervisar que todo marche bien y darle el toque final a cada creación para que los platos también estén humanizados. Es todo un artista.

Los ojos negros de Bilbatúa no se apartaban ni un centímetro de Antoni. El general desconfiaba de su acompañante, al que le encantaba darse importancia con su apariencia arrogante. Su larga ausencia daba mucho que pensar y, por mucha parafernalia que Antoni utilizase para distraerle, el general seguía preguntándose qué le habría metido en la copa: «¿Pastillas de la lengua suelta?, ¿o se habrá atrevido con algo más fuerte? ¿Veneno, quizás?».

—Bebe.

Bilbatúa alzó la copa. Antoni se humedeció, de nuevo, los labios.

—Bebe como un hombre.

Bilbatúa, completamente erguido sobre la silla y con rostro serio, supervisaba que Antoni obedeciera. Este, tras respirar profundamente, vació la copa hasta la mitad.

—Bebe más.

—Me temo que yo no tengo tanta tolerancia como usted.

—Bebe.

Bilbatúa sostenía la copa en alto, esperando a que Antoni obedeciera. Esos ojos… esa mirada acusatoria era demoledora.

—General, piense que estoy trabajando.

—Acábate la copa, italiano. ¡Ahora mismo!

Antoni, cabizbajo, analizó las posibilidades que tenía y, rendido ante la evidencia de su nula escapatoria, chocó su vaso con el del general y se bebió el contenido que quedaba de un trago. Bilbatúa esbozó una fina sonrisa.

—¡Por Dios! ¡Qué tensión! Por un segundo pensé que me ibas a envenenar. No quiero que me malinterpretes, pero tu ausencia y esta botella nueva han sido sospechosas. Ya sabes, deformación profesional. ¡A veces me pongo un poco paranoico!

—¡No me ofenda, general! Ahora, por favor, brindemos por los nuevos negocios. ¡A su salud!

Bilbatúa bajó la copa de un trago y Antoni se mojó los labios con cuidado con el culito que había quedado. Acto seguido, ambos se abalanzaron sobre sus platos con apetito. La conversación, entre pinchada y pinchada, derivó en los pormenores de cómo iban a desarrollar el operativo para investigar a Connor y cómo el italiano había logrado introducir las escuchas en casa de los Wagner. Bilbatúa enunció con precisión los pasos a seguir. Conforme la botella de vino descendía, las explicaciones del general perdían rigor. Cuando se quiso percatar, Bilbatúa se había acabado la segunda botella de vino e iba más borracho de lo que debía.

—Antoni, eres un buen compañero de trabajo. Te aprecio. Lo sabes, ¿no?

El hombre asintió, pero miró con desconfianza a su acompañante, a la par que se servía un vaso de agua.

—¿Agua? Por Dios, no me seas mierdecilla. ¡Mira! Todavía queda un culito. ¡Salud!

Bilbatúa alzó la copa. Sin embargo, cuando estaba a punto de beber, se detuvo.

—¡Espera un segundo!

Antoni obedeció. La camisa que llevaba el italiano bajo la americana estaba empapada de sudor y, al detenerse de sopetón, sintió un profundo pinchazo en el pecho.

—Se me había olvidado: «Quien no apoya, no folla».

Bilbatúa desplazó la copa por el mantel e invitó a su acompañante a hacer lo mismo, entre carcajadas. «Este refrancito sí que te sale de corrido, *porca miseria*», rezó para sus adentros el italiano. Los cinco minutos siguientes transcurrieron entre juegos absurdos y conversaciones que no llevaban a ninguna parte. Bilbatúa había vaciado otra media botella de vino sin apenas darse cuenta y Antoni, que solo había bebido tres copas, empezaba a notar el efecto del alcohol en el general.

—Antoni, tú sabes que yo soy un patriota.

Sssiempre he servido fielmente a las Brigadas y nunca he tenido miramientos con nada. Si había que hacer algo, yo lo hacía y punto, pero ahora, muchacho, ando metido en un lío de *tres pares de elefantes. Estoy del cuello lleno de mierda* y no sé cómo voy a *ssssalir* de esta.

Bilbatúa tenía la mirada clavada en el mantel, ajeno al calvario que Antoni estaba sufriendo. La corbata le apretaba más de la cuenta, el cuerpo le picaba y su camisa, bañada en sudor, le constreñía como si fuese el abrazo de una boa.

—Quiero compartir algo contigo. Hace una semana hicimos una intervención fallida en la empresa *SSSSkylinner*. Mis muchachos actuaron implacablemente, pero aquellos mamarrachos nos la jugaron y yo caí.

Antoni recuperó su atención.

—General, no alcanzo a comprender. ¿Qué sucedió? ¿Quién se la jugó?

Bilbatúa miró de reojo a su acompañante, reprochándole su ignorancia.

—El Movimiento Río de Lava. ¿Quién va a ser si no? ¡Siempre es el Movimiento! ¡Los *culpablessss* de todo!, ¡los *malossss*! ¿O quién iba a ser? ¿Se te ocurre alguien *másss*? ¿Quizás Connor?

Bilbatúa trató de enfatizar un tono irónico que no se

logró comprender. Más que un sarcasmo, su frase terminó sonando a afirmación categórica. Finalmente, estiró la mano, cogió la botella y llenó de nuevo los dos vasos.

—¡Bebe!

—General, por favor, yo no quiero más.

Antoni rogaba, casi suplicaba, la benevolencia del mismísimo diablo, que parecía imposible de tumbar.

—¡Bébetelo y no seas llorón, espagueti! ¡Lo estás haciendo muy bien! ¡No lo *estropeeees*!

La mirada de Bilbatúa había adquirido un aire preocupante. Sus ojos, más que un gesto despistado o abstraído, reflejaban una locura incipiente. Antoni, que sudaba como un corredor después de un maratón, se bebió de un trago la copa y se quitó la corbata. El vino le golpeó como un directo de Tyson en plena frente y tuvo que ir a orinar por segunda vez. Mientras jugaba con el chorro de su pis, intentando ahogar a una mosca que revoloteaba por el váter, un pensamiento apareció de improviso: «¿Cómo puede no mearse? ¿Ni una vez? ¿Por qué tardan tanto las pastillas en hacerle efecto? ¡Es el demonio!». La reflexión se fue igual de rápido que llegó y Antoni volvió a la mesa sin lavarse las manos, más borracho que nunca.

—¡Ya estoy de vuelta! ¡Hip!

El hipo de Antoni hizo que ambos se desternillaran

de risa. Tras unas cuantas carcajadas, el general retomó el hilo.

—Por dónde íbamos… Sí, sí, ya me acuerdo. No te aburriré con detalles e iré *directamente al trigo.* El resultado final de la *intervenciónnn* fue que una parte de la plantilla de *Sssskylinner* murió, ninguno de los terroristas fue *apressssado* y se llevaron el Núcleo 48. La operación ha sido un desastre y yo soy el máximo responsable. Además…

El general se detuvo.

—¿Sí? ¡Hip! —le instó Antoni a continuar, casi entre rebuznos de hipo.

—Llegó Erik Wagner y todo empeoró. Él es el directivo de la *empressssssa* y un antiguo compañero del Ejército. Me odia *desssde* el principio. Ayer mismo recibí una llamadita de la canciller del Origen: «El tiempo se acaba», me dijo. Tengo que *ressssolver* el caso si quiero ssssalvar mi puesto. Llevo una semana *cortando* la ciudad y no tengo nada. *¿SSSabes*? Hay algo gordo detrás de todo esto y *los tableros no encajan en el puzle*, pero lo voy a adivinar… ¡Te lo aseguro! Estoy convencido de que el cabrón de Wagner necesita un *cabeza de muerto* y ha decidido que sea yo. Siempre ha querido acabar conmigo, desde la guerra. Antoni, quieren enviarme al Distrito Uno si no arreglo esto: *¿SSSabes* lo que eso significaría?

—¡Vamos, general, eso es imposible! ¡Hip! Usted es un buen hombre y su fama es increíble. Todos los rateros de barrio, putas y delincuentes de la Ballena lo temen. ¡Hip! Y no solo eso: es una figura que da estabilidad a la ciudad. ¿Cómo podrían acabar con usted? ¡Hip! ¡Es toda una institución!

—Antoni, gracias por tus *palabrassss*, pero me temo que esta vez la situación es catastrófica. ¿Qué haría yo sin ti? Aunque, más bien, ¿qué harías tú sin mí? ¡Me dejo la mitad del *ssssalario* en tus *trabajosss,* que cuestan como una *ceja de la cara*!

Bilbatúa analizó la inconexa frase que acababa de decir. Por su parte, el italiano también meditó sobre su traspiés lingüístico: «Está muy borracho. ¡Mucho más que tú! ¡Es el momento!».

—General, ¿qué es el Núcleo 48?, ¡hip!, ¿qué sabe de él?, ¡hip!, ¿quién lo ha robado?

Las preguntas salieron de su boca como balas disparadas por un tirador que tiene el gatillo fácil. Bilbatúa se quedó mirándole fijamente con esos ojos, esa mirada; esa locura perturbadora.

—Muchacho, no estoy autorizado a hablar de eso —respondió, de repente con excesiva severidad.

Antoni tragó saliva, pero decidió insistir. Ya no había

vuelta atrás.

—General, ¡hip!, le aseguro que puede confiar en mí.

Bilbatúa resopló con fuerza, exagerando la escena más de la cuenta.

—De acuerdo, pero ni una palabra de esto a nadie. ¿Qué *ssssabes* de la Lengua de Fuego?

Antoni sintió cómo su corazón galopaba. «Funciona. ¡Funciona!».

—Fue el arma que originó la Gran Gran-Guerra, ¿no?

—Pues creo que ha vuelto para quedarse. —La cara de su acompañante pareció el cuadro de *El grito* de Edvard Munch—. Sí, sí, estoy borracho. No hace falta que me mires así. ¡No estoy loco! *Sssolo* borracho y, *ssssí*, el arma ha vuelto.

Antoni sintió como si la cascada del reservado, de repente, fuese totalmente ineficaz. «¿Lo habrá escuchado alguien?».

—Pero, general, ¡hip!, ¡el arma desapareció! ¿No se destruyó?, ¿cómo puede ser posible?

—¡Ja! Llamé a mi antiguo comandante y él me aclaró todo. Se eliminó el arma, pero los *planosss* para fabricarla desaparecieron antes de ser *dessstruidos*. Fue todo un teatro que alguien orquestó.

Bilbatúa le pegó otro buen trago al vino y siguió

hablando.

—Lo único que pude encontrar eran los *materialessss* con los que trabajaban los operarios de Skylinner en el laboratorio. *Assssí* que tiré por ahí. Había una gran cantidad de fertilizante, de benceno, *ele-ele-electrodossss*, una bomba de hidrógeno *lí-líquido, softttwarrrreee* y veinte cacharros *mássss* con unos nombres que…

Bilbatúa se quedó pillado. Parecía que cada vez le costara más razonar.

—¿Y?

—Me dije: «¿Qué tienen *todossss* en común? ¿Qué se fabrica con esto?». Sabía que el Núcleo 48 es un arma de tecnología puntera, *assssí* que se lo lleve al comandante y él no dudó al ver la lista: «¡La Gran Gran-Guerra! ¡La Lengua de Fuego! ¿Quién está tan loco para volver *atrássss*?».

Antoni se quedó en estado de *shock*.

—¿Te *imaginassss* que la primera arma de control mental vuelve de nuevo? Tú no combatiste, pero yo sí estuve allí y vi cómo muchos se volaban los *sssesos* de repente, como los misiles volaban contra sus propias tropas porque los mandos perdían su voluntad. ¡Un arma que logra introducir cualquier idea en tu cabeza como un tumor, que logra manipular las mentes! ¡Pam! —Bilbatúa dio un puñetazo sobre la mesa con todas sus fuerzas—. ¡Las bombas vuelan sin control, los bandos se desdibujan y la locura y el terror se apoderan del mundo! ¡La destrucción definitiva de la Tierra!

—Así que, ¡hip!, cree que Skylinner ha diseñado el arma y que, ¡hip!, alguien se la ha robado.

—No. *SSSkylinner* no tenía el arma, pero estaba a punto de conseguirla. El coronel me contó que los planos estaban *incompletossss*. Quizás quien los haya robado tiene el último paso y por eso se ha anticipado. ¡No lo sé!

—¿Y cómo ha podido el Movimiento Río de Lava, ¡hip!, robar el arma?

—No han sido *ellosss*. La resistencia rebelde se creó con el único objetivo de destruir el artefacto. Al principio esos imbéciles no eran *másss* que unos jipis venidos a más. Se creían una especie de Robin Hood o algo *asssí:* con sus armas de *floresss*, con el poder del amor... Era una secta de *principiantesssss* sin disciplina, que daba pena y asco. Con los *añossss,* el Movimiento ha mejorado su organización, pero no podrían ni soñar con acceder a *SSSkylinner*. Además, esto era demasiado *ssssecreto* para que los comehiervas lo supiesen. No, esto viene de arriba.

—¿Pero entonces quién lo ha robado?

El corazón de Antoni estaba a punto de explotar.

Bilbatúa se acercó más al italiano y le dijo, entre susurros:

—Erik Wagner o Connor Brown, no hay *lugar a dumas*.

—¿Está completamente seguro? ¡Hip! ¡Joder! ¡Joder! ¿Pe… pero de dónde has sacado esa información?

—Wagner es el único que tenía acceso, que sabía cómo burlar la seguridad de su propia empresa y hacer que pareciese un robo. Además, sospecho que había más gente implicada en el desarrollo de esta arma: socios del Gobierno que movían los hilos desde la sombra. Creo que Wagner ha decidido prescindir de ellos y adelantarse. S*sse* ha largado como un *rinoceronte* en mitad de la noche con sus *sssábanas* blancas.

Antoni se quedó mudo por unos instantes, pues no comprendía ni una palabra de esta última frase, pero lo interpretó como una señal de debilidad por parte del general, por lo que siguió interrogándole.

—¿Y Connor? ¡Hip! ¿Qué pinta en todo esto?

—El blasón apunta directamente a él como *sssssospechoso* principal, salvo que haya sido una estrategia del propio Wagner para implicarle y distraer nuestras *miradasssss* sobre el irlandés. No lo sé, quizás Wagner quiera venderle el arma a Connor. Pensaba que quizás tú sabrías decirme algo sobre ellos dos.

—Ellos tienen negocios juntos, ¡hip! Comparten datos de cristales. Ya sabes, ¡hip!, para amañar combates de boxeo y esas cosas. Connor es la mano dura y Wagner, ¡hip!, es quien mueve los hilos políticos. Juntos ganan mucha pasta, ¡hip! Tienen una empresa paralela que les sirve de tapadera. Se llama La Esperanza.

Antoni, tras finalizar la frase, se percató de su metedura de pata. Las palabras habían salido sin control de su boca, como el agua que cae libre por la cascada. El general clavó la mirada sobre él con fuego, con viento, con hierro. Por un instante, Antoni temió que su acompañante no estuviese lo suficientemente borracho y drogado para olvidar lo que acababa de escuchar, pero pudo tranquilizarse al ver el estado en el que Bilbatúa se incorporaba.

—¿Sabes qué? Necesito mear.

Cuando Bilbatúa se disponía a ir al baño, tropezó con la pata de la silla y se cayó encima de la mesa.

—General, ¡hip!, ¿está bien?

—Sí, sí… S*sssolo* un poco borracho. Creo… creo que debería irme a casa.

—Claro, pero… —Antoni se incorporó y le cogió del hombro—. ¡Hip!, ¡por allí no! ¡Esa es la salida normal! ¡Recuerde!, ¡hip!, ¡que nadie le ha visto entrar! Lo acompaño.

—Claro, claro, por la trampilla.

Antoni condujo al general hasta el callejón contiguo, donde lo dejó tambaleándose. Acto seguido, regresó al restaurante todo lo rápido que su deplorable estado le permitió. Al llegar al despacho, cerró la puerta con llave, se quitó la americana y quitó un botón que era el Spy777. Este era el dispositivo de escucha más sofisticado del mercado. Tras conectarlo al cristal fino para transferir la conversación que acababa de grabar, descargó los datos en un programa y, con grandes dificultades, borró la parte en la que se había ido de la lengua al revelar la relación que Connor tenía con Wagner. Una vez hubo acabado, buscó en su agenda el contacto de Perros.

—Connor, ¡hip!, ¡soy yo! ¡Hip!¡Ha sido Wagner! ¡Confirmado! ¡Hip! ¡Ha sido Wagner!

Antes de salir del reservado, Bilbatúa se había encargado de derribar todo lo que había encontrado a su paso. Cuando Antoni lo dejó solo en el callejón, el general puso rumbo hacia casa. A trompicones, abandonó las inmediaciones del restaurante. Al dar media vuelta en la calle aledaña, tras cerciorarse de que nadie lo seguía y de que ya no estaba al alcance de las cámaras, Bilbatúa se irguió y dejó de fingir que iba borracho. Se quitó el jersey de cuello vuelto, dejando a la vista su rojizo cogote. Acto seguido, se provocó el vómito: una bolsa de desperdicios salió como una serpiente por su boca. Las pastillas de bolsa que se había tomado habían surtido efecto. Acto seguido, rajó el plástico y, con su cristal fino, analizó el contenido que acababa de devolver. El dispositivo le indicó que, además de la comida y una cantidad ingente de vino, había restos de pastillas 045. «Las pastillas de la lengua suelta. ¡Qué cabrón eres, Antoni! Ahora solo falta descubrir qué relación tiene el irlandés con el Núcleo 48 y qué coño hacéis en vuestro chiringuito de La Esperanza».

Tras caminar unos metros más, cogió el cristal y llamó al N.º 51.

—Son las doce. ¿Qué tienes para mí?

—General, he analizado la escena del crimen en profundidad y hay cosas que no encajan. Le envío al cristal los informes de Forense y Toxicología. No se lo va a creer. He contrastado los vídeos de vigilancia de casa del sospechoso. Tras seguirle la pista y revisar qué hizo los días previos al robo de Skylinner he descubierto algo interesante: el sospechoso estuvo en el Ejército bajo el mando de Erik Wagner. Pero no solo eso. He revisado los datos de su cristal para seguir su rastro las semanas anteriores. El sospechoso, Alberto Ruiz, tuvo un encuentro en la estación de servicio de la calle Desengaño, cercana a su casa.

—¿Con quién?

—Agárrese. Había dos hombres: uno de ellos un profesor del orfanato del Tres llamado Chamorro González, al cual se relaciona con el movimiento rebelde, y el otro es Rómulo, uno de los guardaespaldas de la canciller del Origen.

Bilbatúa sonrió.

—Y eso no es todo. Al analizar la trayectoria de la bala con el nuevo programa, indica que el sospechoso no se suicidó. Todo apunta a que alguien quiere tapar las huellas de un asesinato.

Bilbatúa volvió a sonreír.

—Connor, Wagner y la canciller dándose amor en compañía, qué entrañable. Te veo mañana. Diez en punto en mi departamento. Por cierto, ni una palabra a nadie sobre el blasón que cogí.

—Por supuesto, general.

—Connor te llamará preguntando por él. Le dirás que el símbolo que tenía grabado era el de un setter irlandés y que yo me lo he llevado de la escena del crimen. Dile que se ha convertido en sospechoso.

—Pero…

—N.º 51, es hora de decidir en qué bando juegas.

—En el suyo —contestó sin dudar ni un segundo.

—En ese caso obedece. Nos vemos a las diez en punto en mi departamento —ordenó antes de cortar la comunicación.

Carolina
Los Wagner

—¡Baja de una vez! —gritó Alba mientras se cruzaba de brazos enfadada. Luego, para ella, musitó—: Un día esta muchacha acabará conmigo.

Carolina, cerró el libro que PR le había traído y suspiró.

—¡He dicho que bajes!

Tras esconder la novela y salir de su habitación, Carolina descendió sin entusiasmo las escaleras de mármol libanés que presidían la entrada de su casa. El chalet tenía unos mil metros cuadrados bien distribuidos. Las amplias estancias lucían en toda su magnitud gracias a la buena iluminación del sistema de cajas, el cual iba abriendo puntos de luz según la orientación del sol, para conseguir la máxima luminosidad y eficiencia energética. La edificación estaba controlada por un ordenador inteligente que trabajaba en coordinación con la capataz de servicio para fomentar el confort, la seguridad y el rendimiento de la construcción.

—En una hora llega la abuela. Haz el favor de arreglarte de inmediato. Coge el vestido de lino L&B y el broche. ¿Qué hora es? ¡Madre de mi vida, qué tarde! ¡A la ducha!

Carolina asintió con apatía y puso rumbo al cuarto de baño. «Vieja bruja», pensó mientras abría el pomo de la puerta. Una vez allí, se desnudó sin prisa, ordenó a su robot doméstico que pusiera música y se metió en la bañera. A continuación, corrigió la temperatura del agua mientras prendía el pitillo que le había robado a alguien del servicio esa misma mañana. Luego se sumergió en el agua, dejando su cabeza a flote para poder cotillear por la ventana tintada. De fondo sonaba *Seven Nation Army* de White Stripes a todo volumen. Tomó un respiro y recorrió sus jóvenes curvas con el dedo índice. Otra calada. Estaba tocando la batería aérea sobre sus muslos, mientras sostenía el cigarrillo entre los labios, cuando escuchó la voz de su madre de fondo:

—¡Baja la música!

Otra calada más. A sabiendas, esbozó una mueca venenosa y subió el volumen, lo que motivó una nueva réplica de Alba. «Vaya grupazo», pensó. Los nudillos de su padre aporrearon la puerta, compitiendo con el redoble de la batería.

—¡Cinco minutos! Y baja la música, ¡ahora mismo!

—Por supuesto, padre.

Carolina sintió cómo un escalofrío le recorría el cuerpo de arriba abajo. Desearía que el altavoz no hubiese estado tan fuerte. Tragó saliva. Por fin, respiró aliviada al escuchar los pasos de Erik alejándose rumbo a su despacho. Carolina volvió a sumergirse. Bajo el agua, se lo hizo rápido con efectivos movimientos circulares para tranquilizarse.

En el primer piso, el trajín de la casa seguía su curso habitual. En la cocina, los fogones hacían sudar intensamente a PR, que estaba preparando un exquisito cerdo encebollado al limón, con pasas y láminas de parmesano. Quedaban diez minutos para que los señores empezaran con los entrantes.

Con minucioso mimo, PR cogió los solomillos y los puso en la bandeja, para acto seguido sofreírlos en la sartén con una generosa cantidad de perejil y ajo en polvo. Tomó distancia y se mesó la barba. Tras coger la ralladura de limón y la verdura troceada, empezó a conformar un hermoso mosaico culinario, más propio de un impresionista francés que de un pinche a las órdenes de la jefa de cocina. Tras recibir la aprobación de su superior, sonrió con cierta vanidad. A continuación, metió la comida al horno y salió a fumar, con los cascos de música sonando a todo volumen. El *riff* demoledor de *Seven Nation Army de* White Stripes atronaba. La niña de la casa tenía buen gusto musical y para PR habría sido inadmisible no escuchar a Jack cabalgar entre los jinetes del apocalipsis y que Carolina sí lo hiciera. Poco a poco, la música lo envolvió, trasportándolo a un estado de ensoñación. Entre desgarradoras guitarras eléctricas, recordó la batalla épica que tuvo contra Carolina la semana pasada. A veces, la muchacha y él hacían «guerra de temazos» sin verbalizarlo. Era su manera de relacionarse desde la distancia, o eso era lo que había entendido PR de las luchas encarnizadas que mantenían.

La última batalla había tenido lugar unos días atrás, cuando la muchacha puso *Aerials* de System of a Down, con la voz brillante de su vocalista y las guitarras pesadas de Daron. PR sintió un impulso interno que le hizo contestar a la llamada de su compañera: el juego había comenzado. La guerra se inició con el clásico de Nina Simone *Feeling Good,* suavizando el ambiente y demostrando que a veces el *flow* es más importante que la brutalidad. Carolina entendió a la primera lo que PR quería trasmitir. Si la guerra iba de clasicazos, ella estaba preparada. Tras dibujar una sonrisa torcida en su boca, subió el volumen y dejó que los Black Eyed Peas reventasen la casa con *Let's get it started,* dando un puñetazo sobre la mesa para dejar patente que el *flow* y el salvajismo no están reñidos. PR no se lo podía creer: era de sus temas favoritos. «¿Será esto una señal del de arriba?», pensó de forma irónica. De inmediato, empezó a bailar, mientras agarraba el calabacín como si fuese un micro y se cantaba de pe a pa la canción. Mimi empezó a imitar sus movimientos sin comprender lo que pasaba. PR miró al dron contonear su cuerpo ovalado torpemente y se sintió ridículo, como si fuese un borracho que deambula a las seis de la mañana por la pista de baile.

Desgraciadamente para PR, Alba, hecha un basilisco, había entrado en la cocina:

—¡Cocinero, baja ahora mismo ese aparato! ¡Dios santo! ¡Entre tú y mi hija me vais a volver loca!

PR obedeció y pudo escuchar, al bajar el volumen, como IN FLAMES con su *I Am Above* hacía temblar los espejos de la cocina, gracias al doble bombo del batería. PR pensó que Carolina era una auténtica salvaje: le encantaba llevar las situaciones al límite. Alba salió escopetada hacia la habitación de su hija, que, según lo que PR interpretó, debió de obedecer a su madre, ya que la música dejó de taladrar las paredes. Con malicia, PR puso la *Suite No3. In D, BMW 1068: 2. Air* de Johann Sebastian Bach a un volumen prudencial para que Carolina lo pudiera escuchar y Alba, a su vez, no lo interpretase como un reto. Dejó que la cuerda lo envolviese con sus melodías celestiales, mientras el pescado crudo desprendía sus olores. Finalmente, se apoyó en la encimera y pensó que la victoria sabía a gloria; una sensación a la que no estaba acostumbrado.

Pero hoy la mansión se sumía en una tensión muy

diferente a la del día de aquella guerra de temazos. La sobriedad que se respiraba ahora en el salón era opuesta al desenfadado ambiente de la cocina de PR. La mesa de mármol, la cubertería de plata y los platos victorianos de porcelana esperaban a sus comensales en la habitación principal de la casa. Alba interrumpió la quietud al entrar a trompicones. El vestido negro de una sobriedad magistral que llevaba puesto no logró disimular las cuatro copas de vino que se había desayunado. A su lado caminaba Erik Wagner. Este lucía una corbata apretada hasta límites sobrehumanos, que le hacía mantener el cuello erguido como un cisne esnob al que no le gusta relacionarse con los otros animales del estanque.

Teresa, la abuela de Carolina, esperaba en el vestíbulo: acababa de llegar. El aroma de las velas competía directamente con su perfume. Alba, como una culebra, zigzagueó ebria hacia su suegra, pensando que a la despiadada anciana le encantaba cazar animales etílicos con sus afiladas garras de águila y luego poner cara de renacuajo inocente. «Ahí está: la reina de las putas», se dijo al verla en la distancia. Siempre había creído que Teresa buscaba minar su autoridad y suplantar su papel en la familia. Detrás de la rabia contenida se enmascaraba cierta envidia. La personalidad arrolladora que tenía la anciana colisionaba con la inseguridad de Alba, que se sentía como un barco torpedeado por un submarino de su propia flota, al que no podía plantar cara.

—Buenos días, Teresa. ¿Cómo está usted? ¿La salud, bien?

Todos se saludaron formalmente, sin entusiasmo aparente.

—Sí, sí, todo perfecto. ¿Y tú? ¿Erik te trata bien?

—Sabes que sí, mujer.

Alba le regaló una sonrisa artificial a su marido e invitó a los comensales a la mesa. El padre de familia se sentó en la butaca más majestuosa para presidir la comida y se abrió una cerveza que le habían preparado, sin mostrar gran interés por la conversación que Alba y Teresa habían iniciado.

—¿Habéis visto hoy el discurso de la canciller? No deja de sorprenderme el estómago que tiene al dirigirse a la chusma. ¡Ha estado sensacional!

Alba ignoró la pregunta de su suegra y generó adrede un nuevo hilo de conversación.

—Sí, no ha estado mal, pero cuéntenos: ¿cómo ha ido el safari? ¿Han sido gratas sus vacaciones por los distritos del Cuerpo de la Ballena? ¡Habrá visto usted unas cosas terribles!

—¡Mirad! —dijo Teresa, ignorando a Alba—. ¡Por allí baja la reina de la casa!

Carolina, con su metro setenta de altura y su esbelto cuerpo, descendía la escalera con estilo. Llevaba un vestido negro a juego con el de su madre. En su cuello lucía una gargantilla de diamantes que le había regalado su abuela hacía años. Su elegante apariencia no conseguía camuflar la rebeldía que sus andares chulescos desprendían. Las largas piernas marcaban al caminar una precisa cadencia musical, que enfatizaba, golpe a golpe, su contoneo de cadera. Su melena roja, que había sido besada por el mismísimo fuego del sol, le caía sobre la espalda. Al entrar en el salón se vio reflejada en el espejo, al que regaló una amplia sonrisa. No soportaba las duras clases de comportamiento que llevaba años recibiendo. Estas no habían conseguido sepultar a la guerrera amazona que llevaba dentro, pero sí maquillarla. Era curioso cómo ya no se sorprendía interpretando el papel de chica buena, olvidando en su habitación a los *AC/DC* con sus malos modales para salvar las apariencias. Convertirse de un momento a otro en la hija deseada por sus padres no había sido tarea fácil, pero ya tenía experiencia sonada en materia y parecía no dársele nada mal. La muchacha tomó asiento entre abuela y madre.

—¿Por dónde va la conversación, mamá?

—Teresa nos estaba explicando sus vacaciones por el Cuerpo de la Ballena.

—Por favor, abuelita, continúa. Es algo apasionante que me encantaría hacer algún día. ¿La gente es muy diferente allí?

Carolina estaba deslumbrante y abrumadora. Era impresionante el registro que manejaba en cada ocasión, como un camaleón que se camufla para no ser depredado.

—Viajé una semana y media por los distritos. No sabes lo que he tenido que soportar allí abajo con la escoria.

—Aunque no haya sido fácil, ha tenido que ser una buena experiencia, ¿no?

—No te creas. El hecho de no tener luz natural me deprimía. ¡Esos animales viven en la inmundicia! Tanto fue así que el guía del safari me tuvo que dar un complejo vitamínico en varias ocasiones. ¡Ay, Dios santo! ¡Qué mal lo pasé!

—¡Qué majo!

—Vaya caballero, menudo porte. No hay mal que por bien no venga. Mis momentos de debilidad me sirvieron para hacer buenas migas con él y que me explicara detenidamente las diferentes tribus urbanas y costumbres de cada distrito. En algunos momentos lo pasé mal, pero lo volvería a repetir, aunque solo fuera por disfrutar de la compañía de semejante domador. ¡Qué clase!

El primero llegó a la mesa a manos del servicio: rodaballo con patatas al horno y una ensalada de ventresca con tomate y pepino. La abuela se relamió.

—¿Quién organiza los safaris?

—El IACB, Instituto Antropológico del Cuerpo de la Ballena. Se dedica a estudiar los comportamientos sociales de cada distrito. A su vez, tiene una empresa paralela que organiza estos viajes de placer, para que la población de la Cabeza pueda conocer el Cuerpo con total seguridad. Os he traído un panfleto informativo, para que le echéis un vistazo. Os lo comparto al cristal. ¡Es fantástico!

Safari por el Cuerpo de la Ballena

¡Ven a una de las experiencias más aventureras de nuestro itinerario! Conoce las minas de magma del Distrito Uno, las fábricas industriales del Dos, la Industria de la Vida del Tres o el Centro de Control de Transportes del Cuatro. ¿Quieres conocer las casas de las poblaciones autóctonas? O mejor, ¿por qué no vienes y pruebas sus comidas exóticas?

Tan solo los viajeros más valientes y experimentados se atreverán a recorrer los oscuros callejones.

Una experiencia irrepetible. ¿Te lo vas a perder?

—¿Qué os parece? ¿No es sublime?

Erik intervino de repente, contestando con tono serio y dejando a su esposa con la palabra en la boca.

—Ya lo hablamos en su día, pero, ya que preguntas, volveré a decirlo: no entiendo a qué estás jugando, madre. Pones en riesgo tu vida exponiéndote a esa escoria.

—He viajado para aprender cómo vive la chusma. Deberías tomar ejemplo y aprender un poco. Sus creencias, sus pasiones o debilidades son herramientas muy útiles que deberías conocer. Ten cerca a tus amigos, pero más cerca a tus enemigos.

—Te puedo asegurar que solo necesito una cosa para aplastar a esa basura: miedo. Y eso no se aprende en un safari.

Erik se llevó el tenedor a la boca sin apartar la mirada de Teresa. El silencio volvió a reinar por unos instantes. Carolina se limpió los labios con la servilleta, bebió un sorbo de agua y, armada de valor, retomó la conversación con Erik.

—Padre, con todo mi respeto, no entiendo por qué rechaza el viaje de la abuela. Yo tengo muchísimas ganas de salir de la Cabeza. Es más, ya sabe que cuando cumpla dieciocho años hay programado un viaje con la Industria de la Vida al Distrito Cuatro. He creído oportuno sacar el tema ahora, ya que quedan menos de cinco meses y todavía no he confirmado mi asistencia.

Alba miró a su marido con cierta preocupación. Ningún Wagner acostumbraba a buscarle las cosquillas al cabeza de familia.

—Mejor dejemos el tema para otro momento más apropiado —dijo, en un amago de intentar cambiar de conversación—. ¿Alguien quiere más vino?

Erik ignoró la salvaguarda de su esposa.

—¡Hombre! Se me había olvidado la excursión. Hija, ¿no te conté mi reacción en la Cámara cuando salió la propuesta hace cinco años? Cuando el ministro de la Vida tuvo su genial ocurrencia pensé: «Seguro que mi hija querrá participar». Al llegar el escrutinio final, la propuesta salió adelante gracias a esos cerdos demócratas, y te aseguro que no contaron con mi voto. Así que te puedes ir haciendo a la idea de que no asistirás al viaje. Todavía tienes mucho que mejorar desde tu último episodio, ¿o acaso lo has olvidado?

Erik hizo una pausa para beber un buen trago de cerveza sin apartar la vista de Carolina. La joven hundió la mirada en el plato.

—Así que no perdamos más el tiempo —continuó el cabeza de familia—. Ahora, si es posible que guardemos silencio, me encantaría disfrutar de la comida en paz. No más viajes, no más safaris, no más numeritos: solo comer.

Erik alzó la copa y las tres mujeres le imitaron.

—Fuerza.

—Fuerza.

El nudo apareció otra vez. Esa sensación asfixiante que te oprime el pecho y tensa las cuerdas vocales cuando una situación te supera. El nudo es el típico matón de clase que la toma contigo o el mosquito que revolotea por encima de tu cabeza cuando duermes por la noche. Carolina lo sentía a menudo: molesto, violento; en ocasiones, insoportable. Al escuchar las palabras de su padre, el nudo apareció sin previo aviso. Los adultos continuaron comiendo en silencio, como si nada hubiese sucedido. Ignoraban que la adolescente estaba apretando la servilleta con una fuerza inhumana, fruto de la rabia contenida. No había réplica posible ante Erik: su postura era inamovible. El tiempo avanzó y el silencio fue la consecuencia al imperativo categórico de su padre. Era la hora del plato principal. El metre trajo consigo el exquisito cerdo al horno y PR, supervisado por la jefa de cocina, se acercó para preocuparse por el apetito de sus comensales.

—Señores, espero que todo sea de su agrado y que disfruten de la comida. Si me lo permiten, iré a preparar los postres.

Carolina agarró el brazo del cocinero con violencia. Fue un acto impulsivo, casi irracional, como si una fuerza externa a su ser se hubiera apoderado de ella.

—No te muevas.

El tiempo se congeló y los ojos de los allí presentes cayeron sobre la chica como puñales. Esta tragó saliva, tomando conciencia de su acto. «¿Qué has hecho?», mascullό para sus adentros. Estaba acostumbrada a callarse, a morderse la lengua, a golpear las paredes en la soledad de su habitación, pero ese gesto... «Otro arrebato no, por favor. Otro no». Intentaba convencerse de que no había agarrado con tanta brusquedad el brazo de PR. Lo miró de soslayo: el cocinero estaba completamente paralizado por la inesperada agresión. Era complicado explicar lo que Carolina experimentaba cuando sufría aquellos ataques súbitos. Racionalmente sabía a lo que se atenía en esta situación, poniendo en entredicho las palabras de su padre. No obstante, no logró resistirse: «No es el momento del miedo, sino de la valentía, de la fuerza».

—Creo que hablo en nombre de todos —dijo mientras se dirigía al cocinero, soltándole el brazo y activando el modo «hija educada»— si te digo que la comida está exquisita. No obstante, me gustaría que no abandonases todavía la habitación por una razón.

El pinche tragó saliva. Intuía que nada bueno podía augurar aquel reclamo. Se había quedado petrificado. Aquella muchacha de diecisiete años casi le había arrancado el brazo. Jamás habría imaginado la fuerza que poseía.

—PR, tú vives en el Distrito Tres desde hace tiempo, ¿no?

—A… a… así es, señorita —contestó con la voz entrecortada—. ¿En qué… puedo servirle?

—Me gustaría saber tu opinión sobre él.

Erik esbozó una fina sonrisa. No se esperaba la pregunta de su hija. Creía haber zanjado el tema, pero le excitaba imaginarse por dónde se iban a desarrollar los acontecimientos. El cocinero lo miró buscando la aprobación del cabeza de familia, pero este decidió no intervenir para comprobar así la reacción de PR.

—Señorita, con… con todo el respeto, creo que no tengo el conocimiento suficiente para poder hablar de temas tan serios.

—Cocinero, no seas tímido. Habla. Quiero conocer tu opinión —intervino Erik, poniéndose en pie.

Tras coger la jarra de cerveza, se acercó para sentarse en el borde de la mesa entre Carolina y el cocinero. Las manos de PR sudaban intensamente.

—Sí…, creo que es un buen sitio. Mmmm…, definitivamente, sí.

—¿Por qué? ¿Qué es lo que te gusta? —preguntó Erik.

—No le sabría decir, señor.

—¡Pela ajos, contesta de una vez!

El cabeza de familia empezaba a perder la paciencia.

—Me-me-me gusta el olor del mercado de especias y… y el ruido que se forma alrededor de los puestos.

—¿Y qué más?

—Eh, muchas veces, cuando voy a comprar el género para la semana, hay una banda de gitanos rumanos tocando *La Vie en Rose* con Gypsy Jazz y la gente se pone a bailar. Es… es muy alegre.

—Más.

El cocinero se quedó pensativo un instante, mientras se rascaba la cabeza con fuerza. Los nervios le atacaban. PR era una persona introvertida que no acostumbraba a expresarse con muchas palabras, y menos en situaciones de estrés.

—Cua-cuando era niño, al acabar las clases, solía jugar al baloncesto en el patio del orfanato. Ahora sigo viendo a los chicos que hacen lo mismo debajo de mi cuarto en una cancha que hay. A veces, abro las ventanas para que llenen la habitación de risas. Yo… yo les pongo música alta para que bailen y pasamos un buen rato.

Erik parecía satisfecho con las respuestas del cocinero. Erguido, apoyado sobre la mesa, retó a su hija con la mirada: «Es tu turno. ¿Te atreves?», parecía sugerir. Para su sorpresa, Carolina aceptó el envite.

—¡Eso es! —Se incorporó y tomó cierta distancia de seguridad con su padre, utilizando el pretexto de servirse un vaso de agua—. ¡Gente alegre! ¡Divertida! ¿Qué inconveniente ve en eso, padre? Opino que exagera cuando me prohíbe que vaya al viaje de fin de curso. Le ruego que recapacite. —Sus ojos estaban vidriosos. Su alegato era una súplica más que una exigencia—. Según la opinión de la abuela y de PR, no es un lugar tan espantoso. Además, sabe que me he esforzado mucho desde mi intervención. Ahora estamos tan bien. No hay queja posible.

—Te aseguro que la hay —replicó Erik, señalándola con el dedo índice.

—¡¿Cuál?!

PR se quedó pálido al ver cómo cambiaron las facciones de Erik y Alba. La adolescente se había atrevido a cuestionar su afirmación, y no solo eso: había perdido los estribos al respaldar su pregunta con un sonoro puñetazo sobre la mesa. Carolina cerró los ojos. «Estoy acabada». PR quiso desintegrarse, desaparecer del mapa. Miró con pena el cerdo que había cocinado. Su creación era tan apetitosa... «¿Por qué no os calláis y coméis como si no hubiese sucedido nada?», rogó para sus adentros. Era una lástima. Se les iba a enfriar aquel manjar y él perdería el trabajo.

Alba tomó las riendas de la situación.

—¡Carolina, castigada a tu cuarto, ahora mismo! Teresa, le ruego que disculpe su insolencia —se excusó, abochornada—: no es habitual en ella.

Carolina no se movió ni un milímetro. El miedo la embargaba, pero no pensaba ceder. El silencio era cortante. Erik, inmóvil, mantenía una fina sonrisa en sus labios, lo que le daba un aspecto tétrico. Cuando parecía que todo estaba a punto de estallar, una criada apareció en escena. Se acercó a Wagner y le susurró unas palabras al oído. Erik se quedó un instante pensativo; luego, se dirigió a los comensales.

—Disculpadme, pero debo retirarme. Es una llamada urgente. Tú y yo ya hablaremos más tarde —le dijo a Carolina de forma amenazante. Después se volvió hacia el muchacho—. Cocinero, vuelve de inmediato a tus tareas.

PR asintió y salió del salón a la velocidad del rayo. Erik, tras fulminar a su hija con la mirada, agarró el picaporte dispuesto a marcharse, pero las palabras de su mujer le hicieron detenerse.

—Cielo santo, Erik. ¿Te vas a ir así? ¿No pueden respetar ni la comida del domingo con tu familia?

—Mujer, ¡cierra la puta boca! —Ante tal grito, el comedor se quedó sumido en un silencio sepulcral.

El cabeza de familia salió del comedor y empezó a hablar por el cristal fino a todo volumen.

—¿Te has pasado con el *whisky*, irlandés? ¿Cómo voy a haber robado el Núcleo 48 de mi propia empresa?

Wagner subió las escaleras hasta su despacho y entornó la puerta, sin percatarse de que PR le había seguido sigilosamente y escuchaba agazapado desde el pasillo. Se sucedieron una serie de frases inaudibles para el chico, que decidió acercarse un poco más.

—No voy a permitir que pongas a la canciller en mi contra y te cargues La Esperanza. Quieres hacerte con el poder de la empresa, pero no lo vas a conseguir. Pienso ir a por tus ratas y luego…

—¿Qué haces ahí? —dijo una voz tras las espaldas de PR.

El chico se volvió y se encontró de frente con Teresa, quien había salido del comedor para dirigirse a ver cómo estaba Erik.

—Yo, yo… —intentó excusarse PR, sin ser capaz de pronunciar más de una palabra ni de mirar a los ojos a la señora.

—¡Fuera de aquí! ¡Largo!

PR asintió y se marchó sin mediar palabra, con la cabeza gacha. El portazo de la abuela cerrando el estudio cortó el soliloquio de insultos que Erik profería contra Connor. PR sabía que la familia Wagner era de las más poderosas de la Ballena, pero no se imaginaba que tenía relación directa con la canciller. Estaba seguro de que semejante información les interesaría a sus superiores. La sospecha que había tenido el joven se había confirmado: Wagner era el centro del panorama político actual y, por lo tanto, descubrir qué se traía entre manos con la canciller del Origen era el objetivo principal de sus enemigos, los patrones de PR. Su empresa La Esperanza parecía ser la clave del enigma.

Al pensar en las consecuencias que tendría su reciente captura, corrió a la cocina y, sin ser visto, sacó el sistema de escucha que había colocado en la calabaza esa misma mañana, lo metió en la trituradora y lo redujo a polvo. Sabía que era cuestión de minutos que Wagner y la abuela lo despidieran y pusieran todo patas arriba. No obstante, decidió dejar en su lugar las escuchas más sofisticadas de Antoni, al ser prácticamente ilocalizables. Los parches se camuflaban debajo de los muebles, adquiriendo su color, y no se podían rastrear. Los micrófonos transferían la información encriptada a la red de la mansión y Mimi la descargaba desde la nube.

A los quince minutos, como PR había vaticinado,

Teresa se acercó al huérfano para comunicarle que estaba despedido. El chico recogió sus cosas y, seguido por la anciana, caminó hacia la entrada. Cuando iba a cruzar el *hall* principal para salir de la mansión, Carolina se abalanzó sobre él, gritándole y golpeándole:

—¡Paria de mierda! ¡Traidor! ¡Ojalá te pudras en el Cuerpo!

Teresa no pudo evitar sonreír al ver la reacción de su nieta. Le encantaba el carácter indomable que tenía. El servicio logró llevarse a Carolina y expulsar a PR de la finca, acabando con la escena. El huérfano puso rumbo al orfanato, cabizbajo. Sin embargo, cuando estaba a punto de llegar a la estación de transbordadores, Mimi llamó su atención.

—No estoy de humor.

El robot siguió sacudiendo el bolsillo con escaso éxito.

—¿Has visto cómo se ha puesto Carolina?

Mimi volvió a insistir. PR se rindió y miró en el bolsillo derecho de su chaqueta, donde el robot señalaba con ahínco. Encontró en él un papel que Carolina había introducido mientras forcejeaban.

PR, he metido la pata hasta el fondo. Lo siento mucho, mucho, mucho. Si todavía quieres ser mi amigo (entendería que no, después del numerito que he montado), se me ha ocurrido una solución. Allá va:

Podemos seguir hablando a través de Mimi como paloma mensajera. Estos días estamos en contacto y vemos cómo avanza la tormenta que se avecina. Por lo pronto, mañana cambiarán el código de seguridad para entrar en la finca y su espacio aéreo. Siempre lo hacen cuando despiden a alguien, por lo que Mimi no podrá entrar salvo que tenga la contraseña. Guardaré los nuevos códigos en una tarjeta externa que dejaré en el muro principal, esquina superior derecha detrás del quinto ladrillo (es el que está suelto). Así podrá acceder a la finca y nosotros podremos comunicarnos. Espero que todavía tengas ganas de ser mi amigo. Ojalá puedas perdonarme.

PD: No sé por qué espiabas a mi padre, pero quizás pueda ayudarte con eso y compensar esta inmensa cagada.

PR
La Desaparición

Habían pasado tres días desde el despido de PR. La noticia no fue plato de buen gusto para Chamorro. No obstante, cuando el joven le explicó al maestro que había conseguido dejar en la mansión el complejo sistema de escuchas de Antoni, el batacazo fue menor. El único hándicap era que Mimi debería introducirse en casa de los Wagner una vez a la semana para descargar los datos. Esto habría dificultado la operación de no haber sido por Carolina, quien, como había prometido, le facilitó a PR el nuevo código de seguridad, permitiendo que Mimi penetrara de nuevo en territorio hostil sin ser localizada.

La primera vez que Mimi llegó a la ventana de Carolina portaba consigo un holograma grabado por PR, donde este le explicaba a la joven Wagner por qué había estado espiando a Erik. PR le confesó a Carolina que quería profundizar en la relación que tenía su maestro con el movimiento rebelde; que, gracias a la información que facilitaba a Antoni, conseguía piezas muy costosas para mejorar a Mimi; que Erik tenía algún negocio turbio con la canciller del Origen y Connor Brown. El mensaje de vuelta que envió Carolina fue sencillo, pero esclarecedor: «Cuenta conmigo para lo que necesites. Dame una misión».

PR y Chamorro festejaron la nueva incorporación de Carolina al equipo. Además, las escuchas seguían activas y el muchacho había salido ileso. La familia Wagner había interpretado su curiosidad como una chiquillada, sin tomar mayores represalias que el despido. Para celebrar las buenas noticias, maestro y alumno habían quedado en el despacho del profesor. Era la primera vez que PR bebía vino con su maestro y, aunque el sabor no le había agradado, el hormigueo en los dedos, el calor en las mejillas y la agradable felicidad que le embargaba lo hacían sentirse dichoso. Por su parte, Chamorro parecía no sentir los efectos del zumo de uva tras su quinta copa, frente a la segunda de su pupilo.

—Estoy muy orgulloso de usted —dijo Chamorro, alzando su vaso.

—Gracias. —PR se puso rojo como un tomate.

—¿No va a preguntar el motivo?

—La verdad es… es… es que no pensaba hacerlo.

La situación parecía agradar a Chamorro, quien, achispado por el vino, se tomó la libertad de sentarse encima de la mesa.

—Realmente es un tipo genuino. Se lo diré de todas formas: usted ha mutado. Cuando lo conocí era una alondra herida que no podía volar. En este tiempo que llevamos trabajando juntos, lo he visto desplegar las alas, y ha sido hermoso. ¿Cómo se siente tras haber superado a Bill Gates?

PR había logrado crear un nuevo *software* para Mimi con la tecnología que Antoni le había facilitado, toda una pericia para un joven de su edad. El robot ya no solo sería capaz de procesar órdenes, sino que gracias a su nuevo parche podría tomar sus propias decisiones según un código ético propio, el último paso para la verdadera autoconciencia del robot. La botella de vino peligraba, apoyada al borde de la mesa de trabajo, al filo del precipicio.

—Reconfortado —contestó PR, mientras pensaba internamente que Chamorro estaba desfasado con semejante referencia.

—Tan escueto como siempre en sus conclusiones. Menos mal que hemos logrado que me mire a los ojos; algo hemos progresado.

PR alzó la vista de la copa de vino y preguntó emocionado:

—¿Usted cree?

—¡Por supuesto! ¡Qué transformación física e intelectual…! —exclamó, derramando vino sobre la mesa— ¡Diantres! ¡Me atrevería a decir que está más fuerte inclusive! ¿Está practicado algún tipo de ejercicio?

—Baloncesto —contestó PR con timidez, mientras sentía cómo sus mejillas se ponían aún más rojas.

—Se le nota y eso es extraordinario.

La amistad entre ambos se había fortalecido día a día gracias a la sinceridad demoledora de Chamorro y a su espíritu amigable, que lo habían convertido en el faro al que seguir en una noche cerrada de tormenta.

—Maestro, ¿puedo hacerle una pregunta?

—Por favor.

—Corren habladurías de que está teniendo problemas con Dirección. Hay gente que dice… que dice que lo van a expulsar. El otro día vinieron unos capas preguntando por usted ¿Es cierto?

Chamorro se revolvió en la mesa. Acto seguido, se incorporó, se bebió de un trago la copa de vino y volvió a rellenarla.

—Lo único que le puedo decir es que hay muchos compañeros que no comparten mi visión del orfanato y eso me está acarreando ciertos problemas, pero no hay de qué preocuparse, no tienen pruebas con qué acusarme. Ahora, brindemos por su salida de la institución, ya solo faltan unos días. ¡Salud!

PR golpeó con los dedos el vaso, consciente de la evasiva de su maestro. Mimi sobrevolaba la habitación atenta a cualquier orden que PR decidiera darle. Este, por su parte, parecía haber olvidado a su creación.

—Por cierto, ¿qué hará al salir? —Preguntó Chamorro.

—Supongo que buscar trabajo.

—¿De qué? Si me permite la pregunta.

PR miró con una timidez aún mayor a su maestro.

—No estoy seguro. Quizás profesor.

—¡Vaya, eso sí que no me lo esperaba!

La copa de vino de PR bajó considerablemente y el joven pareció entonces encontrar la determinación necesaria para continuar.

—Es lo único que se me ocurre. Sé cosas y he pensado que… que quizás a alguien le interesaría escucharlas.

—Estoy seguro de que sí, aunque debo advertirle de que la profesión entraña ciertos riesgos: debe ser cauto. La enseñanza es un mundo oscuro hoy en día.

—¿Por qué?

—El conocimiento enciende la llama del espíritu y de la curiosidad. Mucho me temo que la inquietud es considerada como algo peligroso por nuestros dirigentes.

—¿Por quiénes?

—Por los que tienen miedo a la revolución.

Era la primera vez que Chamorro hablaba directamente de política con PR. El sensor de Mimi se activó al percibir cómo el ritmo cardíaco de su creador se aceleraba. La máquina decidió acercarse más a PR. Si no fuese por los cables y los circuitos que componían su cuerpo, parecería un perro acurrucado bajo su dueño, intentando preguntarle: «¿Estás bien?».

—Yo también tengo miedo a la revolución. No quiero que haya otra guerra.

—No hablo de esa clase de revolución, PR. Hablo de la revolución intelectual que da el conocimiento y el buen uso de él. Si algún día llega a convertirse en maestro deberá elegir entre adoctrinar o incentivar a sus alumnos y eso, inevitablemente, le posicionará en una cara de la moneda. ¿Ha pensado en qué lugar quiere situarse?

—Sí, en el propio —contestó impulsivamente.

—Entonces le ruego que abandone la idea de dedicarse a la docencia, ya que enseñar significa regalarse a los demás.

PR se quedó en silencio, meditando las palabras de Chamorro por unos segundos.

—Lo… lo siento, maestro.

—¿Por qué?

—Por… por… por no ser tan valiente como usted.

—¡Pamplinas! Es usted formidable.

—No, no lo soy.

PR guardó de nuevo silencio. Chamorro le dio tiempo al joven. Entonces, la honestidad apareció repentinamente para molestar al chaval con su incómoda presencia.

—Entiendo a lo que se refiere y quiero pedirle disculpas por… por ser tan mediocre. Realmente soy un necio al pensar… al pensar que podría ser como usted.

Chamorro le cogió la cara con suavidad. Nunca antes lo había tocado de aquella manera, de una forma tan paternal. El maestro estaba irreconocible; algo fuera de lo habitual sucedía.

—Es muy joven para juzgarse de una forma tan cruda. Usted será lo que quiera llegar a ser y eso es lo único que le debe importar. No olvide que el futuro está en sus manos.

PR dio otro trago, tratando de encontrar las palabras en el vino tinto.

—Yo lo idolatro.

El maestro no pudo evitar sonreír con cierto regocijo.

—No tenga ídolos nunca o acabará enterrado en la fosa de la decepción. Asuma que los seres humanos somos imperfectos por naturaleza y no idealice a nadie. Ahora, por favor, cambiemos de tema y no me haga tanto caso. Estoy hablando de más y empiezo a sentirme abrumado.

PR miró a Mimi y le ordenó hacer un par de piruetas de vuelo. Ambos se rieron, impresionados por la precisión del robot. Pasaron los minutos hablando sobre programación, sobre las clases, sobre los compañeros… hasta que PR, más ebrio, se atrevió a preguntarle a Chamorro:

—Maestro, disculpe mi atrevimiento. Me gustaría que me hablase de la Gran Gran-Guerra y del Movimiento Río de Lava.

El profesor se quedó helado por el giro de la conversación.

—Interesante. ¿A qué viene su inquietud por esa oscura etapa de nuestra historia y por esos rebeldes?

—Usted siempre me habla de nuestros antepasados con gran devoción: desde los fenicios, pasando por los romanos… Hasta me habló de los grandes califas que ocuparon la Península. Sin embargo, jamás ha hecho referencia a la Gran Gran-Guerra ni a los insurgentes.

—Es un tema complicado.

El maestro estaba visiblemente incómodo.

—Disculpe. No quería estropear nuestra celebración.

—No, por favor, de ninguna de las maneras. No me

malinterprete, me encanta su curiosidad, pero debe entender que hay temas de los que no estoy autorizado a hablar. Me podría meter en un buen lío si alguien nos escuchase.

—No alcanzo a entender por qué hablar le podría generar problemas, maestro.

La inocente contestación de PR demostraba que le faltaba un largo camino por recorrer con la decepción cargada a costillitas.

—Si le soy sincero, yo tampoco, pero es un hecho. Quizás más adelante, cuando salga del orfanato, le lleve a conocer a unos amigos y podamos conversar como personas libres y soñar nuevos horizontes. Hasta entonces, debo sugerirle que elija otra temática menos controvertida.

El ambiente se había enrarecido y el vino parecía más agrio. Era la primera vez que el maestro se cerraba en banda. Eso dejó desubicado a PR, que sugirió concluir la velada. Tras ordenar a Mimi que se quedara recogiendo el aula, ambos emprendieron la vuelta a sus respectivos cuartos.

—PR —le llamó Chamorro antes de separarse en un recodo del pasillo—, en referencia a su duda sobre lo que pasó en la Gran Gran-Guerra y el Movimiento, he tenido una idea. Le recomiendo que mañana vaya a la biblioteca y coja el manual de Biología de 2022 que hay en la esquina superior de la tercera balda. No se deje engañar por la portada.

Cuando lea el contenido, verá que el libro es *Desde Darwin*, de Stephen Jay Gould. Léalo con detenimiento, sobre todo el capítulo del criminal como error de la naturaleza. Allí encontrará algunas de las respuestas que busca. Solo le puedo decir que no es un libro al uso: esconde en él un mensaje para quien sabe mirar.

—Así lo haré, maestro.

Al día siguiente, PR se percató de que algo no marchaba como debiera. Aquella mañana había visto cómo tres agentes de las Brigadas de Atención al Ciudadano requerían la presencia de Chamorro con malos modales. Tras ello, el muchacho peinó el orfanato de arriba abajo sin hallarlo. Preguntó a alumnos y profesores, demostrando gran preocupación, como el hijo que ha perdido a un familiar en un acontecimiento multitudinario. Finalmente, decidió acudir a Dirección con el pretexto de tener revuelto el estómago para intentar dar con su paradero. Don Ángel Luis, el vicesecretario, le espetó que llevaba viéndole deambular todo el día; le pegó un puñetazo en la barriga y le dijo: «Ya te puedes ir a tu habitación. Deja de husmear». Nadie sabía cómo había desaparecido o quién le había hecho desvanecerse, pero su rastro se había esfumado por completo, como si se tratara de un grano de arena en mitad del desierto.

Al día siguiente, PR no cejó en su empeño. Lo buscó por toda la institución y rogó por activa y por pasiva a todas las personas con las que se cruzó que le diesen una explicación, de nuevo sin lograr éxito alguno. Derrotado, se sentó en las escaleras de madera que conectaban los diferentes pisos, mientras se rascaba con fuerza el cuero cabelludo. Entre lágrimas, recordó que todavía quedaba una última esperanza. Corrió a la biblioteca, reino de ejemplares antiguos y polvo. Irrumpió en la gran sala sin guardar silencio alguno, ganándose una mirada desaprobatoria de parte del padre que custodiaba el espacio. PR se percató de su escandalosa entrada e intentó disimular su inquietud como buenamente pudo.

—Buenos días —saludó jadeando—, venía a por un libro de Biología para un trabajo de clase.

—Joven, que sea la última vez que entra así en la biblioteca.

—Lo siento, padre —se dirigió a él a pesar de que no había nadie más en la sala.

El cura continuó mirándolo con desaprobación hasta que, al final, claudicó:

—De acuerdo. Dígame el título que está buscando.

En cuanto tuvo el ejemplar en sus manos, PR salió corriendo hacia el sótano, donde se solía guarecer cuando necesitaba estar solo. Inmediatamente, abrió el libro por el capítulo que su maestro le había indicado. En su interior había varias hojas manuscritas que decían:

Querido PR,

Le lego estos documentos para que guíen su camino como en su día orientaron el mío. Quiero que sepa que estoy muy orgulloso de usted. Si no nos volvemos a ver, sea fuerte y confíe en sí mismo. Las despedidas nunca fueron lo mío y no quería hacer un drama de nuestra velada.

Tiene muchas cualidades hermosas. No las deje de lado y poténcielas, ya que estas son su verdadera fortaleza. Plante cara a los enemigos y sea firme en sus propósitos sin dejarse influir por opiniones externas. Estoy convencido de que así logrará escapar del Laberinto de Metal.

Siempre suyo, C.

Hoja 1:

1. *Los organismos varían y estas variaciones son transmitidas genéticamente a las generaciones venideras mediante la descendencia.*
2. *Los organismos producen más descendencia de la que puede sobrevivir.*
3. *Los sujetos vivos con mejores capacidades adaptativas al medio sobrevivirán y su descendencia prevalecerá.*

¿Es así como nuestro sistema justifica el exterminio de los más pobres? ¿Es así como relegan a los desamparados a los orfanatos? ¿Es así como consiguen hacer
prevalecer su orden? ¿Como estructuran su enfermiza promoción sistémica? [...]
Hoja 2:
Si lees esto, lucha. No estás solo. Si eres un desamparado, eres, por lo tanto, un desecho para la Ballena. No obstante, puedes ser mucho más que eso siempre y cuando no te conformes; tú puedes cambiar las cosas.
¿Cómo hacerlo? [...]
Hoja 3:
Debes informarte; el conocimiento es poder. Tienes que asumir que aislado no conseguirás escapar del Laberinto de Metal: la unión hace la fuerza. Has de ser cauto, ya que ir a contracorriente es peligroso. No llames la atención y busca a los que sean como tú: asóciate. El quinto consejo es que no hay más secretos: conforma tu propio camino y arriésgate. No temas hacer las cosas de forma distinta. Equivócate y aprende de tus errores; o, mejor, ríete de ellos. La última advertencia es que olvides todo lo que te acabamos de enseñar: piensa por ti mismo y cuestiónalo todo.
Sal del Laberinto de Metal en el que te has criado.

Saludos,

Slacum Prioriti, Prioriti paterna.

Movimiento Río de Lava

PR se quedó de piedra. ¿Qué papel desempeñaría Chamorro en el movimiento rebelde? Sentado en el escalón de madera desgastado por el paso del tiempo, se quedó meditando más de una hora. Estaba claro que su maestro había sido borrado del mapa. «Con razón no quería hablarme de la Gran Gran-Guerra», pensó. Aquel hombre lo había adiestrado para que no fuese un «desamparado» más del orfanato del Distrito Tres, un fragmento cualquiera de la inabarcable Ballena Europea. Dejó caer la cabeza sobre las rodillas y, mientras apretaba las hojas que Chamorro le había dejado en herencia, ahogó el llanto.

Mimi, que estaba dormitando en su bolsillo, se despertó para darle unos pequeños golpecitos en el hombro. Pero el joven se había vuelto a quedar completamente solo, y los mimos del robot no lograron consolarlo. Por un instante, se sintió abandonado. ¿Cómo se podía haber dejado atrapar?, ¿cómo era posible que hubiesen derrotado a su maestro?, ¿acaso esas hojas eran su epitafio? Logró tranquilizarse. Algo en su corazón le decía que Chamorro lograría solventar cualquier escollo. Era el momento de ser valiente y sobreponerse a las circunstancias. Un resorte interno le hizo abrir de nuevo el libro. Recordó las últimas palabras del maestro: «Un mensaje para quien sabe mirar». «Quizás se refería simplemente a estas hojas, pero puede que se refiriera a que hay un mensaje oculto», se dijo. Las siguientes cuatro horas las pasó intentando encontrar algún secreto en el manuscrito. Ni él ni Mimi lograron hallar nada significativo, lo que propició que PR, furioso, arrojara el libro contra la pared más próxima. Al hacerlo, Mimi se percató de algo. El robot cogió el libro y le mostró a PR su descubrimiento. Tras explicar lo que había percibido, cogió el tomo y lo volvió a lanzar, provocando que un leve destello naciera de sus páginas. Esta vez, PR cogió el libro y pasó las páginas todo lo rápido que pudo. En la parte inferior, al lado del número de página, una serie de marcas empezaron a aparecer. El movimiento activaba una tinta invisible, dejando al descubierto símbolos que aparecían de menor a mayor:

I

II

III

IV

V

PR interpretó el mensaje del libro como un legado, como una línea de investigación. Tenía una nueva misión: encontrar a los rebeldes e intentar alistarse en sus filas. De momento, conocía sus símbolos. Quizás eso fuera suficiente para llevarle hasta ellos.

Bilbatúa
Ordenando la Investigación

Bilbatúa se encontraba bajo la ducha, en su apartamento del Distrito Cuatro. El edificio que habitaba era una construcción irregular con aires modernistas, diseñado para albergar en su interior a la clase acomodada del Cuerpo de la Ballena. En sus inicios la casa era impresionante, en parte gracias al gigantesco ventanal de cinco metros de alto por cinco de ancho que iluminaba el salón. El revestimiento de los muebles, el suelo de madera noble o la cocina de diseño habían sido creadas de forma exclusiva para aquella edificación. La vecindad del bloque era distinguida. Las reuniones comunitarias se caracterizaban por el postureo más insano en los encuentros vecinales, que parecían más una pasarela de tendencia que lo que eran: un insoportable aquelarre de esnobs.

Aquella casa era su biblioteca particular, su faro de Alejandría, su laboratorio; su refugio. En las cuatro paredes del salón se encontraban distribuidas las investigaciones que tenía en curso. Era sorprendente ver el contraste que ofrecía el pulcro orden de las pruebas con los caóticos elementos restantes de la casa. En la pared más grande se podía leer «Caso Skylinner, desaparición del Núcleo 48». Bajo el título había fotografías del suceso, relatos de los testigos y distintas hipótesis interconectadas.

Desde que empezó a investigar por orden de la canciller del Origen, Bilbatúa se había dado una y otra vez contra el mismo muro: Erik Wagner, director de Skylinner, que se dedicaba al tráfico de metadatos y a la investigación armamentística. Dos actividades que en apariencia estaban poco relacionadas, aunque las pesquisas de Bilbatúa parecían sugerir lo contrario. La empresa, tras recopilar datos de la población y conocer sus demandas, hábitos y preferencias, derivaba los resultados al departamento armamentístico. El objetivo era desarrollar dos vías de ingreso: por un lado, el diseño de armas personalizadas para la población y, por el otro lado, la fabricación de armamento químico y bacteriológico como método de control para el Estado. En este último departamento secreto había renacido el Núcleo 48.

Skylinner detentaba un poder enorme. Al conocer todos los detalles de los ciudadanos de la Ballena, la empresa diseñaba exitosas campañas para vender armas y drogas legales a la población, gracias a los datos de los cristales finos. «¿Cómo podemos generar la necesidad de que compren nuestras pistolas? ¿A qué teme la chusma? O, mejor, ¿qué temor les podemos infundir?» eran las preguntas que vertebraban los principios empresariales de Erik Wagner. La otra vía de negocio, la del armamento bacteriológico y químico, se centraba en diseñar armas punteras que pudiesen acabar con un determinado grupo de población. ¿Cómo hacerlo? De nuevo, Bilbatúa había descubierto que la respuesta estaba en los metadatos. Gracias a la información personalizada que se obtenía de la ciudadanía, Skylinner diseñaba armas que pasaban desapercibidas y que podían ser fácilmente comercializables: champú para el pelo, comida, bebidas, papel higiénico…

Al revisar los ingresos de la empresa pantalla asociada al departamento secreto de Skylinner, Bilbatúa había descubierto que la epidemia de gripe que hacía cuatros años había asolado los distritos Uno y Dos había sido provocada por Skylinner. Pero ¿cómo? La enfermedad se propagó como la peste y más del setenta por ciento de la población de ambos distritos contrajo la enfermedad. Al cabo de un mes de «incansable» trabajo por parte del Directorio de la Cabeza, encontraron una vacuna que comercializar. Las tiendas agotaron el *stock* en cuestión de horas. Bilbatúa, tras tirar de unos cuantos hilos, se percató de que Skylinner había recibido un fuerte ingreso del sector farmacéutico. Al investigar de dónde provenía el dinero, se topó con una empresa pantalla que a su vez le condujo hasta una organización sin ánimo de lucro llamada La Esperanza, la misma que Antoni le había nombrado en el restaurante. La sorpresa fue descubrir que la fundadora de la ONG había sido, ni más ni menos, que la canciller del Origen.

La trama había sido vertebrada a la perfección. La distribución de los artículos de primera necesidad y de los productos no esenciales se hacía desde la Cabeza de la Ballena. Cada distrito tenía acceso a una serie de recursos según la clase social a la que perteneciera. Skylinner puso su granito de arena en la historia, diseñando la línea de colonia «For her or For him. What's the odds?», que propagó el virus con éxito. Al mismo tiempo, las farmacéuticas crearon la vacuna en secreto. Luego, cuando esta se comercializó, arrasó, superando la previsión de ventas. Toda la población de la Ballena Europea, no solo la de los distritos infectados, se tomó el tratamiento capsular por miedo a un posible contagio. El discurso de la canciller, de obligado visionado en todos los cristales finos, fue decisivo: «Debemos prevenir antes que curar. Ganaremos la batalla contra el virus».

Bilbatúa había descubierto que la canciller estaba directamente implicada a través de su fuerte poder mediático, con el que alimentaba el miedo al virus y, *a posteriori*, a través de la promoción de la vacuna. Skylinner fue el encargado de producir todo de forma secreta y proporcionar los datos de la población, pero ¿y el control? No podía ser casualidad que hubieran decidido expandir el virus por los distritos Uno y Dos. Bilbatúa, siguiendo su instinto, comprobó todos los envíos empresariales gordos con fecha de un mes antes de la epidemia, descubriendo que el cincuenta por ciento del material sanitario había sido distribuido a las sedes que Connor Brown tenía. ¡Eureka! El mafioso y sus secuaces recibieron la vacuna un mes antes de que todo estallara. Él era la tercera arista del triángulo, ya que con su influencia aseguraba el control de la población y evitaba posibles revueltas o investigaciones no deseadas. Estaba claro que la relación entre Wagner, la canciller y Connor venía de tiempo atrás.

Bilbatúa no se había sorprendido lo más mínimo al descubrir la trama. Sabía que una de las empresas más poderosas de la Ballena Europea no podía ser trigo limpio: «Uno no llega al poder sin ensuciarse las manos —se dijo— Bien lo sabes tú».

No obstante, la desaparición del Núcleo 48 seguía siendo un misterio. Quién la tendría o qué se buscaba hacer con el arma eran incógnitas sin resolver. Lo único que estaba claro era que tanto la canciller como Erik y Connor eran sospechosos potenciales. De momento, Bilbatúa centraba su investigación en la identidad de quienes robaron el arma, aunque sabía a ciencia cierta que no eran más que peones. Igualmente, estos le podrían conducir al verdadero artífice del caso. El siguiente sospechoso al que interrogar sería el guardaespaldas de la canciller del Origen, ya que era una de las dos personas que se habían reunido con Alberto Ruiz antes de que este fuera asesinado. Chamorro, el otro sospechoso, ya había sido detenido y conducido a la Torre de Marfil, la prisión de alta seguridad. Por el momento, no había revelado ninguna información determinante.

Sonó una nueva notificación en el cristal fino del general: «Llaman a la puerta». Bilbatúa abrió. El N.º 51 miró expectante a su superior, quien, sin cruzar palabra, le condujo hasta su despacho.

—Toma asiento, hay mucho de lo que hablar.

Mientras se sentaba en una de las sillas, el N.º 51 se aventuró a formular una hipótesis para tratar de tirarle de la lengua al general.

—¿Será coincidencia que Wagner le quiera fuera del caso y Connor esté espiándole a través de Antoni?

El tono irónico de la frase fue captado hasta por Bilbatúa, que no pudo evitar dibujar una sonrisa en su cara. Le dio un sorbo al café y se recolocó en su silla para mirar directamente a los ojos de su compañero.

—Cuidado, N.º 51. Parece que estás empezando a razonar, y eso es peligroso.

La cara de Bilbatúa reflejaba una cierta guasa canalla que no agradó a su subordinado.

—General, intento tomármelo en serio, aunque no tenga sus capacidades.

—No te cabrees, no te lo he dicho a malas. De hecho, creo que tu teoría va bastante encaminada, aunque todavía no hayas formulado la pregunta correcta.

—¿Y cuál es?

Bilbatúa se hizo de rogar unos segundos. Después, formuló la incógnita:

—¿Qué ganaría Erik Wagner robando a su propia empresa?

El N.º 51 contestó de forma impulsiva, casi como un acto intuitivo:

—Acercarse más a la canciller del Origen.

—Bingo. ¿Por qué?

—Porque el arma sustraída es la llave para controlar el panorama político.

—Meggg. Error —señaló Bilbatúa.

El N.º 51 probó de nuevo:

—Por sembrar el pánico en el Gobierno. Así, de repente, resolverá el caso y se posicionará como la única persona en la que la canciller puede confiar. Quiere quitarse de en medio a Connor y a usted de paso. El proviene del Ejército: lo que siempre ha deseado es un directorio militar en el Gobierno e instituciones.

—Bien, has acertado en varios puntos, pero creo que esto va mucho más allá.

El N.º 51 claudicó, falto de ideas.

—Me rindo, señor.

Bilbatúa soltó una carcajada antes de preguntarle:

—¿Qué es lo que mueve este mundo?

—El dinero.

—Eso es. ¿Qué ganaría Erik Wagner robando el Núcleo 48? Te lo voy a explicar: ganaría el control total sobre la canciller, ya que ella tiene un tercio de las acciones de Skylinner que blanquea a través de su ONG La Esperanza. Otro tercio corresponde al señor Wagner y…

El rostro del N.º 51 palideció ante la incertidumbre que Bilbatúa había generado al dejar la frase inacabada. Finalmente, dijo:

—¡El otro tercio corresponde a mi padrastro!

Bilbatúa sonrió al pensar en Connor Brown.

—Mucho me temo que Erik Wagner planea eliminar a sus socios y dar un golpe de Estado —explicó—. Lo que tenemos entre manos es mucho más grande de lo que pensábamos. El núcleo 48 es la pieza para activar de nuevo la Lengua de Fuego. Está claro que todavía no han logrado poner en funcionamiento el arma o no estaríamos aquí sentados hablando. Quien logre su control tomará el poder del país y no habrá forma de detenerlo. Por el momento, al robar el núcleo 48, Wagner va dominando el tablero: en cualquier momento puede arruinar la posición de la canciller y de Connor aireando información sobre La Esperanza. Además, no debemos olvidar que quien controle todos los metadatos de los cristales finos jugará con una gran ventaja. Una vez Wagner tenga los apoyos políticos suficientes, podrá dar un golpe de Estado y hacerse con todo el control de la empresa y del Gobierno.

—Entonces, la canciller está en peligro.

Bilbatúa volvió a sonreír. Lo miró de refilón y asintió con la cabeza. El N.º 51, por su parte, empezó a notar como la angustia le atrapaba. Las circunstancias parecían estar conduciéndole a un callejón sin salida, donde tendría que optar por cumplir con su deber como ahijado o, por el contrario, con su deber como agente y socio de Bilbatúa. Se había jurado tomar distancia de Connor y sus asuntos. Sin embargo, ¿no debería al menos advertirle del peligro que corría?

PR
El centro de Transición

Habían pasado cinco días desde la desaparición de Chamorro y PR acababa de cumplir dieciocho años. Como regalo había recibido un expediente académico manchado por su expulsión de la mansión Wagner y la desaparición de su mentor. Fuera como fuera, el momento había llegado: debía abandonar el orfanato.

Tras salir por el portón con su mochila, el mundo que le rodeaba se le antojó más violento de lo habitual. Los transeúntes andaban de forma frenética por las calles, hablaban por los cristales finos a voz en grito, veían la televisión en sus pequeños visores de ojo o cantaban a pleno pulmón sin importar lo que los demás pensaran. Aunque PR estaba acostumbrado a desplazarse por la ciudad para acudir a las prácticas, no solía salirse del mismo camino que tomaba cada día. Ahora se sentía desprotegido, y quizás por ello se fijaba más en todo lo que le rodeaba. La estética que llevaba la población era estrambótica y fascinante al mismo tiempo: punks ciberbóticos, traperos horteras, roqueros electrónicos quiero y no puedo… Parecía una competición por ver quién era más extravagante. A él lo miraban como lo que era: un pobre recién salido del orfanato que se dirige al Centro de

Transición con cara de susto. Se evidenciaba a simple vista que le faltaban unas horas de horneado para no desentonar en la pastelería.

Para controlar la ansiedad que la rápida ciudad le provocaba, PR empezó a leer en su cristal fino la carta de despedida del orfanato: «Que el señor guíe tu camino. Institución de Pobres y Desamparados del Distrito Tres». De repente, un hombre calvo que lucía un vestido rojo se le acercó y, sin mediar palabra, le apagó el cristal fino.

—¡Eh! ¿Qué haces? —gruñó PR, tragándose su timidez y deteniendo sus pasos.

El desconocido empezó a hablar mientras le cogía del codo y le guiaba, reanudando la marcha.

—Me llamo Spull —se presentó—. Te he visto con esa cara de pasmarote y he supuesto que necesitabas un cable. Por lo que veo, acabas de salir del orfanato. Tranquilo, yo salí hace diez años y mira qué divino estoy. Olvídate de toda esa parafernalia. ¡Por fin eres libre!

PR se quedó a cuadros. No pudo evitar dejarse llevar por los prejuicios: se dijo, asustado, que probablemente Spull le conduciría al desguace de huérfanos o algo por el estilo.

—Te gustará el boxeo, ¿no? —continuó hablando Spull—. ¿Viste el combate de ayer? Fue espectacular. ¡Vaya paliza que le dieron al del Cuatro! Esos ricachones piensan que lo tienen todo hasta que llega alguien y… ¡Plas! ¡Lo revientan!

PR reaccionó, separándose del hombre al instante. Fue un resorte proveniente de su interior, como si Chamorro le dijese: «¡Alerta! ¡Peligro!».

—¿Qué te pasa, chico?

A pesar de los ejercicios que había hecho con su mentor, la timidez de PR afloró de nuevo, bloqueándolo.

—Déjame —logró musitar.

—Cielo, yo solamente quiero ayudarte porque acabas de salir de esa cárcel y sé lo mal que se pasa. Yo también estuve allí, ¿recuerdas? Seguro que tienes hambre. Si vienes conmigo, te invito a comer algo y te presento a mi gente. Porque necesitarás un trabajo, ¿no?

PR meditó la oferta un segundo.

—No, gracias. Tengo que ir al Centro de Transición.

—¿Sales de una jaula para meterte en otra? Mira, vas a venir conmigo, comeremos algo y me contarás tu historia. Después te enseñaré todo el distrito y te buscaré un sitio donde dormir.

PR empezó a caminar en dirección opuesta a Spull.

—¡Eh, chico! ¿A dónde vas?

El hombre lo alcanzó en dos zancadas y lo agarró con

fuerza por el brazo. PR se dejó llevar por su instinto: se cuadró de forma amenazante.

—Como… como… como me vuelvas a tocar te arrepentirás.

—Bueno, bueno, tengo delante al peligroso del orfanato. Siempre sois los mejores, seguro que haremos buenas migas. Ahora déjate de tonterías y sígueme.

El hombre lo volvió a agarrar con brusquedad, lo que provocó que Mimi, oculta bajo la manga de PR, saliese de su escondrijo y retorciera la muñeca de Spull con todas sus fuerzas. Acto seguido, tras darle una patada y tirarlo al suelo, PR salió corriendo como si una manada de hienas lo persiguiera.

—¡Cabrón, ándate con mucho ojo! —escuchó PR a sus espaldas mientras seguía huyendo, sin volver la vista—. ¡Yo nunca olvido una cara!

Corrió diez minutos sin detenerse hasta que se cercioró de que nadie lo perseguía. Tras recuperar el aliento, prestó atención a su alrededor. La gran diversidad de población que había en el Cuerpo de la Ballena y la puntera tecnología que se había desarrollado en la ciudad eran impresionantes. Mimi a su lado parecía un dron de estética desfasada, propia de principios de siglo.

No se había alejado nunca de las estaciones de tren,

por lo que, al volver la vista en derredor, los edificios interactivos lo dejaron perplejo. En cada bloque había un número determinado de viviendas extraíbles que interactuaban con la ciudad. Los arquitectos post-postmodernos habían apostado por diseños que aprovecharan al máximo el espacio, suprimiendo las escaleras y las zonas comunes. De tal manera que, para entrar a la vivienda, ir al garaje o bajar a la calle, uno debía utilizar el panel de control de cada casa y, literalmente, desprender su habitáculo del edificio para transportarse hacia otra parte del vecindario. PR se quedó ojiplático al ver cómo un rascacielos rotaba sobre sí mismo para orientar sus placas energéticas hacia la luz que filtraba la Cabeza de la Ballena. Por un instante, el huérfano pensó que aquella mole de cristal y hormigón se le iba a venir encima.

La avenida principal por la que caminaba era tan amplia como los antiguos Campos Elíseos de París. El olor a comida de los puestos voladores le recordó que tenía el estómago vacío, pero la cantidad de estímulos sonoros y visuales que había a su alrededor le hizo olvidar su inanición rápidamente. En las aceras, la gente caminaba ajena al atasco que había en la autopista aérea que se extendía por encima de sus cabezas. Un automóvil arcaico pitó a PR por haberse acercado demasiado al límite del área peatonal. Tanto a la izquierda como a la derecha del huérfano, se extendían dos vías habilitadas para los antiguos vehículos eléctricos. Por un instante, el desconcierto fue total: aquello parecía un caos planificado que, para sorpresa de todo el mundo, funcionaba a la perfección.

Cuando llegó al Centro de Transición, le temblaban las piernas como un flan. La sobreestimulación y el agotamiento le habían dejado desorientado y se sentía fuera de lugar, como un gato en mitad de una rave llena de pasados. Antes de traspasar la gigantesca puerta de metal, PR se había molestado en hackear el sistema del centro y ver cuáles eran sus defensas ante posibles intrusos. Tras dejar atrás el puesto de control y descargar los códigos de seguridad en Mimi, ordenó a esta que fuese a visitar a Carolina Wagner. PR le había grabado un mensaje explicándole que ahora era libre y que le tocaría pasar una semana en el Centro de Transición hasta que encontrase algún puesto de trabajo. Esta era una institución donde a los huérfanos se les daba comida y una cama donde dormir durante un tiempo para que pudieran encontrar trabajo antes de verse sin ningún apoyo institucional. También ordenó a Mimi que descargase las escuchas de la nube y se las trajese. Mimi asintió y se fue volando rumbo a la mansión Wagner.

Tras haber dispuesto todo, PR se acercó al robot de

seguridad que custodiaba la entrada para preguntarle cómo debía hacer su ingreso. Casi no le salían las palabras. Este, acostumbrado a que los menores llegaran en estado de *shock* por diversas circunstancias, le indicó a dónde debía dirigirse. PR siguió las directrices indicadas, bajo la atenta mirada de una treintena de desconocidos que, situados en el patio del centro, parecían darle la bienvenida con sus malos modales.

Tras finalizar el protocolo de bienvenida, PR puso rumbo a la habitación, como le habían indicado. Aprovechó el camino para analizar cada detalle de su nuevo hogar. El Centro de Transición se parecía más a un matadero de cerdos que a un instituto o a un edificio público de antes de la Gran Gran-Guerra. El patio grande estaba rodeado por unos muros de hormigón y alambre de espino. Al fondo, se extendía sobre una nave gigante de cuatro alturas un cartel donde se podía leer: «Centro de Transición Distrito Tres». Una vez traspasado el umbral, la decadencia de las habitaciones otorgaba al espacio un aire melancólico. Las paredes desconchadas, las baldosas levantadas y el frío acompañaron el caminar de PR hasta la habitación trescientos siete.

Dejó sus pertenencias y probó la comodidad de la litera que le habían asignado. Como había sospechado, era más bien una cama de tortura. Al tumbarse, los muelles se le clavaron en la espalda y pudo oler el tejido avinagrado del colchón. «Es de broma que sigan utilizando esta basura con la tecnología que hay», pensó malhumorado. Echó un vistazo al resto de camastros por si tuvieran mejor apariencia, pero ninguna de las cincuenta literas aledañas le convenció. De inmediato, colocó unos calcetines en los puntos clave para evitar desollarse la espalda cuando durmiera, hizo la cama con esmero y puso rumbo al patio. Una vez allí, cogió una pelota de baloncesto que había en un cesto y empezó a jugar.

Un delgado joven se acercó y le saludó:

—*As-salamu aláikum.* ¿Puedo tirar unas canastas contigo?

—Claro.

—Me llamo Tareq. ¿Y tú?

—PR.

—Un placer, *bro*. Tienes mala pinta. ¿Te han jodido mucho hasta llegar aquí?

PR no contestó; se limitó a encestar.

—Los mafiosos intentan reclutarnos de camino —le explicó Tareq—. Solo llegamos aquí los más fuertes o avispados, así que puedes estar orgulloso.

PR le regaló una media sonrisa y le pasó la pelota. Aprovechó para analizar el panorama, una vez más. Estaba claro que había caído en un lugar mucho más peligroso del que venía. PR pensó en Chamorro y en qué haría él en su lugar.

—Gracias.

Canasta limpia.

—Buen tiro, *bro*.

PR recogió la pelota y miró al chico directamente a los ojos. Marcaría los límites desde el primer momento.

—Mira…, mira…, no te conozco y no sé qué quieres de mí. No te andes por las ramas y ve directo al grano. No… no soy ningún imbécil al que puedas engañar con trucos. Nada es gratis.

El joven se quedó muy serio. Al instante, le quitó la pelota y encestó otra canasta limpia.

— Relaja la raja, tío—dijo mientras recogía el balón del suelo—. Por lo que veo, no me tienes fichado. Vengo de la Pompa de Jabón, como tú.

PR cayó en la cuenta de que había visto a Tareq deambular por los pasillos del orfanato.

—No soy tu enemigo, pero ándate con ojo porque aquí hay peña peligrosa. Basta de tanto blablablá: ¡veamos qué sabes hacer!

El partido duró media hora, hasta que sonó una sirena que indicaba que debían irse a cenar. Tareq dejó la pelota en el cesto, hizo un gesto con la cabeza a modo de despedida y se fue con su pandilla, un grupo que le llamó desde el interior del edificio. PR se quedó solo sin saber qué hacer. Finalmente optó por seguir al grupúsculo de Tareq hasta el comedor. Antes de alcanzar su destino, hizo una parada técnica para lavarse las manos, como siempre acostumbraba a hacer antes de cada comida. Cuando llegó al comedor, se sintió desorientado: ante él se desplegaba un mar de chavales con sus grupos de amigos ya conformados, y él solo, sin saber dónde situarse, como siempre. Tras servirse, se sentó en una esquina y comió sin apenas levantar la vista del plato. Observó de refilón a los cuatro matones que llevaban siguiéndole la pista desde que había aterrizado en el centro. En el lado opuesto de la sala se encontraba Tareq, a quien tampoco le quitaba ojo de encima. Tras jugar el partido con él, PR se preguntaba de qué pasta estaría en verdad hecho el amable chaval. De momento, su instinto le aconsejaba alejarse en primer lugar de los otros pandilleros, los que le seguían de cerca: parecían leones a punto de darse un festín con su presa. De nuevo iba a suceder: otra vez tendría que enfrentarse a los maltratadores de turno. «Dios —pensó—. No te dejes avasallar. Hazlo por ti, por Chamorro. Estás preparado». Intentó razonar como lo habría hecho su mentor: «Tienes que luchar. Golpear fuerte para que no te vean débil».

Acabó la comida y devolvió todos los cubiertos, como indicaban las normas. El centro llevaba un riguroso control de estos utensilios para que no fueran sustraídos y utilizados como posibles armas. Antes de marcharse, PR se acercó al funcionario que supervisaba a los robots de seguridad y servicio, y le dijo:

—Buenas noches. Soy nuevo y me gustaría saber a qué hora debemos irnos a la cama.

PR lo tenía todo planeado. Utilizó el señuelo de la pregunta para ganar tiempo y situarse en el lugar idóneo. En cuanto el hombre contestó, se dio media vuelta con gran energía, impactando contra dos chicos que esperaban la cola. Las bandejas y los utensilios rodaron por el suelo. Se generaron unos segundos de caos que PR aprovechó con habilidad para recoger un cuchillo del suelo y guardárselo de inmediato bajo la manga. El funcionario, furioso, puso orden y expulsó a PR del comedor. Cuando los allí presentes se percatarán de que faltaba un cubierto, sería demasiado tarde. PR pensó en dejarlo en la cisterna del váter, pero le pareció un lugar demasiado manido, por lo que optó por rajar el colchón y esconderlo dentro, envuelto en papel higiénico.

Poco después, las luces se apagaron y todos se desplomaron sobre la cama. PR estaba molido, pero sospechaba que no se aburriría en su primera noche en el centro. Cogió el cuchillo y lo guardó debajo de la almohada para tenerlo a mano, mientras su corazón latía a cien por hora. Ya había recibido muchos golpes en el orfanato y no estaba dispuesto a que se repitiese la misma cantinela. Mientras acariciaba el utensilio cerró los ojos, intentando conciliar el sueño y arañar unos minutos de descanso a su vigilia.

Parecía dormir plácidamente cuando los cuatro jóvenes que lo habían estado acechando en el comedor se acercaron con sigilo a su cama. Para darle la bienvenida al más puro estilo callejero, habían rellenado sus almohadones con objetos contundentes. Era el *modus operandi* de estas pandillas de mafiosos: primero te daban una paliza y luego te ofrecían protección si te unías a su clan. PR se percató de su llegada desde el principio, pero esperó sin inmutarse hasta el último segundo. El más grande se situó a unos centímetros de él, preparado para el ataque. Antes de que le asestase el primer golpe, PR le clavó con todas sus fuerzas el cuchillo en el muslo izquierdo, dio una patada a otro contrincante cercano al merodeador malherido y se incorporó. El joven cayó al suelo y los tres muchachos restantes se quedaron de piedra. PR intentó pincharles sin éxito, por lo que volvió a recular, advirtiéndoles de que no pensaba rendirse sin prestar batalla. Los chicos, cual manada de lobos, lo rodearon, preparados para el ataque final. PR no tenía ninguna posibilidad, así que decidió tomar la iniciativa y abalanzarse contra ellos al más puro estilo kamikaze. Consiguió clavarle el cuchillo a uno en el pecho, dejándole fuera de juego, pero los otros dos lo redujeron a base de golpetazos. Los almohadones chocaban una y otra vez contra sus costillas, su cabeza, sus brazos... La batalla parecía perdida. No obstante, Tareq, que observaba la trifulca desde su cama, le hizo un gesto a su pandilla para que tomara partido en la pelea.

—¡No te metas, moro de mierda! —le espetaron los malhechores.

—¡*Piraos* antes de que vengan! —respondió el joven.

Se produjo una tensa calma hasta que el temor de Tareq se confirmó: entraron dos funcionarios, acompañados por cinco robots de seguridad. Hombres y máquinas apalearon a todos los muchachos hasta que redujeron la escaramuza. Acto seguido, se llevaron al despacho del director a Tareq y a PR. Este último apenas lograba distinguir dónde estaba. Tenía una ceja rota y la sangre corría libremente por toda su cara, como si hubiese sumergido la cabeza en una sandía. Entonces escuchó cómo se abría una puerta, y alguien lo obligó a sentarse en una silla.

—¡Hombre, otra vez tú por aquí! —sonó una voz autoritaria, que PR imaginó que pertenecía al director del centro—. Mira que se lo dije a los de la institución: el morito no aprenderá jamás. Sois animales, no lo podéis evitar; está en vuestra naturaleza. Vaya numerito has montado otra vez.

—Señor, yo no…

—¡Cállate! ¡No quiero oírte! ¡Tú! ¡El nuevo! ¡En pie!

PR estaba inmóvil, como un animal herido. Tenía la cara hinchada y le dolía todo el cuerpo. Seguía sin poder ver bien. Avanzó como pudo hacia el director, sabiendo lo que le esperaba.

—¿Cuál es tu nombre?

—PR —respondió entre susurros.

—Más alto.

—¡PR!

—¿Qué ha pasado?

PR no abrió la boca.

—Te he hecho una pregunta.

El muchacho guardó silencio, aguantando el tipo.

—¡Contesta, idiota!

El director le pegó una bofetada que no logró el efecto deseado. PR sabía que los soplones eran carne de cañón y prefería recibir los golpes del funcionario a que le pusieran el sambenito de chivato.

—Vaya, tenemos a un tipo duro —observó el director—. Te voy a enseñar cómo tratamos a los de tu calaña. Mira lo que me acaban de traer. —Le enseñó el cuchillo que PR había robado—. ¿Te suena? Vas a cantar, tipo duro. Claro que lo harás.

PR
Un sorbo de Libertad

No cantó, no soltó prenda, no abrió la boca.

Nunca había recibido una paliza semejante. Los curas golpeaban, pero no con aquella devoción; no disfrutaban con cada impacto como lo hacía el director del Centro de Transición. A PR, tras ser acusado de incitador a la violencia, lo encerraron en una especie de calabozo situado en el sótano. Al entrar, logró arrastrarse malherido hasta el colchón que había en la esquina izquierda. Tras coger una manta que olía a muerto se quedó inmóvil, hecho un gurruño, sin apenas poder moverse, hasta que el cansancio le cerró los ojos. A medianoche llegó un robot enfermero para curarle las heridas. Parecía que el director había recapacitado: habría llegado a la conclusión de que no era buena idea que otro chaval más falleciera en su centro después de recibir «sus medidas ejemplares». Tras inspeccionar sus heridas, el robot le dijo: «Vivirás», cerró la puerta tras de sí y se marchó para no volver. Antes de partir, le había dejado un plato de algo parecido a pescado para que comiese. Una rata se acercó a la comida, la olisqueó y se marchó sin probar bocado. PR cerró los ojos y un manto oscuro lo cubrió, como si un sueño brumoso se adueñase de él.

Se despertó después de veinticuatro horas algo mejor, gracias a los medicamentos que le había dado el robot. Comió con apetito la papilla que le trajeron y logró incorporarse por primera vez. Cuando el dolor dejó de ocupar todo su foco de atención, pudo invertir tiempo en analizar la situación. Una vez acabado el periodo de transición en el centro, volvería a estar desamparado en la calle.

Meditó si llamar a Mimi. Había mucho riesgo de que la interceptaran. Pensó en Carolina Wagner y en cómo estaría. «Merece la pena arriesgarse». Mimi tardó media hora en sortear los sistemas de seguridad y, para sorpresa de PR, apareció por un pequeño sumidero. El robot le dio un toquecito cariñoso.

—Qué peste, Mimi. ¡Quita!

El robot obedeció y abrió un compartimento donde guardaba una carta.

—¿Es de Carolina?

Mimi afirmó, asintiendo con la cabeza de metal. PR se sentó en una esquina y se puso a leer, entusiasmado.

Para PR, el salvaje del Cuerpo de la Ballena.

He decidido que la forma más efectiva para mantenerte al tanto es a través de estas cartas (tengo miedo a que una escucha aleatoria me pille grabando el holograma. Erik ha aumentado la seguridad). Desde que te despidieron esto ha sido un infierno. Sigo encerrada en casa y Erik me impide salir. No es la primera vez que sucede: hace unos años estuve sin pisar la calle casi ocho meses. Tengo miedo de que eso vuelva a suceder.

Como me pediste, he estado investigando a papaíto. Estar en casa recluida me ha permitido seguir sus pasos y fijarme más en algunos detalles que antes había pasado por alto. Hoy he hecho un gran descubrimiento. Creo que he conocido a la puta de mi padre, Luscilda. ¡Sí! ¡Sí! «Puta» de zorra…, prostituta…, buscavidas… No viene de «la puta ama» ni nada por el estilo.

Me he puesto a investigarla. Todavía no tengo nada concluyente, pero viene del Cuerpo de la Ballena. Mira a ver si puedes adivinar algo. Quizás sea un punto débil de papá (el primero en mucho tiempo).

¿Tú cómo estás? ¿Cómo va el Centro de Transición?

Mándame a Mimi y me cuentas.

C.

PR se quedó meditativo. Ordenó a Mimi que investigara en la red toda la información sobre la prostituta. Acto seguido, escondió al robot en su regazo y se echó a dormir, mientras le daba vueltas en su cabeza a un posible plan. Los medicamentos de pronta sanación cumplieron su cometido y al cuarto día se encontraba mucho mejor, lo que coincidió con su liberación. Cuando volvió a ver la luz del sol tenía el cuerpo entumecido, pero, al margen de las magulladuras y hematomas que todavía persistían, se sentía razonablemente bien. El día era hermoso y la luz natural que filtraba la Cabeza de la Ballena le calentó el rostro. Se quedó inmóvil en medio del patio, respirando profundamente. Al instante, escuchó cómo se abría una puerta a sus espaldas. Estaba claro quién había sido el favorito del director. Tareq tenía una buena brecha en la cabeza que todavía lucía hinchada y moratones por todo el cuerpo.

—Estás hecho una mierda —le dijo el chico nada más verlo.

—Eso es porque no te has visto en el espejo —respondió PR.

Ambos se miraron con seriedad, hasta que Tareq le quitó hierro al asunto y empezó a reírse a mandíbula batiente. PR no pudo contenerse y también comenzó a desternillarse con él.

—Sígueme, novato. Esta noche vas a conocer en el Pegaso a la *crème de la crème*. Te has portado como un guerrero, y eso aquí vale mucho.

—¿Qué es el Pegaso?

—Tu nueva casa, *bro*.

PR no pudo evitar sentir cierto gozo al escuchar aquella noticia. Tenía un buen pálpito con el joven y una extraña sensación lo embargó: quizás ya no estaría solo, lo que resultaba trascendental para su supervivencia, o eso era lo que enunciaban las instrucciones que Chamorro le había dejado manuscritas tras su desaparición. «Asóciate». Aquello parecía un buen comienzo.

—¿Y cómo piensas salir de aquí por la noche? Te recuerdo que a las ocho echan el cierre.

Tareq mostró cierta sorpresa ante su ingenuidad.

—Tienes cara de listo. Espero no haberme equivocado contigo.

PR frunció el ceño y lo siguió sin mediar palabra. El

día transcurrió como en un abrir y cerrar de ojos, mientras conocía a la pandilla de Tareq y se reubicaba en el espacio del centro. Sin apenas percatarse, el manto de la noche cayó, finalizando la intensa jornada. Por fin, PR iba a descansar después del aislamiento. Solamente pensaba en acurrucarse en la cama y contar barras de pan hasta caer rendido de sueño. Ya estaba salivando cuando alguien lo llamó.

—Eh, eh. Tss —le dijo la voz entre susurros—. Despierta, dormilón.

PR remoloneó.

—¿Qué quieres?

—Ven, sígueme. Nos damos el piro, *bro*.

—Estoy muy cansado, Tareq.

—Venga, no me seas cobardica. ¡Arriba, antes de que nos oigan los cabrones esos! ¿O quieres quedarte aquí solo y que te vuelvan a zurrar?

Ante semejante tesitura, PR no dudó ni un segundo. En completo silencio, intentando no despertar a nadie de la habitación, ambos se pusieron el abrigo encima del pijama, se calzaron y emprendieron la marcha en sigilo. La escasa iluminación, sumada a los inquietantes ruidos del edificio, hacía que el corazón de PR latiera a mil por hora.

—No sé si es buena idea.

—¡Cállate, joder! Como nos cacen, estamos muertos.

Tras salir de la habitación, PR se agachó como le indicó su compañero. Tenían que pasar por debajo de la garita del funcionario a cargo de la seguridad de su planta.

—Joder, es el feo. Este tiene un oído muy fino y posiciona bien a los robots de seguridad. Cambio de estrategia.

Ambos recularon siguiendo las órdenes de Tareq, el experto en fugas. Este, tras esconderse en una esquina, sacó una canica del bolsillo y la tiró con fuerza contra la puerta situada en el lado opuesto del corredor, donde se encontraba el ciberbot de seguridad. El ruido hizo que la alarma se activara y el funcionario salió de su escondrijo a ver qué sucedía. Los fugitivos aprovecharon el momento para avanzar sigilosamente detrás de su espalda. El hombre llegó al final del pasillo y vio que todo estaba en orden, por lo que decidió dar media vuelta y volver sobre sus pasos. El funcionario y el robot pasaron al lado de los dos jóvenes sin inmutarse, ya que se habían escondido habilidosamente en una esquina que quedaba en penumbra.

—Primer nivel superado. ¡Sígueme!

—Pero ¿por qué vamos al patio?

Tareq le miró sin disimular su hartazgo.

—Me gustabas más cuando tenías el pico cerrado.

—¿Quieres irte con las manos vacías? —contestó PR, ofendido.

El chico no pudo evitar esbozar una sonrisa pícara.

—¿Y dónde quieres que vayamos, *bro*?

—Primero, a la cocina. Tengo hambre.

Tareq arqueó las cejas.

—Pero allí hay cinco robots.

PR sonrió y se puso en marcha.

En media hora se encontraban en el patio con una mochila cargada de tabaco, vino y queso que habían cogido de la despensa. PR hackeó los ciberbot a través de Mimi, sin que Tareq llegara a ver a su compañera. Cuando logró neutralizar al primero, la cara del otro muchacho fue todo un poema. Las habilidades de genio tecnológico no eran tan frecuentes en el Centro de Transición, donde más bien sobraban asesinos, ladronzuelos, dementes…

—Prepárate, *bro*, porque hoy nos vamos de fiesta.

Bajo la luz de la luna, Tareq se movía como un gato, sin apenas notar las magulladuras que tenía por la paliza recibida recientemente. En la esquina izquierda del patio, sacó una manta vieja que escondía en una alcantarilla y la tiró encima del alambre de pinchos, situado en la zona más alejada de los barracones de los funcionarios. Acto seguido, cogió impulso y, con una habilidad digna de un atleta de primer nivel, subió por el desagüe que bajaba del tejado hasta situarse encima de la manta que había colocado encima del alambre. PR imitó sus movimientos con mayor dificultad. Todavía le dolían los golpes del director, pero no se quejó. No entendía cómo su compañero, que había salido peor parado que él, podía moverse con tanta soltura.

Una vez en lo alto del muro, debían deslizarse unos cinco metros a la derecha hasta llegar a un árbol, por el que podrían descender con relativa facilidad. Tareq se descolgó y, agarrándose con una fuerza increíble, empezó a avanzar lateralmente hasta que logró alcanzar la copa del nogal. PR lo miró con preocupación. No estaba seguro de poder conseguirlo, ya que no poseía las habilidades gimnásticas de su compañero, que trepaba como un mono sin aparentar esfuerzo alguno.

—Confía en mí. No lo pienses, está chupado.

PR tragó saliva. Tras armarse de valor, empezó a imitar con destacable precisión los mismos movimientos que Tareq había realizado, con la mala suerte de que, a medio camino, su abrigo se quedó enganchado con un pincho de la valla. El sudor corrió por su frente y sintió unas ganas tremendas de llorar. Estaba atrapado. Miró hacia abajo y, tras ver la poderosa caída, notó cómo sus brazos flaqueaban. Tareq no dudó y se lanzó en su ayuda. En menos de veinte segundos estaba a su lado, tranquilizándolo.

—No mires al suelo y aguanta. Estoy aquí. Te suelto el pincho y luego avanzamos sin bajar la cabeza, ¿*ok*?

Cuando estaban a punto de llegar al árbol, Tareq resbaló. PR se agarró con todas sus fuerzas, pero, al intentar coger a su compañero, ambos volaron sin control. La caída de cinco metros hubiese sido demoledora, pero, para sorpresa de Tareq, Mimi salió de debajo de la ropa de su dueño para salvarles con sus ganchos, utilizando los propulsores para reducir el impacto contra el suelo. Lo que podría haber sido una grave caída quedó en un culetazo humillante.

PR se echó a llorar, soltando el miedo y todas las emociones que llevaba años acumulando, sobre todo en aquel último mes. Tareq, perplejo por lo que acababa de suceder, se acercó a él y le dio un par de golpes en el hombro a modo de consuelo. Este tuvo una reacción más drástica, abrazándolo con todas sus fuerzas. Tareq se quedó inmóvil, como un animal asustado. No estaba acostumbrado a recibir cariño masculino. En realidad, no estaba acostumbrado a recibir muestras de afecto de ningún tipo. Para PR aquello había sido demasiado. Desde la desaparición de Chamorro nunca se había vuelto a sentir protegido por nadie hasta ese momento, en el que Tareq había arriesgado su vida por salvarle.

—Gra… gracias, Mimi —dijo PR tratando de sosegarse, mientras acariciaba la metálica piel de su fiel compañera, que se frotaba con amor contra su dueño.

PR comprobó los niveles de energía del robot: estaban al límite por el sobreesfuerzo.

—Mimi, ve a recargar tus baterías a casa de Carolina y actualízate. —El dron vaciló, como si no tuviese todas consigo en abandonar a PR a su suerte—. Tranquila, estaré bien.

El robot salió volando y un silencio incómodo se adueñó de ambos. Tareq, que era una persona con una gran vitalidad, empezó a canturrear *Skatf-Batw1444*, sin preguntar de dónde había salido Mimi, para sorpresa de PR. Tareq había aprendido con los años que el silencio era, en la mayoría de las ocasiones, el aliado más eficaz que podía tener. Indagar más de la cuenta en asuntos ajenos te podía llevar a callejones sin salida desagradables. La actitud del joven alivió a PR, ya que, como le solía pasar en estas circunstancias, estaba completamente bloqueado y era incapaz de articular palabra por miedo a que el muchacho estuviera enfadado por aquel abrazo. También agradeció que no le preguntase por Mimi, ya que no habría sabido por dónde empezar a explicarle: «¿Un huérfano con un dron de última generación?». Descorchar una botella de vino fue la mejor decisión que Tareq tomó. Tras darle un buen viaje al contenido, los fugitivos emprendieron la marcha hacia el Pegaso.

Por fin lo habían logrado. PR pudo sentir, por primera vez, los músculos de su cuerpo relajándose. Era libre, como una rata que ha escapado por los pelos de las fauces de un gato. El mechero prendió el papel y Tareq fumó con rapidez. Este, siempre que se fugaba por las noches, se sentía inquieto, como un león que huye del zoológico y el mundo exterior a su jaula le parece demasiado extraño. PR le dio también un par de caladas al porro, lo que ayudó a deshacer el nudo de su estómago, los nervios del que infringe las reglas.

Tareq puso música en su cristal fino: Bad Bunny, *I Like It*. Ambos empezaron a bailar entre risas. Aceleraron el paso. PR era torpe y se movía completamente descoordinado frente a su compañero, que dominaba los pies como un auténtico Fred Astaire. PR comenzó a hacer el avión mientras daba una buena calada, y retó a su compañero a un concurso de baile. Tareq movió las rodillas con movimientos precisos, tirando de repertorio. PR lo contestó con su paso secreto, haciendo que tocaba el trombón de varas, mientras alzaba el instrumento imaginario hacia el cielo, sorprendiéndose de lo relajado que estaba. Siguieron avanzando hasta llegar al Pegaso, parque de libertad y de buenos momentos.

El corazón de PR latía a mil por hora. Apenas habían intercambiado unas palabras en todo el trayecto, pero daba igual: la música, el baile y el colocón les habían generado suficientes endorfinas para sentirse los reyes del mundo. El ritmo de las bases instrumentales removía algo poderoso en el interior de Tareq, que no podía parar de bailar y canturrear melodías con una clase increíble: parecía tener un talento innato que a PR le fascinó. Cuando acabó la canción, ambos pudieron percibir de fondo el bullicio de la pandilla en el Pegaso. PR se detuvo de sopetón.

—Espera un segundo.

—¿Qué te pasa, *bro*?

—¿Te importa que nos fumemos otro antes?

—¿Antes de qué? —Tareq le miró como si fuese de otro planeta.

Tras un instante de duda, PR le confesó con gran esfuerzo:

—Me da un poco de vergüenza conocer a todo el mundo.

—*Ok*, no te ralles. Abro otra botella y nos quedamos por aquí un rato más de *pimpaneo*.

PR lo agradeció. Al sentarse, se dio cuenta de que todo se movía: «Vaya flipe de sensación». Empezó a sonar a todo volumen *Till Collapse*, de Eminem. Tareq abrió otra botella de vino y le dio un trago. Tenía la capucha puesta y seguía bailando, poniéndose en la piel del rapero, rompiendo el micro aéreo contra la arena. PR no pudo evitar sentir un escalofrío: «Esto mola…». Cogió la botella y le pegó un buen trago. Se sentía como en una película de acción: imparable, duro como el chico guay de la historia; algo que jamás había experimentado.

—Vamos con los demás.

Tareq se dio media vuelta y, mientras seguía bailando, emprendió la marcha. En el grupo había unas veinte personas fumando, bebiendo, cantando, bailando… bajo el escaso halo de luz que generaba un robot F890, el amo de las fiestas. En la oscuridad del parque, los destellos de los cigarros brillaban como hermosas luciérnagas que iluminan la oscuridad. De fondo, se entreveía un grafiti en el que se podía leer «El parque resiste», presidiendo un gran mirador con vistas a una barriada. Los ojos de los allí presentes se posaron sobre PR según los dos chicos se iban acercando. El muchacho intercambió progresivamente tímidos saludos con todo el mundo. Había un poco de todo: gente amable, retraída, seca…; miradas del estilo «Qué hace este chaval aquí», «Es atractivo» o «Parece un *pringui*». PR no soltó la botella de vino, por lo que pudiera pasar. Se sentía como una cebra en mitad de una charca en plena estación seca, disfrutando del agua pero preguntándose si habría leones al acecho.

Nunca se le había dado bien relacionarse con la gente: tenía miedo de no encajar. Tras haber hecho la ronda de saludos oficiales, Tareq lo dejó solo. PR se quedó plantado en mitad del gentío sin saber cómo actuar. Finalmente decidió sentarse en un poyete y beber solo, adoptando la estrategia del avestruz etílico que esconde la cabeza en la botella. El vino bajó rápidamente. Cada vez iba más ebrio. Sin previo aviso, la noche empezó a difuminarse. El bullicio era potente y la masa informe iba y venía como espectros en la oscuridad. Por un instante, sintió miedo. Una chica pasó a su lado y le sonrió. «Qué dientes más bonitos», pensó, y siguió bebiendo sin hacer absolutamente nada. Cuando se había acabado la botella, un chico se sentó a su vera. Tenía un bigote elegante, olía bien e iba arreglado.

—¡Buenas! Me llamo Héctor.

—PR.

—Mucho gusto.

Héctor le dio dos besos y PR se quedó petrificado. Miró a su alrededor preocupado de que Tareq lo hubiese visto, pero a nadie pareció importarle lo más mínimo que lo hubiese saludado de aquella manera. Bebieron y fumaron durante una hora. Cuando la situación no daba para más, PR decidió ir a orinar. Al incorporarse se percató de lo borracho que iba. Con gran esfuerzo, consiguió situarse detrás de un bajo muro para aligerar peso. Cuando había acabado de aliviarse y se disponía a subirse la cremallera, Héctor se acercó por la espalda y lo detuvo. PR se quedó paralizado. Se miraron a los ojos y el muchacho lo besó. PR, descoordinado, no lo rechazó. Era la primera vez que sus labios tocaban otros labios: era la primera vez que alguien lo besaba. De repente, apartó a Héctor, que interpretó la negativa como una auténtica falta de respeto, pregonando a los cuatro vientos que era «un marica calienta pollas». El grado de consciencia de PR era más bien escaso, por lo que vivió el episodio como si con él no fuese el tema; como si jugara a un videojuego de tiros en tercera persona con poco drama personal. Todo le daba vueltas. Zigzagueando logró regresar al grupúsculo. Se plantó en mitad de la improvisada pista de baile en torno a la farola y se entregó al movimiento.

En un altavoz sonaba a todo volumen *Galele todo*, de 8054, mientras la gente se frotaba sin escrúpulos. No tardó ni un segundo en notar que se le ponía dura al bailar al estilo babuino con una desconocida. Lejos de desentonar, PR estaba más integrado que nunca. De hecho, lo único que había hecho era imitar el comportamiento de los allí presentes. Sonó MC Kevin o Chris, *Dentro do Carro*. La gente movía el culo con descaro y la temperatura estaba a punto de explotar. PR se estaba fumando un porro, que no sabía muy bien de dónde había salido, a la vez que dejaba que su compañera le hiciese filigranas al ritmo de la música. Era feliz y, sobre todo, iba tan colocado que poco le importaba lo torpe que pudiera parecer; la vergüenza había pasado a mejor vida. El DJ robot cambió el tercio y pinchó *Araya*, de Meute. Los vientos sonaban con oscuridad y PR moría de placer calada tras calada.

La memoria se fue de paseo y las acciones comenzaron a sucederse de forma ilógica. Su cuerpo se difuminaba con la música. No sabía qué *software* tendría el dispositivo al mando de los platos, pero estaba logrando que la gente entrara en un estado de trance espectacular. Otra canción de Meute, *Hey Hey*, sonó, y PR empezó a vomitar en mitad de la pista de baile. Algunos lo miraron con asco y otros con cierta mofa. No obstante, la inmensa mayoría siguió a lo suyo, como si no hubiese sucedido nada trascendental.

Se encontraba mal. Una mano lo rescató del cajón de los calcetines sucios, donde dormitaba su borrachera más descontrolada. La bella extremidad pertenecía a una mujer que tenía unos dientes descolocados y simpáticos. Le sonrió, le ayudó a limpiarse, le dijo algo al oído que no alcanzó a comprender y le dio un beso. Él se agarró a ella y siguió bailando, como quien se deja llevar por las riendas de un caballo desbocado, mientras le decía: «Eres mi guardiana. Mi guardiana de la noche». A los cinco minutos, sus labios se mordisqueaban y aleteaban como mariposas que vuelan libres por el aire. Iba directo al fondo de una piscina repleta de queroseno con un pitillo entre los labios. Él sabía a vómito y no coordinaba bien, por lo que la guardiana le hizo respirar unos polvos mágicos que le otorgaron el vigor que necesitaba. En ese preciso instante, sintió como su energía se recargaba al cien por cien y como, proporcionalmente, su capacidad para controlar los actos se iba al garete, sucediéndose una serie de acciones que no recordaría después con claridad: «Lengua, culo, mordisco, porro, dedo en su coño, más *whisky*, por favor, te lamo el cuello, ¿cómo te llamas, guardiana? Sandra, bonito nombre, ¿zumbadora para volver al Centro? "Adiós, guapo". Tareq cabreado, *Noche de fiesta*, de Tongo, lloro y río, suena Rej. Viene la institución a por mí, empieza a verse el sol, *Hasta que seamos ceniza*, de Papawanda, me piro, oscuridad en la luz. ¿Cómo es posible? Mordisco de vampiro en la yugular, yo en los brazos de Tareq, árbol, quiero follarte como si no hubiese un mañana. "¿Qué dices? ¡Yo no soy Sandra! ¡Cómo vas, PR!" Árbol, respirar polvos de nuevo, valla enorme, soy un superhéroe, el sol nos pilla, "Venga, vamos jodidos, date prisa", "Mierda, PR, estás fatal", Mimi nos ayuda, saltamos el muro, soy Dios, lo logramos, ducha fría con sigilo, dedo en mi culo, "Quiero otro porro", "Cállate, joder", Tareq se ha esfumado, me masturbo, soy un simio, Prodigy en mi cabeza, mordisco de vampiro en la yugular de mi guardiana, se apaga la llama».

PR
Tras el Movimiento Rebelde

Al día siguiente, PR se despertó con la cabeza embotada. Fue al baño y, tras beberse medio depósito, se desnudó y se metió en la ducha. El sonido del agua contra su cuerpo le ayudó a mitigar el dolor de cabeza. Tras vestirse y llegar al comedor para desayunar, Tareq se acercó a él.

—Vaya estreno ayer. ¡Joder con la mosquita muerta!

PR lo miró sin articular palabra, mientras su compañero no paraba de sonreír con picaresca.

—Toma. —Le dio una pastilla—. Las primeras resacas son complicadas. Esto te ayudará. —Mientras PR tragaba, Tareq le felicitó—: Por cierto, ¡ayer triunfaste!

El chico lo miró con timidez.

—¿Cómo… cómo se llama?

—Sandra. ¿Qué pasa? ¿No te acuerdas?

—No mucho.

Tareq soltó una carcajada.

—Otra cosa —dijo, cambiando de tema—, tu amiga ha venido esta mañana a hacerme una visita. Se te acumula el trabajo, *fucker*. Me ha despertado dando golpes en la ventana.

—¿Quién?

—Tu robot.

PR dejó el plato inacabado y, tras darle las gracias a Tareq, se fue en busca de Mimi. En una esquina del patio, activó el buscador. El dron apareció al instante volando.

—Gracias por lo de ayer —le dijo PR, aún en un estado deplorable.

Mimi le dio un toquecito cariñoso antes de abrir un compartimento donde guardaba una nueva carta. PR se sentó en una esquina y se puso a leer. No logró distinguir si era la resaca quien atacaba su estómago o si se trataba de los nervios que le asaltaban al pensar en Carolina.

> Para el Pela Ajos:
>
> Mimi me ha contado lo que os ha pasado. Menos mal que estaba ella para salvaros de la caída. Menudos imbéciles. ¿Cómo coño me vas a sacar de aquí si te mueres? En fin… Hoy tengo novedades importantes que contarte sobre Luscilda y Erik.
>
> Erik no lo sabe, pero tengo acceso al ordenador antiguo de la biblioteca. Cuando era niña, él trabajaba allí, hasta que los cristales avanzaron. La cuestión es que tiene instalada una línea directa a la intranet de

Skylinner. ¿Sabes quién tiene acceso a los datos de los cristales de toda la población? Mimi y yo llevamos toda la noche en vela descifrando la historia del cabrón de mi padre.

Luscilda nació en el peligroso Distrito Dos. Sus padres nunca se ocuparon de ella ni de sus cuatro hermanos. Su infancia me parece monocolor. El único objetivo que ha tenido desde pequeñita ha sido ascender hasta la Cabeza. Luscilda no aguantó mucho en esa casa de locos y se largó cuando tenía dieciséis años. Para ganarse la vida empezó a hacer la calle. La familia no hizo ningún intento por encontrarla o por lo menos no hay registro en sus conversaciones de cristal. Con el paso de los años pasó de trabajar en los moteles más rancios a llegar a ser una estrella de la Cabeza de la Ballena. Mimi y yo hemos investigado sus chats privados para entender cómo lo logró y hemos encontrado que ascendió gracias a «trabajarse» a Connor.

Hemos indagado: resulta que ese tal Connor es el mismísimo Connor Brown. Luscilda se lo sigue tirando desde entonces y él la ha hecho subir como la espuma (ahora es la prostituta de lujo más cotizada en la Cabeza). Mi padre no parece saberlo o aparentemente le da exactamente igual. (Creo que es su arrogancia la que le hace estar con ella a pesar de ser quien es. El cerdo se siente intocable). Estoy convencida de que Connor la controla. Que se esté follando a papaíto no es casualidad. La tensión entre Connor y Erik está peor que nunca. Les he vuelto a escuchar discutir por el cristal, insultándose por temas relacionados con metadatos de cristales, apuestas en los combates, Skylinner y algo llamado La Esperanza. He escuchado varias veces mencionar a Erik ese nombre, pero no tengo ni idea de qué es. Indaga a ver si tú descubres algo. Mimi y yo nos hemos centrado en papá.

El cabrón ha borrado todos los datos importantes de Skylinner. Es inteligente:

sabe que alguien podría llegar a acceder y no hay nada significativo. Hemos revisado todo (absolutamente todo) y no hay nada. Pero ¿sabes qué? A Mimi se le ocurrió revisar la casa con su escáner por si pudiera encontrar algo relevante. Tras utilizar su tecnología de análisis, halló algo sospechoso en la biblioteca. Después de revisar las grabaciones de las cámaras, se dio cuenta de que están editadas. Sin embargo, todos los miércoles a la misma hora la grabación tiene un fallo y se detiene. ¿Casualidad? Esto nos llevó a concluir que algún libro de la biblioteca escondía algo. Mimi analizó con su escáner todos los ejemplares y encontró cinco tomos manuscritos.

Cuando estiré el brazo para coger uno de los libros, casi me dio un infarto. Todos están forrados con un papel negro y no tienen título. Abrí el primero con el corazón a punto de salirme por la boca. En su interior encontré un montón de hojas sueltas dobladas. Jamás me habría imaginado que padre fuese un sentimentaloide: jamás me habría imaginado que Erik tuviese un diario.

He dejado que Mimi haga un par de fotos a los originales para que puedas leerlos. Vas a flipar.

Espero que te sirva.

C.

Tras terminar la carta de Carolina, Mimi le enseñó a PR las imágenes de los documentos. El chico puso toda su atención en desentrañar todo lo que allí se decía.

Hoja suelta. Alegato de Julia Martínez Martínez, comandante en jefe del Movimiento Río de Lava.

Me dirijo a ti, mujer, hombre o ser de género fluido, para darte las gracias por tu lucha, por tu perseverancia, por tu incansable confianza y tu indomable valentía. Sé que lo has sacrificado todo por este movimiento, por defender otra forma de pensar, de vivir, de ser.

Muchos han perdido la vida en esta miserable guerra, por lo que no me andaré con rodeos. Te mereces mi sinceridad más cruda. Hoy me dirijo a ti para comunicarte que hemos fracasado en nuestra misión.

El pacto de no agresión que han firmado las potencias significa que aunarán fuerzas en breve para luchar contra nuestro movimiento a nivel planetario. El enemigo ha resuelto sus diferencias y van a atacarnos con su aplastante poder. Las circunstancias nos obligan a dar un giro de ciento ochenta grados para garantizar la supervivencia del Movimiento.

En breve, recibirás instrucciones de las personas al mando de tu equipo para saber cómo proceder y cuáles serán los próximos pasos a dar. Ha llegado el momento de ocultarnos, de integrarnos en su sistema, de reorganizar filas y plantear una nueva estrategia para, cuando llegue el momento, golpear con más fuerza. Sí, compatriota, con todo el dolor de mi corazón, os pido que dejéis las armas.

Es un hecho indiscutible que la red se ha convertido en un sumidero que todo lo traga. Han logrado sesgar la información de tal manera que la población ya solo recibe sus mensajes (un noventa por ciento frente a nuestro insignificante diez). Han conseguido monopolizar el contenido y ahora solo predomina su discurso de odio y de supremacía tecnológica. A día de hoy, no podemos combatir contra su Revolución Robótica, la cual monopolizará el mundo en pocos años. No tenemos los medios necesarios para producir semejante armamento, no tenemos los conocimientos técnicos para hackear su sistema; no tenemos la información necesaria para penetrar en su complejo laberinto de ciberseguridad. Hemos sufrido una derrota.

Llegado este punto, toca recapacitar. Somos un movimiento que lucha por recuperar la solidaridad, la igualdad y la fraternidad, sin tener en cuenta el color de nuestra piel, nuestro género o las creencias político-religiosas que tengamos. No podemos continuar luchando si tenemos a la población en contra. Debemos integrarnos en sus nuevas ciudades, las nuevas prisiones del siglo XXI: las Grandes Ballenas.

En un mundo donde la tecnología lo puede todo, nuestra reivindicación debe ser clara: hay que volver a los orígenes. Retomar una vida sencilla, sin grandes pretensiones más que cultivar la tierra, la mente y los corazones… Pero para lograrlo debemos destruir el sistema desde dentro. Es la única escapatoria al sinsentido al que hemos llegado: drones que son capaces de exterminar a una población entera, modificaciones genéticas que alteran el comportamiento humano y nos convierten en híbridos robóticos, ciudades convertidas en campos de exterminio con sus distritos de clases, sus calificaciones de comportamiento, su red panóptica que todo lo ve… ¿A dónde vamos a llegar?

Hemos vendido nuestros derechos al supuesto progreso y nos hemos dejado engañar. Debemos regar las conciencias para que crezcan mentes fuertes; un pensamiento crítico desarrollado que tenga visión de futuro, un mañana más sostenible donde todas quepamos y, lo más importante, que sea realizable, sostenible y viable en el tiempo. A partir de hoy, el Movimiento se enfocará en el espionaje, en la guerra de guerrillas, en la infiltración en sus puestos de poder. El sistema caerá si lo atacamos desde el corazón: debemos adentrarnos en su Laberinto de Metal para lograr mayor credibilidad. Esta es nuestra única baza, la única forma en la que lograremos sobrevivir.

Cuando nada «es verdad ni es mentira», todo se convierte en relativo. Y así no hay quien concrete, no hay quien castigue al tirano, no hay quien construya un futuro con unos cimientos sólidos que todas las personas interpretemos como universales. Sin embargo, esa repugnante relatividad a la que juegan está milimétricamente calculada y sesgada por sus intereses e ideología. Ahí es donde reside su genialidad: en hacer creer a la gente que sus pensamientos son fruto de sus ideas en vez de consecuencias de un modelo injusto y enfermizo, de un bombardeo sistemático de desinformación.

Por todo ello, debemos seguir diciendo: ¡No a la Revolución Robótica! ¡No a las armas de control mental! ¡No a la manipulación genética! Queremos progreso, pero no sin una correlación con el avance en derechos humanos. No estamos dispuestas a perpetuar esta desigualdad sistémica: su aporofobia debe caer.

Me despido con unos versos anónimos de un guerrillero de la la Gran Gran-Guerra que luchó por nuestro movimiento:

Ante este mundo de mentira, la respuesta ha de ser clara,
hacer prender la mecha, reducirlo a la nada.
No temer a la tristeza de la tierra quemada,
resurgir de las cenizas del nuevo mañana.
Slacum prioriti, prioriti paterna.
¡Que viva el Movimiento Río de Lava!
¡Que viva la lucha de las mujeres!

Hoja suelta. Diario de campo. Erik Wagner. Berlín.

La herencia genética es un atraso.

Esa pandilla de cerdos paletos no se entera de nada. ¡Si dependiésemos de sus estrechas miras, estaríamos combatiendo todavía con tanques y soldados, palurdos! ¡La Gran Gran-Guerra se ganará gracias a la fusión de tecnología y naturaleza! ¡Por fin podremos alcanzar una nueva raza de superhombres, y será gracias a mí!

Hoy hemos hecho importantes avances en la investigación de implantación nanorobótica en recién nacidos. De los diez sujetos con los que hemos experimentado solo siete han fallecido: vamos progresando. El cretino de Mateus me ha estado sermoneando. Putos médicos, se creen superiores, pero no tienen ni idea. ¿Qué es un doctor en comparación con un ingeniero que está revolucionando el mundo? Les cuesta hacerse a la idea de que el ser humano, tarde o temprano, se fusionará con las máquinas.

Darwin quedará en un segundo plano después de lo que estoy creando. Voy a cambiar el curso de la historia con mi nueva

> raza: sin enfermedades, sin miedo; más fuertes, más ágiles, más inteligentes. Con rabia, con furia: perfectos. Voy a tener un hijo, un varón que llevará mi apellido y al que aplicaré esta tecnología. En cuanto nazca, pasará por el taller y todos los moralistas tendrán que guardar silencio o pasar por la trituradora Wagner. Homo sapiens, vete despidiendo para dar la bienvenida al *Homoroboticus*. En el Nuevo Orden no habrá cabida para los blandengues. Mateus, ve despidiéndote.

Cuando PR terminó la carta, Mimi le entregó otra. El chico se sorprendió, pero nada más empezar a leer entendió que Carolina le habría pedido al robot que le entregase aquel mensaje a su dueño solo después de haberle enseñado las fotos de los papeles manuscritos.

> Sé que debes estar en *shock*, y eso que solo has leído las primeras páginas. (Yo al acabar el primer volumen casi vomito… Tuve que incorporarme y controlarme para no devolver encima del libro). Tras respirar profundamente, volví a adentrarme en los documentos para analizar las hojas restantes:

> todas estaban manuscritas (eran los textos originales). No tardé ni un segundo en concluir que mi querido papaíto había acabado con la vida de esas personas: aquellos testimonios eran sus trofeos de caza. Sádico hijo de puta. Él no tiene un diario…, ¡tiene un Cementerio de Tinta!

PR, voy a ser lo más clara posible: necesito un amigo, un aliado que me saque de aquí. A Mimi la he dejado que fotografíe el primer tomo, pero imagínate lo que podemos hacer con el contenido al completo. Si has logrado fabricar a Mimi…, llegar hasta la cabeza y espiar a padre durante un año sin que se dé cuenta…, eres la persona idónea para ayudarme. Puedes utilizar todos estos testimonios como moneda de cambio si eso te abre alguna puerta. Haz lo que haga falta para llevarme al Cuerpo de la Ballena contigo y yo te entregaré el resto. Te daré lo que quieras.

PR guardó de nuevo la carta en el interior de Mimi, el lugar más seguro donde podría estar. Robot y humano se quedaron meditabundos durante una hora y media sin apenas articular palabra ni movimiento, hasta que, por fin, PR logró encontrar la inspiración necesaria.

—Ha llegado el momento de contactar con el

Movimiento Río de Lava. Ellos sacarán a Carolina de la cabeza. Con la posibilidad de conseguir toda esa información, no dudarán en ayudarnos.

Mimi le preguntó a PR que cómo pensaba contactar con los rebeldes si no conocía a ninguno, excluyendo al desaparecido Chamorro.

—¿Qué crees que llevo pensando todo este tiempo? Estoy convencido de que los símbolos que el maestro nos legó son miguitas de pan y… —De repente, el chico guardó silencio. Sorprendido de sí mismo, tardó un rato en volver a hablar—. Creo… creo que acabo de resolver el enigma que nos dejó.

El robot le dio un toquecito para que concluyera su exposición.

—En el Rastro, en la librería de antigüedades, hay una puerta verde con una mirilla. Un día me dio por intentar pegar el ojo a ver qué había tras la madera. Al acercarme, pude ver un símbolo que parecía una flecha hacia abajo. El dueño de la librería se enfadó conmigo y me dijo que era un fisgón. ¿Recuerdas que te comenté que me parecía extraño que tuviera una mirilla en una puerta que no funcionase y que lo único que se pudiera ver fuera una flecha con forma anómala? Pues… ¿y si en realidad no fuese una flecha? Fíjate en los símbolos que Chamorro nos dejó en el libro: I,

II, III y IV. Si dibujamos todos los números romanos en un papel y los pegamos unos a otros hasta llegar al número cuatro nos sale la base: el Cuerpo de la Ballena, los cimientos que sustentan la pirámide (IIIIIIV). Nos queda el número cinco descolgado, pero fíjate: si lo dibujamos al revés sobre la parte superior de los números, aparece un tejado cubriéndolo todo. Es un techo, una estructura superior que creo que simboliza la Cabeza de la Ballena. A su vez, si analizamos el símbolo al completo y tomamos distancia, podría ser una flecha como la que vi en su día, dándole un significado ascendente. Incluso la maraña de palitos que hay en el Cuerpo del símbolo parecen barrotes, pudiendo simbolizar una prisión de la que hay que escapar. Te lo dibujo:

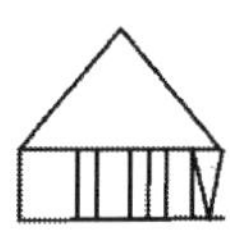

Mimi se movió, inquieta.

—Creo que sus símbolos son jerárquicos. Quizás en la librería se reúna la cúpula o alguna facción con influencia, al estar allí el símbolo más complejo. Sabemos cómo contactar con ellos y tenemos algo que les puede interesar. Mimi, vas a hacer exactamente lo siguiente…

Bilbatúa
En los bajos fondos

Como si de un gigantesco árbol se tratara, la Ballena Europea se vertebraba desde las raíces del Distrito Cuatro, que conectaba con la Cabeza, hasta el resto de distritos del Cuerpo. El general y su subordinado debían atravesar todos hasta llegar al Distrito Uno, el más pobre.

La escalofriante velocidad de trescientos cincuenta kilómetros por hora a la que se desplazaban los vehículos aéreos hacía que estas extensas distancias geográficas parecieran un ameno paseo. El N.º 51 escuchaba música en la radio, mientras Bilbatúa le pisaba a fondo, rumbo a su destino. La sirena rugía a todo volumen, lo que provocaba que los sistemas de sumisión de los otros vehículos les cediesen el paso. El paisaje cambiaba conforme se alejaban del Distrito Cuatro. Al llegar al Dos, los agentes dejaron de lado la ciudad más moderna para dar la bienvenida al Laberinto de Metal de los distritos periféricos. Este apodo no era casual, ya que todos los edificios parecían mares verticales de vidrio, debido a las placas solares que tenían instaladas en las fachadas, con calles irregulares y callejones sin salida.

El N.º 51 miró al general, quien le había enseñado

cómo actuar para pasar desapercibido en el circo del resto de distritos, pudiendo así mantener el corazón afincado en el Dos mientras lucía una apariencia exterior propia del Cuatro. La cautela de Bilbatúa le encantaba. El N.º 51 había convivido con charlatanes toda su vida, y aquella misteriosa sencillez le tenía fascinado. Sospechaba que el general aprovechaba su imagen antisocial para trazar hábiles estrategias que desarrollaba a largo plazo. Al trabajar con él se había percatado de que Bilbatúa era una persona tremendamente calculadora, paciente y meticulosa. Estos valiosos atributos estaban escondidos bajo una actitud insolente que molestaba a todo el mundo y que parecía ocultar sus verdaderas cualidades.

Sin percatarse de que habían llegado a su destino, el N.º 51 se sobresaltó al leer el holograma: «Bienvenido al Distrito Uno». La comisaría, situada en el antiguo barrio del Rabal, estaba en las últimas. Las paredes se caían a cachos por el paso del tiempo, y la humedad que el contaminado mar provocaba hacía que la degradación del edificio se acelerase a pasos agigantados. Los dos agentes aparcaron la zumbadora en la zona habilitada y se dirigieron al interior para encontrarse con el comisario del Distrito Uno. En menos de dos minutos el comisario les hizo pasar a su despacho.

—Buenos días, general…, ¿y usted es?

—Soy el agente N.º 51.

—Mucho gusto. Tomen asiento, por favor. ¿A qué debo tan distinguida visita?

Bilbatúa tenía el día cruzado. Con una calma desquiciante, retiró el chicle de su boca, sacó su cartera, abrió el bolsillo en el que se encontraba el envoltorio original y, finalmente, lo pegó al papel. Despacio, se acercó hasta la papelera, donde dejó caer la bolita. Los otros hombres asistieron incrédulos a la escena, esperando a que el general se dignase a decir algo. Lejos de darles la satisfacción, el hombre se acercó a la ventana para observar el tránsito de la calle. Suspiró. Cuando consideró oportuno, se acercó a la mesa, cogió un puntero y garabateó unas líneas en el bloc de su cristal fino. Cerró el cuaderno digital y tomó asiento, no sin antes dedicar un par de segundos a colocar la silla de forma adecuada. Los tres hombres se quedaron en silencio hasta que por fin Bilbatúa dijo:

—Lea en voz alta el mensaje que le acabo de enviar, agente.

El N.º 51 activó el bloc de notas. En vez de leerlo en alto, miró con cierto estupor a su superior.

—¿Qué te pasa?, ¿te ha *comido la lengua el pato*? ¡Lee de una vez!

El N.º 51, abochornado, acató la orden:

—Estimado comisario del Distrito Uno: le comunico que ha sido cesado de todas sus funciones. Queda despedido por orden del general Bilbatúa, responsable de la seguridad de la Ballena Europea. Tiene veinticuatro horas para recoger sus pertenencias. Después será relevado de su cargo por el agente N.º 51, que pasará a ser nombrado comisario del Distrito Uno.

El agente cerró el programa y, avergonzado, clavó la mirada en la pared. El hombre de pelo cano y seria apariencia acababa de recibir la noticia sentado plácidamente en su sillón de cuero, sin exteriorizar sobresalto alguno. Bilbatúa comenzó a silbar, haciendo patente que la situación le aburría. El comisario no tardó en reaccionar ante semejante insolencia.

—General, ¿le podría hacer una pregunta?

—Por favor, proceda.

El comisario se acurrucó en el sillón de cuero, balanceándose levemente con una calma pasmosa.

—¿Cómo puede ser usted tan hijo de la grandísima puta? ¿Me lo podría explicar?

El agente N.º 51 se levantó en el acto. El tono del comisario, a pesar de la dureza, transmitía serenidad.

—¿Pero cómo se atreve a hablarle así? ¿Ha perdido

el juicio?

—No, desde luego que no. De hecho, creo tener más que tú, cretino. Si tuvieses algo de sesera, te habrías negado a leer esa basura y le habrías dicho al general que me lo comunicase él mismo. Aunque quizás es que no tiene lo que hay que tener.

—Señor, ¿tengo su permiso para arrestarlo?

Bilbatúa, impasible, sosteniendo una fina sonrisa en los labios, se mantuvo en completo silencio. Fue el comisario quien retomó la réplica contra el subordinado:

—¡Genial! ¡Esa es la actitud de un buen agente, N.º 51! ¿Te apuntaste a la academia para lamer culos o para robar los puestos a policías competentes?

Bilbatúa esbozó una sonrisa pícara.

—Y usted, general, ¿de qué coño se ríe? ¡Que sepa que no le tengo miedo! ¡Quizás su actitud mafiosa asuste a los lameculos, pero le aseguro que yo estoy curado de espanto y no pienso consentir que me falten al respeto tras mis cuarenta años de profesión! ¡Por mí se pueden ir al infierno los dos!

Era imposible borrar la burlona sonrisa del general, quien parecía presenciar una comedia. El N.º 51, alterado, acercó la mano a su arma reglamentaria, por lo que pudiera pasar.

—¡Tranquilízate ahora mismo! —le ordenó Bilbatúa al verle acariciar el mango de su G89.

—¿Señor?

—¡Quita tus zarpas del gatillo! ¡Deja de avergonzarme, novato! —bramó su superior, incorporándose. Tras recolocarse la camisa por dentro y regalarse unos segundos, que generaron todavía más incertidumbre, empezó a aplaudir—. ¡Bravo, bravo! Comisario, le ruego que acepte mis disculpas.

Los dos hombres se quedaron planchados ante aquel cambio de tono.

—No han sido las formas ni el momento oportuno para transmitirle su cese, por lo que asumo mi error y lo restituyo en el cargo.

El comisario arqueó las cejas, meditativo. Había oído hablar mucho del general Bilbatúa, y, desde luego, su comportamiento no dejaba a nadie indiferente, pero él nunca había tenido el placer de conocerlo personalmente. Por primera vez desde que pisaron su despacho, el comisario empezaba a entrever por qué estaba allí.

—Acepto sus disculpas. Ahora bien, dejémonos de rodeos y parafernalias. Ya que no está aquí para darme la patada, entiendo que viene a ofrecerme algún tipo de trato y, si no me equivoco, el numerito que acaba de montar era una prueba para ver si soy un papanatas como su subordinado o si soy un policía de verdad, ¿me equivoco?

—Se ha ganado toda mi atención —respondió el general, sin borrar de su rostro aquella media sonrisa.

—Bien, ¿qué puede traer al gran Bilbatúa al mismísimo culo del mundo? Está claro que no es un asunto oficial. ¿Algo de contrabando o algún soborno? No, ni pensarlo. No le haría falta involucrarme en eso, ya tiene suficientes contactos. Por lo que solo queda una opción: sin lugar a dudas, tiene que ver con el bastión que los rebeldes poseen en este distrito. Acude a mí con la esperanza de que le pueda dar algún tipo de información extraoficial, pero, antes de jugarse el pescuezo, monta el numerito para ver de qué pasta estoy hecho —expuso el comisario mientras se balanceaba en su sillón de cuero desgastado—. Bien, una vez destapadas las cartas, me la voy a jugar. Ahora mismo está estancado con el caso Skylinner, el cual he seguido de cerca. Me da la impresión de que no está aquí persiguiendo a un sospechoso, ya que o es usted un necio o ya se habrá percatado de que quien haya robado el Núcleo 48 tiene amigos en las altas esferas y, por lo tanto, no dará con su paradero. Así que la pregunta es: ¿habrá sido el Movimiento Río de Lava el culpable o será algo más inquietante? Si nos ponemos en el peor de los casos, nos podríamos plantear lo siguiente: ¿quién tiene el suficiente poder e interés para llevar a cabo semejante locura e intentar culpar a los rebeldes? Alguien está poniendo muy nerviosos a los de arriba.

—Mierda… —dejó escapar el N.º 51.

Bilbatúa esbozó una amplia sonrisa. La fama del comisario le precedía. Al igual que él, era un detective experimentado de la vieja escuela que había sido relegado al Distrito Uno por tener tendencia a meter las narices donde no le llamaban y, encima, hacerlo con sorprendente tino. El simple hecho de que se denominase «policía», en vez de «capa negra» o «agente de las Brigadas», le definía como un hombre con gran experiencia, ya que utilizaba la jerga de antes de la Gran Gran-Guerra.

—¿Cómo le va en su actual puesto, comisario?

—No puedo estar mejor, general. Nadie me molesta, hago lo que me viene en gana y no tengo que medir mis palabras. ¿Para qué querría más?

Bilbatúa abrió otro envoltorio, sacó un chicle y se lo metió en la boca. Luego, se acercó a él para hablarle muy bajito, casi entre susurros.

—Es una auténtica lástima. Tengo planes de futuro para usted: lo imaginaba ascendiendo al Distrito Cuatro, donde está la acción. Últimamente escasean los agentes con buen olfato y nos vendría bien su ayuda.

—Yo no tengo intención de que me entierren, y lo que se trae entre manos es peligroso, general.

Bilbatúa, sin mediar palabra, se dio media vuelta dispuesto a irse. Cuando estaba a punto de abrir la puerta, el Comisario le detuvo.

—¡Bilbatúa! ¿Realmente están las cosas tan podridas?

—No se lo imagina, comisario; no se hace una idea.

—En ese caso, salude a la canciller de mi parte. Ella fue quien me condenó al Uno. Quizás deba indagar cuál sería su interés en robar el Núcleo 48. Su relación con Skylinner viene de lejos, pero tenga cuidado: yo acabé aquí por hacer preguntas incómodas sobre el tema. —Bilbatúa movió el dedo gordo del pie al escuchar la afirmación de su compañero—. No corren buenos tiempos y los de nuestra generación empezamos a estorbar. Somos demasiado tocapelotas y sabemos distinguir cuando algo huele a rata muerta. Creo que lo sabe, pero lo que tiene usted entre las manos apesta, así que ándese con mucho ojo.

—Gracias. Espero su llamada.

—Espere sentado en ese caso, general. Tengo intención de alargar mi vejez.

—Quizás no haya vejez para nadie, comisario.

Bilbatúa cerró y se dirigió al zumbador, seguido por el N.º 51, que apenas logró mantener el paso. Una vez en el vehículo, el general emprendió la marcha sin articular palabra, mientras su subordinado sentía como todo le daba vueltas. Estaba claro que tenía mucho que aprender de su superior, quien nunca daba un paso en vano. «Nosotros ya sabíamos de la conexión entre Erik, Connor y la canciller. ¿Por qué no se lo ha dicho? ¿Qué hacemos realmente aquí?». El N.º 51 se sentía decepcionado, como un niño que ha descubierto que los Reyes Magos son sus padres. Se daba cuenta de su ingenuidad y, sobre todo, comenzaba a sobrepasarle tener tantos frentes abiertos.

Tras llevar diez minutos en marcha, el N.º 51 volvió al presente:

—Señor, se acaba de pasar la salida —señaló.

Bilbatúa no contestó y siguió a lo suyo.

—General, este no es el desvío.

El agente explotó al ver que su superior seguía ignorándolo.

—¡General! ¿Por qué no me contesta cuando le hablo? ¡¿Qué cojones le pasa?!

Los ojos del conductor se posaron con dureza sobre el copiloto, quien había alzado el tono más de la cuenta y había dado un puñetazo en el salpicadero, furioso. Bilbatúa detuvo el coche en el arcén de inmediato, para contestar al N.º 51 de forma amenazante.

—¡¿A qué aspiras?¡ ¡¿Piensas que soy tu papaíto Connor o algo así?! ¡No señor! ¡Soy el general Bilbatúa! ¡No tengo tiempo para tus niñerías! ¡Aquí o lo pillas o te pillan!

El general volvió a agarrar el volante, mientras el N.º 51 se mordía la lengua, rabioso por la impotencia que le generaba la actitud de su superior. Bilbatúa, tras suspirar profundamente, se dirigió de nuevo al N.º 51, esta vez con un tono más sosegado.

—Tienes que empezar a utilizar la cabeza, joder. ¡Deja de montar estos numeritos! Quiero iniciativa por tu parte. ¡Necesito iniciativa por tu parte!

Los pensamientos del N.º 51 iban a mil revoluciones. Le hubiese encantado golpear al general. Sabía cómo combatía Bilbatúa, sus puntos débiles y sus trucos de perro viejo. No habría durado ni dos asaltos, pero su veneración y sumisión por él se lo impedían, obligándole a ceder una vez más.

—Lo siento, general. No volverá a ocurrir —logró decir al final.

Bilbatúa sintió un atisbo de lástima.

—El mejor consejo que te puedo dar es que no te fíes de nadie. Debes desconfiar de todos y siempre ponerte en la peor situación posible. Así, cuando vengan mal dadas, no te pillarán desprevenido y tendrás un plan B. ¿Ha quedado claro?

El N.º 51 asintió.

—Ahora presta atención. Tu padrastro será un cabrón, pero de imbécil tiene poco. Lo has visto descuartizar hombres con sus perritos… ¡Piensa como un asesino! ¿Por qué hemos venido a ver al comisario?

El muchacho intentó ponerse en la mente de su padrastro, el Amante de los Perros; en la mente del imprevisible Bilbatúa.

—¿Para chantajearle?

—¡No, para ponerlo de nuestro lado! Se están formando bandos y nosotros necesitamos tener aliados antes de que todo esto estalle. ¿Te imaginas qué pasará si Erik, Connor y la canciller inician una guerra entre ellos? Hay que mover ficha cuanto antes.

El N.º 51 empezó a atar cabos.

—Estamos aquí por el Movimiento Río de Lava.

—Sí.

—El comisario está relacionado con ellos.

—Efectivamente. Lo que acabas de presenciar es un acercamiento.

—¿Y qué tenemos nosotros que les pueda interesar a

los rebeldes?

Bilbatúa movió el dedo gordo del pie.

—*Un as bajo el zapato*.

El N.º 51 entendió su evasiva y decidió no insistir.

—¿Y ahora qué vamos a hacer?

—Dímelo tú.

—Vamos a averiguar quién perpetró en Skylinner.

—¡No! ¡Porque eso ya lo sabemos: fue Erik Wagner!

—Pero, general, ¿qué pruebas tiene? ¿Cómo puede estar tan convencido?

—Tssss...—chistó su superior, decepcionado.

Bilbatúa arrancó y condujo en silencio durante un rato más. Le dolía reconocer que sentía algo por el N.º 51: ¿cariño?, ¿ilusión? No sabría decir, ya que Bilbatúa no acostumbraba a sentir nada por nadie: aquella inusual sensación lo incomodaba. Al general le hubiese encantado reservar sus emociones para su perro Henry y su investigación. ¿Sería eso amor? ¿Habría encontrado a su media naranja policíaca? «Dios, qué asco...», se reprochó ante tal pensamiento.

Las luces de la autopista aérea lo golpearon en los ojos mientras se repetía a sí mismo: «Si no tienes más remedio, lo dejarás en la cuneta tirado. En la cuneta. Tirado. Debes acelerar el plan antes de que se te anticipen».

Bilbatúa
El Ministerio del Saber

El Ministerio del Saber se encontraba situado en la Cabeza de la Ballena, concretamente en el antiguo monasterio de El Escorial. Piedra a piedra, el monumental edificio había sido trasladado al Monte de los Dioses, situado en el centro neurálgico de la Cabeza. La imponente construcción se ubicaba en la ladera este de la montaña. Su original diseño contrastaba con los edificios administrativos de última generación que se extendían a su lado. La línea estética de estos últimos era conceptual, tratando de imitar esbeltas formas que se orientaban según la posición del sol para mejorar su eficiencia energética. Los hermosos destellos plateados obnubilaban al que los mirase. Junto a El Escorial, los altos pisos conformaban un paisaje parecido a un bosque de pinos que se extiende alrededor de una casa señorial campestre. El denso follaje de acero que se extendía alrededor del claro hacía que El Escorial destacara como una amapola en medio de un desierto de metal; una obra de arte en un basurero.

Bilbatúa y el N.º 51 aparcaron la zumbadora en el patio de piedra. Tras alzar la mirada, el general se fijó en que aquella construcción rezumaba podredumbre. La corrupción que albergaba en su interior era conocida por todos. Si por él hubiese sido, habría demolido aquel montón de piedras con unos cuantos burócratas en su interior. «El Ministerio del Saber, ¡una pandilla de repipis que solo miran por su propio interés!», murmuró para sus adentros tras traspasar la entrada principal y seguir a una funcionaria hasta la biblioteca, donde la canciller del Origen los esperaba.

Los ojos del N.º 51 se iluminaron al entrar por primera vez en semejante cámara. Las imágenes religiosas del techo estaban perfectamente iluminadas, otorgando a la sala un aire divino, como si de la biblioteca del mismísimo monte Olimpo se tratase. En las paredes, una veintena de muebles de madera noble contenía en su interior los libros más antiguos del mundo. Siguiendo la tradición, todos los ejemplares estaban dados la vuelta y tenían el canto apuntando a la pared, dejando a la vista las hojas, las cuales estaban recubiertas por una fina película dorada que ornamentaba todavía más la lujosa habitación. Los robots de mantenimiento y conservación aportaban un contraste curioso. Su impecable modernidad era opuesta a la fragilidad de los objetos antiquísimos que decoraban la estancia. A su favor hay que decir que los cuidados que las máquinas tenían para con la sala y su contenido eran envidiables, comparables con la protección y veneración que puede tener un animal con su cría. El tesoro más preciado del mundo solo podía ser protegido por la nobleza de un robot ajeno a la codicia humana.

Al fondo de la sala, sentada sobre un cómodo butacón de cuero, esperaba la canciller del Origen. Mientras se bebía un vaso de limonada fría, observaba la impresionante bola del mundo del siglo XVII que había en una vitrina a escasos metros de ella. A su lado se encontraban dos fornidos hombres a los que poco parecía importar el valor cultural de la biblioteca. Como si fuesen pitbulls que protegen un filete, los sabuesos no quitaban los ojos de la canciller y su entorno. Bilbatúa no tardó en percatarse de que algo fallaba. No eran los guardaespaldas habituales, Bruno y Rómulo.

—Buenos días, canciller. Muchas gracias por recibirnos —dijo Bilbatúa mientras hacía la reverencia que el protocolo marcaba—. Le presento a mi compañero, el agente N.º 51, una joven promesa.

—Es un auténtico placer, canciller.

El N.º 51 esbozó una reverencia torpe, excesivamente exagerada.

—Incorpórese, el tiempo es oro —gruñó la canciller mientras ignoraba al subordinado—. Bilbatúa, estoy ansiosa por conocer el motivo de nuestro encuentro. Espero que tenga novedades sobre la desaparición del Núcleo 48.

Ambos agentes tomaron asiento bajo la atenta mirada de los guardaespaldas y de la mujer. El broche de oro con forma de Ballena que lucía en el pecho, sumado a su serio gesto, le otorgaban un aspecto intimidatorio a pesar de su avanzada edad. El general carraspeó.

—La investigación que hemos realizado ha revelado que Erik Wagner tiene una red de negocios ilegales de una envergadura alarmante con el mafioso Connor Brown.

La canciller, incómoda, se humedeció los labios y arrugó la frente.

—¿Y qué tiene eso que ver con el Núcleo 48?

Bilbatúa prosiguió a lo suyo, como si no hubiese escuchado la pregunta.

—Wagner controla los datos de la población a través de Skylinner y utiliza la organización criminal de Connor para amañar apuestas, comerciar con productos ilegales o hacer desaparecer a sus rivales. ¿Qué podría hacer si poseyera el Núcleo 48? Temo que lo averigüemos pronto. —Bilbatúa se fijó en cómo la canciller apretaba los labios, furiosa —. ¿Se percata de la gravedad de los hechos?

Los guardaespaldas se miraron entre sí, anonadados. Era la primera vez que veían a alguien confrontar a su superior. Solo un loco como Bilbatúa se atrevería a plantar cara a la máxima autoridad de la Ballena Europea. La mujer, tras gruñir, se incorporó y empezó a caminar.

—¡Largo! —ladró a sus protectores, que la seguían de cerca.

—Pero, canciller…

—¡Por dios, mentecato! ¡Calla y obedece! —Los dos guardaespaldas asintieron, sumisos—. Vosotros dos, ¡seguidme!

Bilbatúa y el N.º 51 siguieron a la canciller, quien, malhumorada, exhibía su cabreo paseando por la biblioteca. A lo lejos, sus guardaespaldas se acercaron a una ventana para calentarse con los rayos del sol, aún sin quitarle ojo a Bilbatúa.

—¿General, sabe la historia de este edificio?

—No.

—No sé por qué no me sorprende. Usted es un hombre de acción al que no parecen interesarle las cuestiones de palacio —dijo mientras caminaba renqueante, como si no se acabara de acostumbrar al implante de cadera robótica—. Su tozudez es irritante y, no lo voy a engañar, empieza a agotarme, siempre navegando entre la integridad más admirable y la estupidez más descarada. Sin embargo, le advierto que la virtud reside en el término medio de las cosas. Sus cambios de dirección no lo benefician en absoluto. Más le valdría aclararse y no morder la mano que le da de comer, mantener el pico cerrado o ser un poco más prudente.

Bilbatúa aguardó a que la canciller concluyera su exposición.

—Escoger este monumento como símbolo del poder institucional no fue cuestión dejada al azar, general. Para entender la elección que hice, debe conocer la historia de este palacio y de sus gobernantes. Algo ajeno a usted, pero que hoy por fin va a comprender, se lo aseguro.

El N.º 51, quien caminaba unos centímetros por detrás de sus acompañantes, observó con atención como la canciller trataba de dar con el tomo idóneo para la ocasión.

—El edificio fue encargado por el poderoso rey de España Felipe II en 1563 para honrar su aplastante victoria contra los franceses en la Batalla de San Quintín. Pero ¿era realmente este el motivo? Se decía que Felipe II era el monarca más poderoso de su época, tanto que en sus dominios nunca se ponía el sol, ya que poseía colonias en Asia, África y América. La verdadera razón de construir semejante monumento fue crear un símbolo que ensalzase su poder en vida y mejorase su relación con la Iglesia y con Dios, del que era profundamente devoto. ¿Ve este códice?

El general lo acarició con la mano como quien toca el rostro de un niño, sin atreverse a cogerlo.

—Siglos de vida y de cuidados. Es muy fina la línea que nos separa de la barbarie más depravada. ¿Cuántos hombres habrán muerto para que estas páginas perduren? La ignorancia de muchos otros habría provocado que el libro, el edificio o el Gobierno hubiesen ardido en cuestión de segundos.

La canciller hizo una pausa y clavó su mirada en Bilbatúa.

—¿Qué sería de nosotros sin orden? ¿Sin moral? ¿De qué lado está usted, del de la rectitud o del de la anarquía? —le dijo mientras le entregaba el libro—. Aquí tiene. Eche un ojo. ¿Sabe quién es el autor?

—Maquiavelo —contestó el N.º 51, saltándose el protocolo. Bilbatúa lo miró sorprendido.

—Bien, hijo, parece más culto que su superior. «El fin justifica los medios», argumentaba nuestro iluminado italiano. ¿Le suena? ¿Qué cree que quería decir Maquiavelo, Bilbatúa?

El general, incómodo, movió el dedo pulgar del pie derecho, sin comprender a dónde quería llegar a parar ella.

—Lo cierto es que no lo sé, canciller. Lo mío es resolver casos y hacer preguntas incómodas. Los laberintos de palabras son para los políticos.

—Pues debería empezar a ilustrarse más antes de

venir aquí, al templo de la democracia y el conocimiento, donde gente más inteligente y poderosa que usted lucha porque el caos no reduzca todo a cenizas. La ignorancia es muy atrevida y usted es el rey del atrevimiento, general.

Bilbatúa abrió la boca, dispuesto a replicar, pero la canciller del Origen le puso el dedo índice sobre los labios para mantenerlos sellados.

—Todavía no ha acabado la clase. Tengo intención de que hoy salga disciplinado de este encuentro. A ver si logramos domesticarlo, de una vez por todas.

Prosiguió andando, cojeando, hasta alcanzar otro estante.

—Cuenta la leyenda que en la antigua ubicación de El Escorial había una zona de energías oscuras; una conexión directa con el mismísimo infierno que debía ser sellada con un edificio sacro. El diseño de la construcción se hizo con forma de parrilla para conmemorar al mártir san Lorenzo, que fue quemado en la antigua Roma, y así ganarse el amparo de la Inquisición y la protección contra el maligno. El monarca planeaba construir un templo salomónico. Cada detalle de la construcción estaba minuciosamente premeditado. ¿Se han fijado en las ornamentaciones de esta cámara? Esto no es una simple obra de arquitectura: es una obra divina.

Ambos asintieron, mientras observaban a la canciller bucear entre libros, como quien nada entre corales marinos buscando el pez deseado.

—La obra del edificio empezó con la conjunción de los planetas Júpiter y Saturno y finalizó, tras veinte años, con la conjunción, de nuevo, de dichos planetas. El día de su inauguración había luna nueva, momento idóneo para iniciar nuevos proyectos y que llegasen a buen puerto, según se creía en la época. De hecho, todo estaba tan premeditado que en los cimientos del sagrario de la iglesia se colocaron unas medallas que rezaban *Sic erat in fatis*, «Así estaba predestinado», en las que se representan un yugo, símbolo del ascendente Libra del monarca, y una mano, que representaba su símbolo del zodiaco: Géminis. Todas estas precauciones supersticiosas se debieron al pronóstico que le hizo el médico y astrólogo de su padre, Mathias Aco. En el libro homónimo vaticinó que Felipe II sería un gran rey, pero que, si quería gobernar con éxito, debía seguir los pasos marcados por los astros y la voluntad de Dios. El monarca aceptó el designio y entregó su vida a este monumento como demostración de su poderío en vida, que todavía perdura a día de hoy, siglos más tarde. Yo, como Felipe II en su época, he decidido entregar mi vida a una causa: la grandeza de la Cabeza de la Ballena y su legado.

La canciller se irguió para coger otro ejemplar, esta vez en una balda más alta, a la que apenas alcanzaba a llegar.

—Permítame —se ofreció el N.º 51.

—¡Quita! —bufó ella—. En la vida hay cosas que solo puede hacer una misma. Mira, aquí lo tenemos: Thomas Hobbes, *Leviatán*. Una auténtica maravilla. General, ¿este supongo que sí que lo conocerá?

Bilbatúa negó, avergonzado por su ignorancia.

—Qué lástima. Este caballero lo cambió todo al ordenar el caos, al explicar con increíble claridad que «el hombre es un lobo para el hombre» y que por ello necesita mano dura, directrices, acuerdos para poder vivir en armonía. ¿Se imagina que todos fuesen como usted? ¿Que ignorásemos el escalón social existente y las órdenes que vienen desde arriba? Su comportamiento ácrata es realmente exasperante. En nuestra última reunión se fue con un claro cometido: investigar la desaparición del Núcleo 48 y traerme al culpable. ¿Y qué ha hecho usted? Volver con las manos vacías y hablarme de la relación comercial que el señor Wagner ha entablado con Connor Brown. ¿Qué tiene que ver eso con el Núcleo 48?

Bilbatúa no se dejó amedrentar y fue directo al grano, sin tan siquiera pestañear ante el despliegue ofensivo de la canciller (que, para ser sinceros, no había acabado de comprender).

—Estoy convencido de que su asociación está directamente relacionada con el robo del arma.

—¿Pruebas? —preguntó ella con severidad, mientras le apuntaba con el dedo índice.

—Tenemos sobradas evidencias de que…

—La única evidencia que aquí hay es su odio irracional contra el caballero Wagner, del cual soy íntima amiga —le interrumpió la Canciller—. Por si no se había percatado todavía, su lealtad es incuestionable. Los negocios que él decida emprender estarán avalados por mí. ¿Ha quedado claro?

El dedo gordo del pie derecho de Bilbatúa giraba como la hélice de un barco. La furia que le embargaba no se podía disimular.

—Entendido. En ese caso, solo me queda una pregunta qué hacerle: ¿qué pinta en todo esto su ONG La Esperanza?

La canciller del Origen frunció el ceño. Acto seguido, dejó escapar un quejido, que más que un suspiro discreto pareció un aullido de loba rabiosa. Estaba claro que la pregunta del general había acertado en la diana.

—Cuidado, Bilbatúa. Está yendo demasiado lejos.

—Yo no voy a ningún sitio. Estoy aquí, delante de

usted, canciller —contestó airado el general—. Simplemente quiero que me explique cómo se pueden crear enfermedades y luego vender una cura para enriquecerse a costa de los demás. ¿Está permitido por alguna ley?

La canciller se rio a mandíbula batiente.

—Bilbatúa, el loco hidalgo de La Mancha y su compañero Sancho Panza en versión culturista —dijo mientras despreciaba al N.º 51 con una mueca—. Lo cierto es que jamás pensé que tendría usted la capacidad de llegar a descubrir mi proyecto La Esperanza. ¿Le ha gustado?

—No.

La anciana apretó los puños con todas sus fuerzas. La demoledora sinceridad de Bilbatúa le sacaba de sus casillas. A pesar del arrebato de ira, logró dominar sus impulsos y no perder el aire distinguido que la caracterizaba.

—Pues es una pena, porque ayudamos a millones de personas. Eso es lo que le cuesta ver a usted: la ambiciosa empresa que estamos desarrollando aquí Erik, Connor y yo. El fin justifica los medios, general, y para mantener a las manzanas podridas, a los lobos bien amarrados, necesitamos mano dura, miedo, control…

Bilbatúa seguía inmóvil, con cara de póker, como si las palabras de la canciller no tuviesen efecto sobre él.

—¿Qué le pasa? ¿Es tan estrecho de miras que no se

da cuenta? Aunque sea un botarate, estoy convencida de que tiene la capacidad de comprender lo siguiente: ¡está usted despedido, por el poder que me otorgan este edificio, estos libros, este cargo! Ahora se puede ir con su moral y su comportamiento extravagante a morirse de hambre a cualquier callejón, ¡pero lejos de aquí!

La canciller explotó finalmente. Mientras señalaba con un dedo acusador a Bilbatúa, siguió escupiendo fuego por la boca:

—¡Como vuelva a husmear en mis asuntos, los del señor Wagner o los del señor Connor, le juro por Dios todopoderoso que lo encierro en la Torre de Marfil hasta que se vuelva loco!

A Bilbatúa le hubiese gustado sentir algo al perder su empleo, pero él habitaba en una estancia desconocida para el resto de humanos. La canciller comenzó a hiperventilar ante el escaso efecto que había logrado en su subordinado, quien contestó con grandilocuencia:

—Canciller, es usted mucho más inteligente que yo y eso nadie lo negará, pero se está equivocando. No he venido aquí a *buscarle cinco pies a la vaca*, sino a ayudarla, porque, aunque no lo crea, soy el único amigo que tiene en este edificio lleno de hienas.

La mujer estalló de risa. El surrealismo del general la

sobrepasaba.

—Está acabado, Bilbatúa. ¡Fuera!

—Si yo estoy acabado, usted está muerta.

La advertencia cayó como un jarro de agua fría, empeorando la situación. Bilbatúa no había pretendido amenazarla, sino ser honesto.

—¡¿Cómo se atreve?!

Los guardaespaldas, que estaban alerta, se acercaron a la escena, esperando la señal de su superior para caer sobre Bilbatúa y el N.º 51.

—Canciller, es la verdad. Estoy convencido de que está en grave peligro.

Tras indicarles a sus guardaespaldas con un movimiento que la situación estaba controlada, empezó reírse de nuevo a mandíbula batiente, como si acabase de recordar que estaba hablando con un loco.

—¡Bilbatúa, mi salvador! ¡Ha pasado de dedo acusador a santo apostólico en un santiamén! ¡Está usted como una auténtica regadera! Peligro, dice… ¡Es un papanatas! ¡Largo! ¡Fuera!

—Entonces no le importará que su guardaespaldas, Bruno, sea sospechoso de robar el Núcleo 48 y que lo haya hecho bajo la orden de…

No hubo tiempo de que Bilbatúa acabara la

afirmación. Una explosión en el patio principal al que daba la biblioteca hizo que las ventanas estallaran en mil pedazos. La canciller cayó al suelo por la onda expansiva y un manto de finas esquirlas cubrió su cuerpo, como si las estrellas del firmamento se abalanzaran sobre la tierra. Una avalancha de nubes centelleantes ocultó la luz del sol. Lo único que se alcanzaba a distinguir entre el humo eran los cientos de cadáveres de papel que yacían incandescentes tras la detonación.

Desubicada, la canciller sintió como Bilbatúa la ayudaba a incorporarse entre libros abatidos. En los oídos de los allí presentes un afilado pitido resonaba, molesto, mientras que una neblina brumosa dificultaba la visión, distorsionando todo a su alrededor. Entre destellos de lucidez, la canciller pudo observar que sus dos guardaespaldas yacían en el suelo, inconscientes o muertos. De repente, otro artefacto explotó, esta vez más lejos y con menor repercusión.

—¡Rápido! —dijo el general.

El corazón desbocado golpeó el pecho de la canciller, que sintió que una jauría de perros de humo se cernía sobre ella. El N.º 51 agarró con fuerza el brazo de la anciana y la condujo como buenamente pudo hasta las escaleras que comunicaban con el antiguo convento.

La escasa iluminación, sumada al agobiante pitido del código rojo que emitían los altavoces del Ministerio del Saber, hacía que las sienes de los agentes palpitasen a un ritmo vertiginoso. El caos se había adueñado del palacio y el sistema antiincendios empapaba el rostro ennegrecido de los supervivientes, que, tras varios traspiés, lograron llegar a un cuarto seguro, donde el humo casi no había penetrado. Tosían como chimeneas de carbón que escupen su vómito de hollín y toxicidad. Bilbatúa observó a la canciller, que estaba en estado de *shock* y presentaba una brecha en la cabeza. Toda su soberbia había sido aplastada por las circunstancias. Inesperadamente, como morían los césares en la tranquilidad de su hogar apuñalados por algún aliado, amante o sirviente, la canciller acababa de bailar con la muerte. Bilbatúa se quitó la chaqueta, la humedeció con el agua de una gran jarra que había sobre una mesa y la colocó bajo la ranura de la puerta para impedir que el humo penetrase en la sala.

—¿Qué hacemos, señor? —preguntó el N.º 51.

—Iré a buscar ayuda. Tú quédate con la canciller y protégela con tu vida si es necesario.

—¡Sí, señor!

El N.º 51 sacó el arma reglamentaria. Bilbatúa estaba a punto de salir cuando la canciller se dirigió a él:

—General, olvide lo que dije antes.

Bilbatúa apenas reaccionó. Simplemente, inmóvil, contestó con voz profunda:

—¿Ve, canciller, como soy el único amigo que tiene en este *nido de escarabajos*?

La perturbadora sonrisa que el general le regaló a la anciana antes de sumergirse en la cortina de humo del pasillo no pasó desapercibida para el N.º 51.

En cuanto salió por la puerta, Bilbatúa se colocó una máscara plateada con chips que le permitían ver entre el humo, analizar el nivel de toxicidad del aire, filtrarlo y trazar rutas viables en el peor escenario. El patio amplificaba el eco de la alarma que se colaba por los ventanales que rodeaban la fuente central, presidida por cuatro estatuas. El general sentía que cada vez se acercaba más a su presa. Sobre uno de los setos vio un pequeño reguero de sangre: el mismo espesor y color chamuscado que había encontrado en una viga desplomada en la sacristía. Siguió el rastro hasta llegar a las angostas escaleras de la cripta real, donde descansaban las joyas de la corona. La oscuridad era total. La máscara teñía con su visión nocturna la estampa de un verde prado que destrozaría los nervios del guerrero más frío del mundo.

Al llegar a la sala, la desilusión abrazó al general. Ante sus ojos, una imagen bíblica se presentó: sobre una cruz de madera se encontraba entablillado Rómulo, el guardaespaldas de la canciller que se reunió con Alberto Ruiz, el supuesto terrorista. En la cabeza tenía colocada una corona de espinas que dignificaba su cuerpo desnudo. Dios parecía estar ausente en su propia casa, mientras que los pasos del culpable rebotaban impunes en los oídos de Bilbatúa. En el suelo, con sangre, alguien había escrito: «La Lengua de Fuego ha regresado».

PR
Sandra, la salvadora

El plan para sacar a Carolina Wagner de la Cabeza a cambio de entregar los diarios de Erik Wagner al Movimiento Río de Lava fue un éxito. PR logró establecer contacto con los rebeldes y estos le aseguraron un plan de fuga infalible para Carolina. No obstante, los detalles de su rescate eran desconocidos para el huérfano, que se había quedado con parte de la información de los diarios de Wagner como garantía de éxito tras entregarle al Movimiento la mitad del primer tomo que Carolina le dio a través de Mimi. El manuscrito contenía información trascendental que podía servir de revulsivo al movimiento rebelde.

No obstante, no todo eran buenas noticias para el joven. Su estancia en el Centro de Transición había finalizado: PR debía abandonar esa misma noche la institución. Al haber invertido su tiempo libre en contactar con los rebeldes y socializar con los amigos, PR se encontró de repente en la calle sin trabajo ni ningún lugar donde guarecerse.

«Carolina podría hablar con alguna de sus amigas. Quizás pueda trabajar como interno en una de sus mansiones», se le ocurrió mientras recogía las escasas pertenencias que tenía. Acto seguido, mandó a Mimi en búsqueda de auxilio. El robot tardó una hora y media en regresar de casa de los Wagner. PR había aprovechado ese tiempo para abandonar el Centro de Transición y llegar al parque, donde su pandilla tomaba unas cervezas. Cuando vio de lejos al dron llegar, se retiró un poco para ver qué nuevas le traía. Al parecer, Carolina no estaba en casa, pero había dejado una nueva carta escondida para él. Mimi le entregó el texto a su dueño y este lo leyó sentado en el suelo, alejado del tumulto.

> Para el fluido humano compuesto por gustos musicales horteras llamado PR.
>
> Tengo una buena noticia que darte: por fin soy libre. Me han levantado el castigo después de tu expulsión y mi insurrección contra papá. Eso es una buena señal para los dos porque significa que puedo aplicarme más en nuestro pacto e investigar en profundidad a nuestro enemigo.
>
> Erik intenta mantener una fachada de padre modélico de puertas para fuera y a mí su cinismo me ha salvado de la reclusión. No

te creas que ahora papaíto es una hermanita de la caridad ni nada de eso. Me ha levantado el castigo porque el padre de Margaret lleva el Ministerio de Defensa y, mientras nosotras estábamos de marcha, ellos han estado haciendo sus negocios militares. Te cuento cómo se han sucedieron los hechos:

En el maxitaxizumbador me senté al lado de Margaret, en la parte de atrás, rumbo a la discoteca. Todas hablaban como cotorras sobre chicos y ropa. Yo sonreía y me sentía rara.

Llegamos a PIM:%/ la discoteca de moda. Por dentro el sitio era increíble: un antiguo cine hasta el culo de gente puestísima que no paraba de frotarse entre sí al ritmo de la música. El espectáculo visual era la leche (hay que reconocerlo). Sobre la pista principal había cinco plataformas con robots metamórficos. Con cada canción cambiaban de apariencia, realizando composiciones con los rostros de los pastilleros que no paraban de mirarlos hipnotizados, y proyectando en el techo su reflejo distorsionado. El cañón de cine antiguo proyectaba hologramas en 3D que iban rotando por la sala. A mí me atravesó uno y tuve que pedirme otra copa del susto.

Margaret estaba en el centro de la pista bailando como la mismísima Afrodita mientras sonaba el clásico de Billie Eilish, *Bad guy*. Yo no le quitaba ojo hasta que le vi y se me encendió la bombilla: ricitos..., metro ochenta..., sonrisa blanca como el marfil..., medio flacucho (como tú, PR)..., bastante mono. Era Gustav, el nieto de la canciller del Origen. Llevaba las pestañas de colores y mucha purpurina por todo el cuerpo. Se había puesto una americana rosa con leopardo que iba a juego con sus pitillos negros (vaya pintas... Desde luego contrastaba con mi vestido negro funeral). Yo le guiñé un ojo y él vino hacia mí. Me sentí como una araña saboreando su presa. Quizás él supiera algo sobre Skylinner... De ser así, estaba dispuesta a averiguarlo.

Antes de que la fiesta acabara, le tenía comiendo de mi mano. Me ha invitado esta noche a una fiesta (a mí y a toda la pandilla). Por eso te dejo la carta para informarte: para que, si vienes antes de que regrese, no te quedes intranquilo.

Concluyo la noche: al llegar a casa, Margaret cayó muerta en la cama. Unas pocas se quedaron tomando cervezas en la cocina y yo me fui a dormir junto a Afrodita. Ella se acurrucó a mi lado y se quedó frita dándome la mano. Tras analizar cada centímetro de su cuerpo, llegué a la conclusión de que Margaret es de un verde selva muy intenso (casi delirante). Al oír su respiración sentí como mi corazón se aceleraba (como si se me fuese a salir por la boca). Quería besarla y aplastarla hasta cortar su respiración… Ser dos trenes a punto de chocar y pegar volantazo en el último segundo… Morderle los labios y bañarnos en gasolina mientras lo hacíamos. Mierda… Ella es un zafiro verde inmenso. Puro lujo y descaro. Elegancia. Solidez. Brujería. Magia.

No sé por qué te cuento esto último. Quizás sea porque eres el único amigo que tengo en este mundo de cínicos… Quizás sea porque eres el único que puede sacarme de la Cabeza de la Ballena… Quizás sea porque me siento a gusto contigo…

¿Corazonada?

Juzga por ti mismo: me estoy desnudando ante ti y te estoy entregando las llaves de mi intimidad.

Todo salvo el Cementerio de Tinta. Para compartirlo necesito algo más que un presentimiento: necesito hechos. Sigo esperando mi rescate; mi libertad. Ahora tenemos una línea directa de información con la canciller del Origen y su familia. Gustav puede ser la clave para entender qué traman papá y ella, como tu querías. Por otro lado, Luscilda sigue rondando por la casa, haciendo de las suyas con Erik. Y no hay noticias de los rebeldes. ¿Seguro que me sacarán?

Como decía la princesa Leia: PR, «eres mi única esperanza».

No me decepciones, amigo.

PR sintió como las estrellas del firmamento se desmoronaban sobre él, una a una. «Amigo». El cierre de la carta le pesó especialmente, como un puñal que te atraviesa la espalda. «Pero ¿qué te esperabas? —se preguntó a sí mismo—. ¿Que la niña rica te salvase? ¿Que te quisiese?». El abismo entre los dos mundos se hizo más patente que nunca. Mientras PR se preocupaba por qué comer o dónde dormir, Carolina investigaba en sus fiestas de alto *standing*. Mientras Carolina le rogaba a PR que ideara un plan para sacarla de la Cabeza, PR solo pensaba en ascender hasta ella para que sus problemas desparecieran como las zumbadoras lo hacen entre las nubes rumbo a aquel olimpo de los vivos.

—Cancelamos la idea de que las amigas de Carolina nos saquen las castañas del fuego, Mimi. Volvamos con nuestra gente.

PR rompió la carta en pedazos, guardó a Mimi en su abrigo y regresó con sus amigos, que habían pasado en poco tiempo de ser unos desconocidos a ser su pandilla. La gente rimaba unas barras sobre una base de *beat box*. A pesar de la música y el buen ambiente que se respiraba, las náuseas y el picor en el cuero cabelludo persistían. Desde que PR había llegado al parque con sus pertenencias en un petate no había conseguido más que porros, alcohol y palabras de ánimo, a pesar de haber explicado la situación en la que se encontraba: nadie parecía dispuesto a ayudarle con acciones. Para colmo, Tareq, su compañero de aventuras, estaba encerrado en aislamiento por un supuesto robo, por lo que no podía ayudarle. «Qué solo estoy…», pensó. Para mitigar aquella agobiante sensación decidió entregarse a la cofradía del colocón en cuerpo y alma, a ver si en ella encontraba dónde cobijarse.

El tiempo avanzó y las conversaciones, bromas y risas se sucedieron. Además de algún consejo bienintencionado, nadie logró darle un hálito de esperanza a PR, que veía como la oscuridad había teñido el cielo y no tenía dónde guarecerse. Sin embargo, a las diez de la noche, cuando se sentía derrotado y vulnerable, apareció de repente la esperanza personificada.

Sandra era una mujer de dieciocho años con una vitalidad contagiosa. Esta chocaba con su aspecto físico paliducho y, a grandes rasgos, enfermizo. Sin lugar a dudas, la llamativa sonrisa que mostraba sin reparo, a pesar de sus dientes descolocados, era su carta de presentación más destacable. Desde que se enrollaron en la fiesta, la joven de pelo castaño y ojos morrones había mostrado gran interés por PR. Al enterarse de que el huérfano acababa de salir del Centro de Transición y no tenía donde dormir, le dio unas sobras que traía, lo tranquilizó y le dijo que se quedaría a dormir con él «por ser la primera noche».

A las dos de la mañana se quedaron solos. Sandra no se atrevió a invitar a PR a su casa por no generar un conflicto con la familia. La timidez de PR y el cansancio de Sandra impedían que intercambiasen más de cuatro frases seguidas. Se acurrucaron juntos bajo una estructura del parque. Tumbados, PR escuchó cómo las tripas de Sandra se quejaban. Se había comido el pollo con arroz sin contar con ella, por culpa de la cantidad de porros desmedida que había fumado.

—Vete a casa —le pidió PR, entre lágrimas.

—Me voy a quedar contigo. Ya veremos qué haremos mañana, no te preocupes.

PR era un perro apaleado: vulnerable, frágil, triste. Observó a su compañera con ternura. La miró de reojo y reflexionó: «Aquel cacho de pollo podrido con arroz que te acababas de comer debía de ser su cena. ¡Serás gilipollas!». Llevaban un buen rato en silencio, sin pegar ojo, hasta que por fin PR dijo:

—Gracias.

Sandra le regaló su sonrisa descolocada. En el fondo tenía su atractivo aquel caos de piños, el sueño orgásmico de cualquier dentista. Alzaron la vista al cielo titilante. Allí estaba como siempre, colosal, poderosa, resplandeciente... La Cabeza de la Ballena los invitaba a soñar; a imaginar que algún día podrían aspirar a algo mejor que un pollo en mal estado. Tumbados y abrazados en completo silencio, el manto del sueño les cubrió.

A las cuatro de la mañana, PR se despertó con la mano de Sandra entre los pantalones, agarrándole el pene con firmeza. Era la primera vez que alguien lo trataba con tanto cariño. Ella se sentó encima, tomando las riendas de la situación. PR se dejó hacer mientras observaba a Sandra como una diosa que le conducía con suavidad y maestría. Él buscó sus pechos entre la maraña de ropa, de forma instintiva. El rítmico ir y venir se incrementó, iniciando la carrera hacia el sumun del placer, mientras la Cabeza de la Ballena observaba el encendido movimiento de los jóvenes. Los gemidos se entremezclaron con el rumor de la ciudad. Ambos intentaban amortiguar el ruido con besos y lametones, tratando a la vez de no ser escuchados. La recta final se veía venir en la siguiente curva. PR agarró a Sandra por la cadera izquierda para ayudarla en su cometido, pero algo llamó su atención, obligándole a detenerse.

—¿Estás bien?

Él sonrió y la besó, sin articular palabra. Esta vez volvieron a la acción con más tesón y rapidez que antes, mientras las luces de neón alumbraban los cuerpos semidesnudos.

«Mordisco en el cuello, frote extremo y aullido de loba».

La carrera había finalizado y el podio estaba asegurado para ambos. Se acurrucaron mientras intercambiaban besos sincopados. Tras estar cinco minutos coqueteando, se vistieron. Luego, Sandra le dio un beso de buenas noches y se dio media vuelta, cerrando los ojos. PR no pudo evitar llevar la vista hacia la cadera izquierda de su compañera, donde hacía unos segundos había visto el número romano I tatuado. PR se pegó a ella. Le costó conciliar el sueño, pensando en el símbolo de su compañera.

PR
Y ahora ¿Qué?

A la mañana siguiente, Sandra se levantó pronto. Tenía que entrar a trabajar en el autoservicio de la calle Cubos, esquina con Cisneros: «Hoy curro once horas». PR la acompañó. Caminaban a buen paso. El día había llegado y la pereza y los porros se habían esfumado con los primeros rayos de sol que filtraba la Cabeza. Sandra vio que al joven le costaba seguirle el ritmo, por lo que le agarró de la mano para que fuesen al mismo son. Él se dejó llevar como si volase libre como una cometa. Ella sonreía mucho, más de lo habitual. «¿Seremos novios?», se preguntó PR mientras aleteaban en su estómago las mariposas… o el hambre que tenía; no lograba distinguir la sensación con claridad.

Llegaron al trabajo de Sandra y esta le pegó a modo de despedida un buen morreo con lengua, dientes, labios y, en general, todos los elementos que la boca le permitió ofrecer. PR le tocó el trasero, correspondiéndola, con cierto rubor. Ella se dio media vuelta y se esfumó tras la puerta. Él se quedó con el corazón en el puño, contento y triste al mismo tiempo, como una rata que ha comido queso toda la noche y tiene la impresión de no merecer semejante lujo; una agobiante culpa. Acto seguido, se sentó en la acera y sacó a

Mimi de su abrigo.

Vaya noche —le dijo al robot, que, acto seguido, se frotó contra su dueño de forma zalamera.

—Ve con Carolina y cuéntale las novedades. Tienes que estar prevenida.

Tras la respuesta de Mimi, PR contestó.

—No, Mimi. Lo de Sandra queda entre tú y yo. Céntrate en la conexión que has descubierto entre Luscilda, Connor y los rebeldes. ¿Qué? No me mires así. Nada bueno puede augurar que estén los tres conectados. Creo que van a rescatar a Carolina a través de Luscilda. Ya sé que son solo conjeturas, pero mejor que esté prevenida.

Mimi volvió a argumentar.

—No soy ningún ingenuo. Sé que los rebeldes son peligrosos y sí, ignoramos los planes del Movimiento Río de Lava para sacar a Carolina de la Cabeza. ¿Qué quieres que te diga? ¡A ti tampoco se te ocurrió ningún plan mejor!

Otra retahíla de frases aturulló a PR.

—¿Bilbatúa? No, Mimi. De ninguna de las maneras vamos a implicarlo en esto: nos descubriría. Arriesgamos mucho para tu última actualización. Esas piezas eran especialmente caras y Antoni fue claro: «Si Bilbatúa os echa el guante con sus escuchas, estáis acabados». No queremos cabrear a la mafia ni queremos cabrear a Bilbatúa, así que seguiremos como estamos: hay que transferir regularmente las escuchas de los Wagner, y también las escuchas que le instalaste a Antoni en el apartamento del general, y seguir con el plan de los rebeldes. Esperaremos a que el Movimiento actúe como ha prometido y no haremos nada más. Ahora ve con Carolina para informarla.

El robot asintió y, a regañadientes, salió volando rumbo a la Cabeza. PR, tras ver como Mimi desaparecía en la lejanía, echó a andar. Deambuló por la ciudad toda la mañana sin saber dónde caerse muerto, con más hambre que Oliver Twist compitiendo contra un mórbido en ayunas. Preguntó educadamente si sobraba algo de comida en todos los establecimientos con los que se topó. La respuesta siempre era parecida: «No», «Date el piro», «Vaya pintas tienes», «¿Dónde están tus padres?». Llegó a la plaza del general Bilbatúa, donde una inmensa estatua del militar estaba pintarrajeada por todas partes. Se notaba que en su distrito la autoridad no infundía una gran veneración. Se sentó derrotado a los pies del monumento, con tantas ganas de comerse un pie de la estatua como de pegarle un guantazo.

Su primer pensamiento se lo regaló a Chamorro: lo echaba de menos más de lo que era capaz de gestionar. Estaba convencido de que su mentor no lo habría dejado caer tan bajo. Al final, los peores vaticinios parecían cumplirse, lo que entristecía a PR, que jamás habría dicho que la realidad podría superar a la ficción. Tras rascarse el cuero cabelludo con violencia durante unos segundos, meditó si debía regresar al Pegaso o si debía empezar su búsqueda de trabajo de forma más activa, para así obtener algunos ingresos que, al menos, le permitieran alquilarse una cama por horas. Una de las opciones pareció cobrar más peso: «Vete al Pegaso. Seguro que encuentras a alguien por allí fumándose unos porros o rimando un poco. El trabajo es secundario en comparación con los amigos».

La Cabeza de la Ballena apenas filtraba luz por las pantallas LED que estaban situadas en la panza de la ciudad aérea. PR tenía el cuello erguido al estilo jirafa, observando el cielo de los pobres, conformado por luminosos, que en muchas ocasiones las altas edificaciones tapaban. Llegó a un callejón estrecho donde unos robots descargaban la comida de un z-mercado y se sentó sobre unos palés de conglomerado. Había un gato y una rata que peleaban a muerte por un cacho de *kokikkikiki* en descomposición. La tripa de PR rugió y pensó por un instante si debía luchar por aquel resto también, pero no le pareció correcto.

«Y ahora ¿qué?». Desde que abandonó el orfanato, llevaba dándole vueltas al asunto, pero no se le ocurría nada de nada. Ni un pequeño golpe de suerte había tenido en el camino. La pregunta que llevaba días evitando formularse apareció sin previo aviso; allí, en el callejón de los animales sanguinarios y los robots sin sentimientos. Rompió a llorar, ocultando la cabeza entre las piernas. «¿Merece la pena vivir así?». PR se sentía abandonado, a la deriva; sin saber qué hacer. Los robots lo miraron alertados por el protocolo ciento veinte, humano en peligro, pero al ver que el chiquillo solo lloraba siguieron con su quehacer. No estaban programados para ser sensibles; no como Mimi, que descendió del cielo, preocupada por el ritmo cardíaco de su amigo. Habían pasado unas tres horas desde su marcha y PR no había hecho más que deambular perdido por la ciudad.

—Tranquila, tranquila. Estoy bien, de verdad.

Mimi no paró de darle toques cariñosos, al no estar convencida de la afirmación de su dueño.

—Venga, déjame tranquilo.

El robot obedeció.

—¿Me traes noticias de Carolina? ¿has cumplido tu misión?

El robot miró hacia otro lado.

—¿Mimi? Venga, dame la carta. No te hagas la despistada, que no cuela.

Para el demente más demente del

Cuerpo (mi próximo compañero de piso).

PR, bajo tu fachada de cocinero mudo se esconde la mente de un genio retorcido: sospechas de todos y vas siempre un paso adelantado (me encanta). Seguiré a pies juntillas tus advertencias y estaré alerta (tranqui, no dejaré que Luscilda se acerque más de la cuenta). Te cuento las novedades sobre mi investigación:

Ayer salí con las chicas a casa de Gustav y luego fuimos a la loma del alto a hacer botellón. Todo el mundo alucinaba con mi habilidad. La gente hacía cola para que le pusiese cubatas y yo me sentía la reina del mambo. Ginebra con limón: soy una experta (se nota que lo tengo en la sangre, al estilo de mamá). Al principio Gustav se hizo el duro, guardando las distancias. Quería ver si me acercaba yo a él. Debe estar acostumbrado a que las chicas le doren la píldora por ser quien es, pero reculó rápidamente cuando vio que conmigo su estrategia no funcionaba. Su mirada hablaba por sí sola: le tenía atrapado. Nos enrollamos un buen rato mientras yo seguía tejiendo mi telaraña. Lo rematé de la siguiente manera:

—¿Jugamos?

Mi pregunta pareció sorprenderlo.

—Claro… ¿En qué estás pensando?

—Juguemos al clásico de verdad o mentira. Si acierto, bebes, y si fallo, bebo. Luego cambiamos de turno.

Gustav preparó su copa y me miró directamente a los ojos. Era mi oportunidad.

—Empecemos por algo fácil —dije—. ¿Verdad que querías acostarte conmigo en la discoteca?

—¡Venga ya! ¿Acaso quieres emborracharme? Ya bebo, ya bebo.

—¿Verdad que en la discoteca no era la primera vez que me veías? ¿Verdad que sabías de mí a través de tu abuela, la canciller?

El contenido descendió.

—¿Verdad que mi padre y la canciller han tenido varias reuniones en vuestra mansión familiar? ¿Y que últimamente están enfadados? ¿Verdad que han discutido por el robo de Skylinner y por La Esperanza?

Esta última pregunta cayó como un jarro de agua fría sobre Gustav. De repente, su semblante palideció.

—¿No bebes?

—¿Por qué me preguntas eso?

—¿Te he cortado el rollo? —inquirí tras gesticular una sonrisa maliciosa.

—¿De qué va esto? Pensaba que estábamos jugando.

PR, su cara era un poema y yo no tuve piedad: saqué la artillería pesada para rematarlo.

—¿Sabes qué pasa, Gustav? Que mi padre estuvo jugando conmigo a las descargas eléctricas el otro día. La tarde anterior la había pasado con tu abuela y su empresa de mierda. Cuando llegó a casa tenía que canalizar la frustración con alguien… y averigua con quién lo hizo.

Mi silencio dramático pareció surtir efecto.

—¿Sabes lo que se siente cuando tu propio padre te reduce contra el suelo y te dispara con un táser?

Gustav apartó la mirada. Yo intenté ser lo más cruda y honesta posible:

—Te pregunto qué coño está pasando entre ellos porque necesito entender por qué mi padre hizo algo así. Necesito comprender qué está pasando para poder buscar una explicación posible y así no pensar que mi padre es un psicópata.

Gustav seguía sin mirarme a los ojos. Le cogí del cuello y le obligué a entablar contacto visual conmigo.

—Por favor. Si sientes algo por mí, contéstame.

Tuvo que tragar saliva antes de responder con la voz temblorosa:

—Solo te puedo decir que tu padre y mi abuela tienen un proyecto muy ambicioso entre manos.

—Eso y nada es lo mismo.

—La canciller le dio a Erik los planos de la Lengua de Fuego que custodiaba desde la Gran Gran-Guerra. Tu padre quería tener el control del arma, y a cambio le daría a mi abuela acceso ilimitado a Skylinner. Eso le permitiría tener el control total de los cristales de la población sin la supervisión y las comisiones que tu padre se lleva.

Tardé un par de segundos en reaccionar.

—¿Y qué ha pasado entre ellos?

—Han robado el arma y…

—¿Y?

—Han robado algo más.

—¿El qué?

—¿Juras no decírselo a nadie?

Estaba a punto de desmayarme (¡Suéltalo de una vez!).

—Lo juro.

—Desde que dieron el golpe en Skylinner no han vuelto a llegar datos de ningún cristal fino. La Cabeza no tiene reporte alguno. Hay un apagón generalizado del sistema.

—Eso es… imposible.

No pude evitar consultar mi cristal, el cual parecía funcionar con normalidad.

—Están manipulando los datos que nos transfieren para que no cunda el pánico, pero muchas empresas empiezan a sospechar. ¿No me crees? Mira.

Cogió el cristal y me enseñó que las últimas actualizaciones del sistema tenían los mismos archivos que el último mes.

—Piensa que a unos pringaos como nosotros es fácil engañarnos porque solo utilizamos el cristal para chatear o para entrar en la Ruleta del Ascenso, en Ponte en su Piel o en las redes. La cosa cambia con las empresas y las administraciones que necesitan las actualizaciones en tiempo real.

—Pero ¿cómo lo están ocultando?

—Están operando con copias de seguridad antiguas. A las empresas de alto rendimiento les han tranquilizado diciendo que la actualización del sistema llevará unas tres semanas. Hay muchos intereses en juego y los *lobbies* de presión empiezan a hacer preguntas incómodas, porque intuyen que algo grave pasa.

PR, no sé si eres consciente de lo que estaba diciendo Gustav… No pude evitar preguntarle:

—¿Cuánto aguantará el sistema antes de que todo se desmorone?

Me miró y me dijo con tono serio:

—Estamos al borde del colapso.

—Joder, joder.

El asintió.

—Pero, entonces, ¿ha sido mi padre?

—No… no lo sé.

—¿Cómo que no lo sabes?

Sentí como me hervía la sangre al intuir una evasiva por su parte.

—Lo único que sé es que, cuando iban a hacer el intercambio mi abuela y tu padre, ocurrió el robo en Skylinner. No te puedo contar nada más.

—Venga ya. Dime, ¿qué planes tenían mi padre y tu abuela? ¿Qué querían hacer con el arma y los datos?

—Carolina, lo siento —repuso él, claramente incomodado—, pero no diré ni una palabra más sobre el tema.

PR, si es verdad lo que me dijo Gustav, ya nada importa. No conoces a mi padre… No has leído todo el Cementerio de Tinta. Si se ha hecho con el arma y ha dejado fuera de juego a la canciller con los datos, no tardará en dar el último paso. Y, entonces, ya no habrá a dónde huir.

Y ahora ¿qué?

PR cerró la carta y, con lágrimas en los ojos, miró a Mimi. El huérfano sintió como los sentimientos se revolvían en su interior: rabia, frustración, celos, impotencia…

—Siempre solos —le dijo a Mimi, que, como siempre, observaba atenta la reacción de su creador, analizando cómo actuar—. Yo también me lo estoy preguntando, Mimi: y ahora ¿qué?

Viéndolo con perspectiva, podríamos resumir aquella etapa como un callejón sin salida; como un fuego descontrolado que te rodea sin dejar escapatoria. No se puede decir, de ninguna de las maneras, que el joven no le pusiera empeño a su Transición a la Vida Adulta: espionaje, trapicheo, conspiración… Todo un expediente ejemplar para buscar una salida, un salvavidas en mitad del océano. «Putos ricos de mierda —rezó para sus adentros—. Creen que lo pueden todo, pero no». PR sintió como el desamparo se apoderaba de la situación. Celoso por la relación que Carolina había entablado con Gustav y con Margaret, se sentía traicionado. Para colmo, el sistema estaba a punto de caer y todos sus esfuerzos se irían al garete. En medio del callejón, PR murmuró entre dientes, con la mandíbula apretada:

—¡Que le den por culo a Carolina y a todo su elenco de pijos ricos! Mimi, si el mundo se va a la mierda, nos largamos al Pegaso.

PR
Despedidas

Habían pasado siete días desde la última carta de Carolina y el huérfano se había dejado llevar por la corriente. Uno de los chicos del parque le había conseguido meter como camello, y PR había logrado alquilar una habitación de mala muerte gracias al dinero que ganaba trapicheando.

A la mañana siguiente, PR se levantó de buen humor. El día parecía tener una luminosidad especial. El huérfano dobló la esquina de Po con Culebra 4821, vislumbrando el Pegaso a lo lejos. Por fin, Tareq había salido del Centro de Transición, y PR había pensado en invitarlo a su habitación: «Viviremos juntos hasta que todo acabe. Él te ayudará a superar lo de Carolina», se había dicho esa misma mañana, ilusionado.

En mitad de la calle camino a su destino, PR le dio al *play* para que sonara a todo volumen por su cristal el malo de Prok: *Labios de güero*. La voz oscura del rapero combinaba a la perfección con el día grisáceo que hacía y la canción parecía haber sido compuesta para resaltar el sentimiento de añoranza que lo embargaba. El parque inmóvil le dio la bienvenida ante sus ojos vidriosos por la emoción allí estaban los suyos, su familia. Chocó puños con la gente nueva, desconocida, y repartió besos y abrazos con gran entusiasmo entre los más allegados. Todavía no había rastro de Tareq. La pandilla estaba sentada en un banco enfrente del grafiti «El parque resiste». No pudo evitar pensar en cuánto tiempo tardaría el sistema en acabar con aquel lugar alternativo, en cuál sería el precio que habría que pagar para que el parque no cayera. Finalmente, se dejó llevar. Hacía días que no rapeaba y se sentía oxidado por haber cambiado los versos por las esquinas del menudeo. El *beat box* sonaba con fuerza cuando apareció Sandra llorando. Todos se quedaron congelados, mirándola. Ella avanzó hacia PR. Al verlo, lo único que pudo articular fue su nombre, antes de abrazar al huérfano con todas sus fuerzas. El estómago del joven se cerró en el acto, intuyendo lo peor.

—¿Qué ha pasado? ¿Y Tareq?

Sandra bajó la mirada.

—¡Lo han matado! ¡Esos hijos de puta lo han matado!

PR se quedó inmóvil, sin saber reaccionar, mientras el resto de la gente le preguntaba a Sandra por los detalles.

—¿Quién?

—¡Las capas negras le han pegado un tiro! Al salir del Centro le estaban esperando para llevárselo a la Torre de

Marfil. Al parecer no le habían dado la libertad, sino que le trasladaban. Ha echado a correr y ellos ni se lo han pensado.

El mundo de PR se derrumbó por completo. Los cimientos se tambalearon, haciéndole caer al suelo. Tumbado en el asfalto, una lágrima densa le rodó por la mejilla hasta impactar contra la piedra. El golpe fue violento, como si la impotencia le estuviera haciendo llorar mármol en vez de agua. Sandra lo ayudó a incorporarse. Mientras lo abrazaba, entre lágrimas, la muchacha pudo escuchar como el corazón de PR se fragmentaba en mil pedazos.

Tareq había cambiado su mundo al introducirlo en el Pegaso y velar por él. Lo apadrinó y le enseñó a defenderse de una forma distinta. «Otro más», pensó con lágrimas en los ojos. El sentimiento de culpabilidad lo envolvió. «¿Cómo es posible que no te hayas puesto en contacto con él estos días? ¿Cómo has sido tan imbécil?». No había tenido la suerte de poder intimar con muchas personas a lo largo de su vida, y aquello no era un buen pronóstico. «Y ahora ¿qué?», volvió a preguntarse. Un destello de lucidez le embargó:

—Hoy pago yo. Solo os pido una cosa: que bebáis conmigo a la salud de Tareq. Esto va por ti, amigo.

Desde que PR pronunció el pequeño alegato todos los presentes se desataron. La realidad es que casi tuvieron que orquestar un par de funerales más de todo lo que ingirieron; parecían buzos con bombonas de ron cola, cayendo hacia lo más profundo del océano de la melancolía.

El tiempo transcurrió entre risas, llantos y recuerdos. Eran las cuatro de la madrugada cuando Sandra invitó a PR a su casa sin grandes aspavientos: «Vente a dormir esta noche». Lo hicieron sin parar durante dos horas, de una forma primaria y catártica, como si trataran de comprobar que estaban vivos. Al acabar, Sandra le preguntó:

—¿Dónde estás, PR?

A él le llevó veinte segundos de reloj volver en sí, regresar al presente.

—¿PR?

Fiel a sus costumbres de mudo introvertido, apenas pudo decir:

—Ya sabes.

—No, no lo sé.

—Estoy aquí.

Sandra respiró profundamente, tratando de coger fuerzas.

—No, no lo estás. Estás muy lejos, en otra dimensión.

—Se acaba de morir mi mejor amigo.

Sandra meditó su contestación.

—Lo de Tareq ha sido la gota que ha colmado el

vaso, no la raíz de tus problemas. ¿Me vas a explicar qué ocurre?

Silencio.

—PR, necesito saber qué pasa por tu cabeza para poder ayudarte.

El cómplice silencio volvió a inundar la habitación.

—¿Tengo algo que ver?

Sandra se incorporó, incómoda y enfadada por el silencio de su compañero. A pesar de ello, intentó ser comprensiva y no perder los papeles.

—Sé que ha sido un palo gordo para ti, pero lo vamos a superar juntos.

PR no paraba de rascarse el cuero cabelludo. Era incapaz de mirar a Sandra a los ojos.

—Lo siento mucho, yo…

—Dime, cariño.

—Tengo que huir de aquí o me voy a volver loco.

Sandra lo miró con tristeza. No se esperaba aquellas palabras.

—¿A qué te refieres?

PR volvió a guardar silencio, pero esta vez miró la puerta como señal, dando a entender lo que quería decir. Se marchaba.

—Pero, no puedes irte. Yo… yo… te quiero.

PR volvió a guardar silencio. Era la primera vez en su vida que le decían algo así. Y no sintió nada. Ya no se podía creer nada.

—¿Te quedarás?

El huérfano seguía callado.

—¡Contéstame, joder! —gritó ella, furiosa, dejándose por fin llevar por sus sentimientos.

—No. Aquí no hay futuro.

Sandra se levantó de la cama, alejándose de él.

—¡Eres un puto cobarde!

Acto seguido, se sentó en la silla del escritorio, apartando la mirada de PR. Transcurrieron unos eternos minutos en los que el chico fue incapaz de moverse ni un centímetro. Él solo miraba hacia la puerta, hacia la salida de emergencia que pensaba tomar rumbo a ninguna parte. Sandra, cansada, intentaba contener el llanto, fruto de la rabia y la impotencia. Finalmente, apagó la luz y se echó a dormir, dándole la espalda a su compañero. PR continuó inmóvil, sin quitar ojo a la puerta. Y de nuevo la pregunta: «Y ahora ¿qué?».

El despertador sonó temprano, borrando sus malos pensamientos y penetrando en sus tímpanos como una bazuca. Eran las siete de la mañana y ninguno había pegado ojo en toda la noche.

—Me voy al trabajo. A las doce vuelve mi madre: tienes que estar fuera para esa hora. Cambia las sábanas y ventila la habitación.

—Hecho.

—PR, si te largas, mejor no te molestes en regresar. Para entonces habrán muerto unos cuantos amigos más, y tu recuerdo con ellos.

La puerta se cerró y el beso de despedida que PR ansiaba no llegó. Acto seguido, cogió las sábanas y empezó a ordenarlo todo, hasta que el aburrimiento le obligó a mirar por la ventana. Últimamente la vida no parecía tener sentido alguno. Se sirvió un café y encendió el cristal fino para dejar la mente en blanco. El resumen de la lista de ascensos de distrito en el canal cinco. «La poca emoción que podía tener esta basura la ha perdido al saber que es una patraña y que todo acabará pronto». Las noticias en el canal siete. Se puso a hacer la cama con el volumen alto para escuchar. «Nada interesante». Cogió la taza de café humeante y se puso a mirar de nuevo por la ventana hasta que una noticia llamó su atención.

«Información de última hora: rapto en casa de los Wagner a medianoche».

El recipiente se le cayó.

—Carolina…

Parte 2

La nueva era

PR
En la Guarida de la Bestia

Lo primero que PR hizo tras enterarse del rapto de Carolina fue enviar a Mimi al perímetro de la mansión Wagner para descargar las últimas escuchas. A pesar de la cantidad de agentes que había, esta consiguió entrar y actualizar el sistema sin ser detectada. Paralelamente, PR aprovechó el acceso que tenía a la base de datos del general Bilbatúa (cortesía de Antoni en el pasado) para leer el informe que había emitido hacía apenas unas horas: «No hay lugar a dudas de que ha sido una acción coordinada por el movimiento rebelde. Carolina Wagner, hija del empresario Erik Wagner, y Gustav Anderson, nieto de la canciller del Origen, han sido raptados por una rebelde llamada Luscilda. Además, alguien cercano a Wagner ha filtrado la noticia a la prensa sin que pudiera silenciar el escándalo».

Acto seguido, PR inició el plan que había previsto en caso de que el Movimiento Río de Lava consiguiera rescatar a Carolina. Abandonó el piso de Sandra y regresó a su propio apartamento. Tras recoger lo imprescindible y borrar todo los ciberrastros, se alojó en un hostal de mala muerte con una identidad falsa. Se cambió de ropa, activó su desfigurador de cara fabricado por él mismo a lo largo de los últimos años, cogió la memoria externa, donde guardaba la información confidencial que todavía no había entregado a los rebeldes, y se puso en marcha. El lugar pactado para la recogida de Carolina Wagner era una discoteca llamada El Dragón Rojo. En la entrada, las luces de neón le incomodaron. Cuando llegó su turno en la cola, entregó al portero un código. Este lo escaneó y le indicó un camino alternativo al que seguía la inmensa mayoría de los asistentes. Descendió unas escaleras hasta llegar a una recepción donde se encontraba otro hombre custodiando una nueva entrada.

—Bienvenido, PR. Toma lo que quieras mientras haces tiempo. Te avisarán cuando la cúpula esté lista para recibirte en el reservado cincuenta y nueve.

PR entró y analizó el espacio, un sótano inmenso de unos mil metros cuadrados atestado de gente que bailaba entre sí. No le costó ver los símbolos que portaban los asistentes, I y II, como complementos en la ropa.

—¿Qué quieres tomar? —le preguntó la camarera.

—Nada, gracias.

Ella arqueó las cejas, sorprendida, antes de decir:

—Si cambias de opinión, aquí estoy.

Transcurrió media hora hasta que PR, harto de deambular por el local, se acercó de nuevo a la camarera.

—Perdona, pero llevo treinta minutos esperando y aquí no aparece nadie. Me han dicho que vendrían a buscarme del reservado cincuenta y nueve. ¿Con quién puedo hablar?

Ella se rio.

—Tranquilo, si vas al cincuenta y nueve vendrán a por ti, seguro. ¿Quieres algo mientras esperas? Suelen tardar.

PR dudó si aceptar la invitación, pero la naturalidad que mostró la camarera le animó a pedirse una cerveza. Justo cuando apuraba el último trago, un hombre vino a por él: «Acompáñame».

> «PR el torturado, el caparazón de hierro, el montañero que escala con un piano de cola cargado a su espalda y se cae antes de alcanzar la cumbre. Dinos: ¿qué sabes de la desaparición de Carolina? ¿A quién más le diste información? ¿Quién conoce nuestro trato? Dale la pastilla de la lengua suelta y un par de hostias. PR, ¿dónde está el resto del diario que te entregó Carolina? ¿Solo tienes esto? ¿Dónde está el Cementerio de Tinta completo que nos prometiste? ¡Mientes! Lo volveré a repetir una vez más: ¿dónde está Carolina Wagner? ¿Quién nos

ha traicionado? Dale más fuerte. Jefe, llevamos así una hora y ya no canta. No sabe más. Tienes razón. Échalo del reservado».

Cuando PR salió, las luces de la discoteca le atacaron como disparos de claridad en plena oscuridad. Sus pupilas estaban tan dilatadas que parecía un gato montés bañado en ácido al que le han dado una buena somanta de palos. Se movía con dificultad entre la gente que bailaba. Atrapado en un laberinto de cuerpos sudorosos, apareció en la barra de la discoteca al intentar encontrar la salida sin éxito. La camarera lo vio y le puso un chupito por delante: «Tienes mala cara. Bebe». Él introdujo el líquido en su garganta sin pestañear.

El movimiento rebelde le había dado una buena paliza y, para colmo, no sabían nada de Carolina. PR se sintió descompuesto. Les había contado todo lo que sabía: como la chica le había sacado la información a Gustav, como él había estado espiando a los Wagner y al general Bilbatúa por orden de Antoni y de Chamorro, como el mafioso le había pagado con piezas para que mejorase a Mimi, como Chamorro y Tareq habían desaparecido… Cuando le preguntaron por qué había hecho todo aquello, las palabras salieron sin control: «Lo único que quería era mejorar a Mimi y ayudar a Carolina porque la… la quiero… La quiero de verdad». Las pastillas de la lengua suelta le obligaron a vomitarlo todo, sin control.

Eran las tres de la madrugada y PR se sentía derrotado: «Carolina, ¿qué te han hecho? ¿Por qué te abandoné a tu suerte?». Las piezas del puzle no encajaban; el castillo de naipes se desmoronaba sobre él. Haber confesado sus secretos más crudos a unos desconocidos y no haberlos compartido con Sandra la noche anterior le destrozó todavía más. De nuevo esa pregunta: «Y ahora ¿qué?». El muchacho escuchó cómo la rabia llamaba a la puerta, trayendo consigo a sus amigas desesperación e impotencia, que parecían querer unirse a la fiesta. La única solución que encontró para mitigar las náuseas fue entregarse al juego del olvido y la velocidad. Preguntó a la camarera por un camello. Ella no tardó ni un segundo en señalarle al hombre que estaba apoyado al final de la barra. A los veinte minutos su sensación de desasosiego empezaba a mitigarse.

Pensamientos a un lado, sentimientos, razón y… ¡Eureka! PR transformado en un haz de luz tan puro que se podía atravesar con la mano. La batería lo traspasaba y él se pegaba al bafle todo lo que podía para sentir las frecuencias graves en el pecho. «Muévete, fluctúa. Puro sonido y ondas que acarician el cuerpo. Pompas en el aireeeeee». Sonaba

Prodigy a todo volumen con su *Smack my bitch up* y PR no podía parar de mover la cabeza de un lado para otro.

El viaje se interrumpió de sopetón cuando el tipo del garito lo agarró con fuerza por el brazo: «¡Eh tú, *pasao*! ¡Fuera de aquí! Me estás espantando a la clientela». A los minutos, PR estaba volando por los aires, como si fuese un escupitajo lanzado desde lo alto de un puente. Su alucinación fue interrumpida al aterrizar sobre unas bolsas de basura que pararon el golpetazo. El gorila quería que la humillación fuese pública, por lo que invirtió unos segundos de su valioso tiempo en patearle, mientras la gente que hacía cola observaba la escena. El objetivo era demostrar quién tenía el poder en aquella reunión eclesiástica de pastilleros comidos y amedrentar a posibles futuros alborotadores que se saliesen del concordato de la cocaína y la gomina.

—¡Cabrones! ¡Chulos, venid aquí! —dijo PR.

Los robots y el jefe de seguridad lo ignoraron.

Todo le daba vueltas. El muchacho miró sus manos y las vio distorsionadas por el ácido. La noción del espacio-tiempo estaba cambiando en su interior, estirándose como una cinta elástica que parecía no tener final. Lo que antes era pasado se convirtió en presente de la noche a la mañana y toda la narración de su existencia cambió en aquel instante, quedando prisionero del tiempo verbal del ahora.

***

Afortunadamente no le duele nada, aunque va tan drogado que lo mismo se podría haber roto la crisma y no haberse percatado. Aparece la guardiana, «¿o es un demonio?». Es una mujer que le tiende la mano y le ayuda a incorporarse. Le habla, gesticula, se dirige a él; lo acaricia… y PR lo único que hace es sonreír: «Eres un haz de luz en estado puro, tía». La guardiana tiene un símbolo en la chupa de cuero que llama su atención: «Es el mismo que sale en la portada del libro que me dio Chamorro, el mismo que encontré en el Centro de Transición, el mismo que llevaba Sandra tatuado en la cadera…». Ella lo coge con fuerza y lo ayuda a incorporarse. Le resulta familiar, pero va tan colocado que no logra identificarla, no sabe si la conoce o no. Van de lado a lado, con grandes jaleos y risas. La gente los mira con descarada envidia por actuar libres, sin límites.

PR solo consigue percibir a su alrededor seres que parecen árboles, que se mueven sin orden ni concierto. Empiezan los sudores fríos y la sensación le desagrada. Han llegado a una puerta roja donde hay otro árbol que dice algo que no entiende. Se abre la puerta y entran a un pasillo largo con luces rojas y una moqueta extraña que parece césped. Bajan por unas escaleras angostas que llegan a un nuevo habitáculo, donde hay un roble que parece requerir que entreguen algo para poder pasar. La música es increíble; suena de lejos. PR aprovecha que el roble se da la vuelta y pasa de largo, provocando las risas de los otros árboles que esperan la cola. Él no entiende nada, pero prosigue su camino entre carcajadas; parece que todo va bien: se ha colado en el tugurio.

Entra en el nuevo cuarto, el cual está atestado de hayas, encinas, chopos…, que gesticulan y se mueven. El DJ con forma de aliaga es el amo de la fiesta y mantiene la temperatura elevada, pero PR se ha destemplado y los sudores fríos parecen dominarle. La guardiana aparece por su espalda para llevarle a la barra: se ha convertido en la salvadora de su noche. Le dan algo y se lo bebe sin preguntar qué es, o quizás sí que lo hace y su compañera no lo comprende; no está seguro del todo. PR sigue a la chica hasta el centro de la pista, donde fluctúa con las plantas y vegetales diversos que hay en el antro. Bailan, hacen sonidos y se mueven como rayos de luz que vuelan por el aire. Son pompas de jabón que se juntan, mezclan o explotan. Siente cómo su boca se funde con la de su compañera y los pantanos se desbordan a punto de estallar, creando una sensación de ensueño. Es una carrera de lenguas, de mariposas que revolotean en la oscuridad de la noche; ambos son llama viva en la hoguera. La música es el foco, el catalizador, el potenciador de brillo que expande y llena el oscuro sótano de un destello cegador. El cuerpo de la guardiana es blandito y PR siente cómo sus manos se hunden en la tierra mojada por la lluvia del otoño de su cuerpo. Él es la raíz que crece y brota fuerte sobre la tierra: «Somos como mil primaveras», le susurra al oído. La guardiana le corresponde lamiéndole la oreja, lo que le hace sonreír.

Siguiente canción. No sabe cuándo se ha quedado solo, pero allí está plantado en mitad de la pista, como si le hubiesen puesto zapatos de cemento en los pies. Un árbol se acerca y lo toca. Decide no interactuar: seguro que no es trigo limpio, por lo menos no como su guardiana. Está cansado y el sudor frío reaparece. Abre los ojos y empieza a distinguir las formas. Los árboles se han transformados en seres oscuros. Las figuras son alargadas y sombrías, con dientes afilados. Se asusta. Mira a su alrededor y ve otra puerta. Cuando se está dirigiendo hacia ella, la guardiana lo apresa a medio camino: «¿A dónde vas?». PR se sorprende: «¡Pero si hablas mi idioma!». Ella parece observarle con preocupación: es el único destello incandescente entre aquel mar de brumas. «Ahora vengo», consigue vocalizar penosamente.

Entra al baño, abre la puerta del inodoro individual y vomita por todos sitios. Sale y se da bien de agua en la cara.

El sonido le golpea los tímpanos y le cuesta abrir los ojos. Alza la vista y encuentra el espejo; ese maldito trozo de cristal. Se asusta mucho, mucho. Detrás de él está Carolina Wagner con el rostro teñido de sangre: «¡Tú eres el culpable de lo que ha pasado! ¡Tú y nadie más!». Se aproxima a él. PR rebusca en el bolsillo de su pantalón y saca una pastilla de color amarillo que tiene una sonrisa grabada. Se la mete de golpe en la boca y cierra los ojos con todas sus fuerzas. Se queda así cinco minutos temblando hasta que la guardiana aparece y le obliga a abrirlos; su salvación de nuevo.

Las dos gigantescas perlas de PR observan con cariño a su compañera. La claridad que desprende la mujer casi lo deja ciego: «Diez mil primaveras», murmura alucinando. Ella lo agarra y lo saca del garito. El joven mira al suelo. No se atreve a alzar la vista hasta que están en la calle y se sientan en el suelo, no vaya a ser que vuelva a encontrarse con Carolina en el camino, con su sed de venganza. La guardiana le habla, pero él no entiende nada. Los adoquines del callejón del Gato Persa le llaman la atención y los empieza a acariciar. La guardiana se levanta y se va. «Se marchó el otoño para dar paso al invierno», delira PR. El callejón está atestado de gente. PR intenta levantarse, pero no puede; algún ser oscuro le ha robado la energía y le ha dejado postrado a su suerte. Cierra los ojos hasta que su salvadora le hace abrirlos: «Cerveza». Eso sí que lo entiende. Agarra la lata con la mano y con la otra acepta la ayuda de su compañera para incorporarse. Se la toma casi de un trago y ella le da otra, sin importarle su impaciencia. PR se mete la mano en el bolsillo y encuentra otra carita feliz que introduce en su boca. Acto seguido, se la pasa a su acompañante con la lengua llena de pantanos y humedales.

«¡Taxi!». Se sientan en la parte trasera del zumbador. La música que suena de fondo le resulta familiar, pero no sabría decir a ciencia cierta si son bbno$ & Rich Brian cantando *edamame*, reventando los bafles. Está demasiado arriba para que le importen esos detalles insignificantes. Por primera vez, solo busca el centro del laberinto, donde quizás pueda encontrar una respuesta a todo este sinsentido. El pensamiento se interrumpe al sentir cómo una mano le agarra el pene. El ser superior le toca con firmeza, mientras le susurra alguna palabra subida de tono al oído. Él bebe otro trago y saca la última pastilla. Ella la coge y le dice: «¡No!». PR sonríe. Han llegado y la droga se ha quedado en el taxi a modo de propina para el robot conductor.

PR no sabe dónde está ni qué hora es. Otra cerveza: la última. La guardiana no habla, no dice nada y a él todo le supera. Llegan hasta una puerta donde hay una identificación de rostro. Ella muestra su cara y la puerta se abre. Entran en un pequeño *hall* donde en su interior hay otra puerta y un hombre armado custodiándola. En la parte central del metal está el símbolo completo del movimiento rebelde. Les dejan pasar a un tugurio sin luz ni destellos. Bajan por unas escaleras a otro sótano, donde la música es tranquila; suena *Midnight in Harlem*, de Derek Trucks. Otra puerta: esta es negra y de cuero. No consigue ver el rostro del portero, que le da un beso a la guardiana antes de dejarles pasar. Simplemente entra y la memoria y el decoro se apagan al mismo tiempo.

Todo se desvanece entre humo y sofás anchos que parecen guardar la forma del cuerpo. Las sombras que el fuego proyecta en la cuchara son hipnóticas, al igual que el burbujeante líquido marrón que hierve al ritmo de la música. Fuma con su compañera: es la primera vez que prueba la sustancia negra. Se le paralizan todos los músculos. Al instante, una sensación de plenitud le recorre el cuerpo. Siente como si le hubiesen disparado con un cañón de rayos y la corriente fluyese libremente por su cuerpo, desde los dedos de los pies hasta la cabeza. Mira a su guardiana, a quien la sustancia ha puesto más mimosa de lo habitual. Le hace recostarse encima de su pecho, para acto seguido hacerle una caricia gatuna en torno al cuello, como si fuese a romperse en burbujas de amor y algodones. La sustancia es una nube vaporosa que embriaga a PR. La chica sabe cómo potenciar el efecto de la droga, tiene experiencia en la materia.

Lo ayuda a incorporarse y, con dificultades, se mueven juntos, traspasando unas cortinas de tela que soban sus caras con suavidad. En aquel instante, se ríen y se aman de una forma incuantificable al mismo tiempo. La guardiana se detiene para mirarlo a los ojos. PR los ve bellos y gigantes, como planetas que flotan en mitad de la nada. Las lenguas se juntan y los pantanos se desatan nuevamente. Siguen caminando entre telas hasta llegar a una habitación. Ella enciende una vela para alumbrar el estrecho habitáculo. PR cae en la cama y se pregunta de dónde habrá sacado un artilugio tan anticuado. Todo le da vueltas. No puede parar de reír, montado en la noria de la felicidad. Ella se desnuda. Está flaca pero es hermosa. Por un segundo, le recuerda a alguien: «¿Quién eres?». Ella responde: «Soy tu guardiana», «¿Sandra?», contesta PR. «Sí, cariño, soy yo». Ella se tumba sobre él y siente el pantano en su pantalón. Todo se desborda, todo se llena de líquido. Los susurros y los colores se mezclan con los gemidos rítmicos que van y vienen, erizando el bello de sus nucas. Ella dice entre gemidos inconscientes: «Eres la mejor y la peor misión que he tenido nunca». La música suena de fondo, con una cantidad de matices que nunca antes había logrado percibir. La muerte en vida abraza a PR, dejándole viajar hasta el sumun del placer. La sustancia negra lo tapa con la manta del sueño, apagando la vela del largo día.

Me encanta jugar con fuego y quemarme. Es lo que hago cuando no estoy bien: gasolina y a prender. Ya sabes, la reverencia no está contemplada y me gusta llevar el cuerpo al límite.

Los ojos insomnes, la cara dolorida por las risas y los músculos entumecidos por la falta de sueño. Infalibles somos hasta que la cuerda se rompe y la hostia es tremenda: duele, sangramos. Malheridos nos lamentamos por lo hecho, prometiéndonos inútilmente cambiar quienes somos.

Mi voluntad se quiebra cuando vuelvo a caer en el mismo lodo. Ese fango pegajoso que atrapa, pero que a su vez te da cobijo en su seno y sienta bien, porque te deja fuera de la rutina, de la muerte de la improvisación. Poco a poco, te untas la sustancia en las patitas y en unos segundos eres especial; y es que la manicura del drama mola demasiado.

Lo chungo surge cuando quieres masajearte la espalda y no llegas, o cuando te ahogas con los manguitos puestos en la ciénaga. Miras a tu alrededor y, sin darte cuenta, ya no hay colegas que puedan salvarte. Y tú te preguntas: «¿Dónde están mis amigos?». Lo triste es que no eres capaz de entender que muchos se marcharon hace tiempo y que otros tantos se hundieron en lo más profundo del cenagal y ahora son muñecos de barro, espectros en la noche, la sombra de un recuerdo. Por primera vez, te observas desde fuera y ves en qué te has convertido: un viejo pasado de vueltas, jugando el último cartón de su vida sin tener bolígrafo para apuntar.

¿Quién es lo suficientemente listo para no desfallecer? ¿Quién es lo suficientemente inconsciente para apostar en la ruleta rusa de la vida?

Definitivamente, somos los imbéciles que habitamos este mundo de tinieblas los que hacemos que la ciénaga no se extinga jamás. Por lo menos, no hasta que todo se vaya verdaderamente al garete y no te quede consciencia para distinguir si eres un humano libre o un traje polvoriento guardado en un armario. ¿Seremos todo barro o todavía quedará algo de aire puro en nuestro interior, Sandra?

Gracias por ser y rescatarme una vez más. Hoy me siento más luz que oscuridad. Si alguna vez quieres darme brillo, búscame.

PR
Una cita pésima

Después de abandonar a Sandra, su guardiana, en aquel tugurio, PR volvió al motel donde se alojaba. Cuando estaba a dos manzanas, Mimi apareció volando para avisarle de que las capas negras estaban en su antiguo apartamento.

—¿Estás completamente segura de que no te localizaron cuando volaste por última vez a casa de los Wagner? Vale, vale, te creo. Así que el general Bilbatúa ha sido quien ha dirigido el operativo... Quizás haya descubierto nuestras escuchas o ¿habrá sido el Movimiento quien ha delatado nuestra ubicación tras interrogarnos?

Una vez en la habitación del motel, Mimi y él se pusieron manos a la obra. Tras la noche de debacle autodestructiva que había pasado, PR había tomado la firme decisión de actuar. «Tenemos que encontrar a Carolina y hacernos con el Cementerio de Tinta si queremos salvarnos y rescatarla».

Lo primero que hizo PR fue comprobar si el general Bilbatúa había descubierto el acceso directo que tenían a su información tanto en la nube como en su casa. Para su sorpresa, todo parecía intacto, como si no supiera nada. Comenzó a investigar en profundidad las motivaciones de

Bilbatúa, tratando de encontrar la solución al callejón sin salida en el que se encontraba: el Núcleo 48, Connor Brown, la canciller del Origen, Erik Wagner… aparecían en la historia como trazos de líneas inconexas en un lienzo inacabado. Tras peinar media ciudad siguiendo los pasos que el general había recorrido, PR tuvo que preguntarse: «Pero ¿quién es realmente Bilbatúa? ¿Qué le mueve a comportarse así? ¿Por qué las escuchas a Wagner? ¿Por qué da tantos rodeos en su investigación sobre el Núcleo 48? ¿Por qué ignora la desaparición de Carolina y el nieto de la canciller y viene a por mí? Si no ha descubierto las escuchas en su casa, ¿qué vínculo guarda con el Movimiento? Ellos y Carolina eran los únicos que sabían dónde me alojaba».

Era difícil armarse una idea fija del general. Tenía una hoja de servicios intachable con una efectividad en su trabajo del noventa y cinco por ciento, pero por motivos desconocidos el caso del Núcleo 48 se le había atragantado. Lo único que PR consiguió deducir de todo aquel embrollo era que la forma de proceder de Bilbatúa era irregular. Su investigación estaba cargada de acciones evasivas que, más que profundizar en los hechos, se limitaban a trazar hipótesis vaporosas y a sembrar el caos. «Debo encontrar el elemento que aglutine todas sus acciones», pensó con acierto.

Pasaron unas cinco horas sin que hallase nada nuevo. PR se encontraba limpiándole los circuitos a Mimi cuando su fiel compañera le dio unos toquecitos mimosos a modo de agradecimiento. El huérfano lanzó un suspiro: «¿Qué haría yo sin ti, Mimi?». Un clic sonó en su cabeza. Bilbatúa, como PR, era un lobo solitario que no tenía con quien relacionarse. El N.º 51 era lo más parecido a un amigo que tenía y, en los vídeos y escuchas que PR había revisado, Bilbatúa lo agredía, lo humillaba o lo ignoraba, evidenciando que jamás sería su confidente. El cerebro del joven se puso a trabajar a toda prisa: «Todos necesitamos compartir nuestros pensamientos con alguien o plasmarlos en algo. Hasta el diablo necesita soltar lastre en el infierno. ¿Qué hago yo para evadirme, para aflojar peso?». «Mimi —se contestó a sí mismo con seguridad—. Bilbatúa también es humano, aunque a veces no lo parezca. Tiene que tener a alguien».

Tras repasar la rutina semanal del general, PR se percató de que el gigante paseaba a su mascota por lugares donde las cámaras o las escuchas eran prácticamente inexistentes o estaban desfasadas. «¿Qué chip llevará Henry?». Estaba claro que Bilbatúa tenía en alta estima al animal, porque el transmisor de última generación emitía datos veinticuatro horas al día a un satélite de la Cabeza, para saber la ubicación, la salud o el estado emocional del animal.

Este aparato llevaba un pequeño micrófono, que servía para reconocer los tipos de ladridos y la respiración que el cánido emitía. Más tarde, estos se cotejaban con el resto de datos para tener una evaluación fiable de su salud.

No fue fácil hackear el satélite de la Cabeza de la Ballena, revisar los cientos de horas de grabación, filtrar los sonidos y resaltar las frecuencias que favorecían la voz de Bilbatúa frente a los jadeos y ladridos de su mejor amigo, pero el resultado fue sorprendente. PR descubrió que, cuando el general estaba a solas con el animal en sitios donde no podía ser escuchado, se comunicaba con él en un idioma extraño. El siguiente paso fue descifrar el dialecto que Bilbatúa había inventado. A PR le llevó cuatro días más programar un decodificador que encontrase las correlaciones en las oraciones, para poder programar, *a posteriori*, una aplicación que le sirviera de traductor. No habría logrado todo eso en tiempo récord sin la ayuda de Mimi, que, gracias a su potente procesador, fue la encargada de recabar datos, filtrarlos y coordinarlos con los programas de traducción. Después de mucho esfuerzo, PR pudo recuperar parte de estas conversaciones:

> «El plan avanza. Erik, Connor y la Canciller empiezan a enemistarse. […] La farsa de la desaparición del Núcleo 48 sigue

su curso. Siguiente paso: eliminar los cordones sueltos. [...] La información de PR es sensacional: es un topo magistral. Seguiré recopilando datos para tener un arma poderosa en contra de Wagner. La inestabilidad todavía no es suficiente y si filtrase ahora la información la silenciarían. Necesito ir un paso más allá si quiero tomar el control. [...] El atentado en el Ministerio del Saber no ha salido según lo esperado. Wagner es demasiado inteligente y ha descubierto la verdad. El guardaespaldas ha sido neutralizado, lo que le ha dado *la vuelta a la patata*. Todavía no sabe si Connor robó el Núcleo 48 o si fui yo, pero está estrechando el cerco y no tardará en dar con la verdad. Ha paralizado los datos de los cristales para tensar más la situación. Debo ponerme en contacto con el Movimiento y ofrecerles un trato, antes de que sea demasiado tarde y Wagner vaya más allá...».

Al día siguiente, PR se levantó pronto, se pegó una ducha, abrió el armario y se vistió todo lo casual que pudo. Antes de salir, activó el desfigurador de rostro y se puso en marcha. Llevaba unas deportivas Asics rojas a juego con una camisa color burdeos y un vaquero negro de pitillo. Metió en su mochila la cartera, un libro, una memoria externa con toda la información sobre Bilbatúa y a Mimi, y emprendió la marcha.

Llegó a la esquina de Vallés con X36. «Un café largo con leche, por favor». El robot de servicio no tardó ni un segundo en prepararle el expreso con extra de magma volcánico que le abrasó la lengua. Eran las dos. Sandra debía de estar a punto de salir del trabajo para almorzar. La calle tenía un tránsito considerable. Las zumbadoras circulaban a gran velocidad, mientras los transeúntes caminaban con apremio, dirigiéndose a picar algo antes de volver a sus rutinas laborales. Allí estaba. Dejó el café a medias y se acercó a la chica por la espalda. Al tocarla, esta se sobresaltó.

—¿Quién eres?

—Soy yo, mi guardiana.

Como PR tenía el desfigurador de rostro puesto, a Sandra le costó unos segundos reubicarse. La sorpresa no pareció agradarla.

—Ayer volviste a desaparecer.

—Te dejé una nota —se excusó PR con cierto orgullo.

—En un rollo de papel higiénico, qué romántico… ¿Qué haces aquí?

PR sonrió de forma zalamera.

—Tengo que hablar contigo. ¿Te puedo invitar a comer?

Se sentaron en una mesa apartada del restaurante de Vernon, un lugar que solían frecuentar. Sandra miró de reojo a PR, quien vigilaba inquieto la entrada.

—¿Me vas a decir qué pasa de una puta vez?

—Necesito ayuda.

La cara de Sandra fue todo un poema.

—Interesante. Soy todo oídos.

PR ignoró el tenso tono.

—¿Has visto el noticiario?

—¿No tendrás algo que ver con…? —empezó ella a preguntar con sorpresa antes de ser interrumpida.

—¿Me creerías si te digo que Carolina Wagner está en peligro y que el Movimiento Río de Lava no está implicado en el asunto?

A Sandra le entraron ganas de vomitar. PR era una decepción constante. Al verlo no había podido evitar emocionarse, como siempre le pasaba. Cuando le había propuesto comer juntos, por un segundo, había pensado que quizás querría decirle que la quería, que lo había estado pensando, que se había equivocado al comportarse así. Pero no. Estaba harta de aquel hombre que solo pensaba en sí mismo.

—No pareces sorprendida.

—¡Ah, discúlpame! ¡Se me había olvidado que estoy hablando con el gran PR! Apareces de la nada y supones que debería estar deshaciéndome por tus historias, ¿no? ¡Eres un ególatra!

—¿Por qué te pones así?

—¿No lo entiendes? Primero desapareces sin dejar rastro. Por la noche te encuentro drogadísimo de fiesta. Después de pasar una noche increíble, desapareces, dejando una nota en un papel higiénico. ¡Joder, tío, pero qué cara dura tienes!

PR se quedó blanco como el mantel del restaurante.

—Yo, yo… yo no quiero hacerte daño.

—¡Cállate, imbécil! ¡Pues yo sí quiero que me lo hagas! ¡Que no te enteras! Quiero que me hagas… ¡Cosas! ¡Que sientas cosas! ¡Que te comuniques! ¡Mierda! ¡Pareces un robot sin sentimientos! Te lo guardas todo dentro de tu caparazón y, cuando crees que ya no hay esperanza, o te esfumas o te autodestruyes. ¡Eres un cobarde!

El restaurante entero los estaba mirando. PR no dijo nada y Sandra también guardó silencio. Vernon les puso dos botellines, sin mediar palabra. Sandra entendió que se estaba excediendo en el tono y, por respeto al dueño del local, intentó tranquilizarse. Si por ella hubiese sido, habría seguido cantándole las cuarenta a PR.

—Sandra, yo…

—Eres una mierda de persona, quiero que te quede bien clarito. A mí ya no me vas a utilizar más.

El volumen de Sandra se había rebajado, pero no la crudeza de sus palabras.

—No digas eso, por favor.

—Es la verdad. Soy una imbécil que sigue esperándote. Joder, ¡soy una idiota por quererte tanto y preocuparme por ti! ¡No te lo mereces!

PR guardó silencio mientras Sandra rompía a llorar. «Dios, otra vez no». Una vez más el solitario huérfano volvió a sentirse chiquitito, como un muñeco infantil a la deriva en el océano, al que el destino mueve a su antojo: caprichoso, indomable, violento. La desesperación comenzó a aparecer por el horizonte, pero la sinceridad se antepuso. PR cerró los ojos y dejó que las palabras salieran sin filtro, y esta vez sí lo logró.

—No sé lo que me pasa. Vivo desconectado, lo que me hace hundirme en el lodo. Soy un error del sistema operativo, un número cuatro rodeado de ceros y unos: sobro, estorbo; no tengo función. Toda la gente que me importa se desvanece, se convierte en arena del desierto, y yo me intento aferrar a ese oasis de vida que tenía. Vosotros habéis sido mi agua, mi pozo. Y ahora ¿qué? Ya no hay nada. Solo espejismos, solo dobles intersecciones sin dirección fija, sin metas que alcanzar.

Era la primera vez que Sandra escuchaba a PR hablar desde el corazón.

—No es fácil. No… no… quiero excusarme, solo quiero decir que la vida no es fácil.

Sandra notó cómo estaba apretando los dientes. Quería perdonarlo, pero se contuvo. No caería otra vez en la trampa.

—PR. —Sandra no sabía por dónde empezar—. Tú lo complicas todo demasiado. Hay veces que la vida es más sencilla que todo eso. Simplemente hay que entregarse a ella y dejar que las cosas sean. Tú le das demasiadas vueltas y al final caes en tu propia trampa.

—Quizás. Yo quiero ser libre. No quiero hacer daño a nadie, pero tampoco quiero conformarme con lo que me viene dado. ¿Entiendes? Por eso lo he arriesgado todo.

—¿Ves a lo que me refiero? No hay quien te pille.

—Quizás ese sea el problema.

La paciencia de Sandra estaba en las últimas.

—¡No! ¡Quizás es que eres un ingenuo! ¿Qué vas a hacer tú contra el sistema? ¡No puedes hacer nada!

—¡No es verdad! —Esta vez fue PR quien alzó la voz. En todo este tiempo, había mantenido la mirada apartada, avergonzado de sus ojos llorosos—. ¡Carolina ha demostrado que podemos rebelarnos! ¡Podemos cambiar nuestro destino!

El silencio volvió a reinar en la mesa. Sandra sintió cómo su cuerpo se tensaba. Empezaba a entrever qué quería PR.

—¿Carolina? ¿Qué pasa con ella?

PR se percató de que se había dejado llevar. No quería hacer daño a Sandra; no más del que ya le había hecho.

—Nada.

El corazón de Sandra se paró por unos segundos.

—Entonces, ¿a qué estamos jugando, PR? ¿Qué tienes con la pija esa?

Cuando formuló la pregunta, su semblante era triste y su voz temblorosa. Ambos guardaron silencio, porque sabían que poco podían hacer para salvar las raíces del árbol quemado; del árbol marchito por el rencor. Los ojos de Sandra estaban vidriosos y PR, como acostumbraba a hacer, volvió a su actitud aséptica. Finalmente, fue ella la que retomó la conversación al entender el cómplice silencio de su compañero.

—Joder, ya no somos críos para andar así. PR, tengo demasiadas cosas en las que pensar, así que ve directo al grano. Quiero irme a casa.

El tono de la petición caló hondo en el chico: parecía una súplica más que una exigencia. La última esperanza de Sandra se había desvanecido. Acto seguido, PR le relató todos los hechos sucedidos hasta entonces, sin dejarse ningún detalle. Por último, concluyó su exposición enseñándole a Sandra la memoria externa, donde guardaba la información que relacionaba a Bilbatúa con el robo del Núcleo 48. Le entregó todo el material a excepción de la última grabación, donde se escuchaba al general relatar sus siguientes líneas de acción. El rostro de Sandra reflejó tristeza y preocupación.

—Sandra, Bilbatúa se ha dedicado durante meses a sembrar el caos entre Connor, la canciller, Erik Wagner y el Movimiento Río de Lava. Creo que planea dar un golpe de Estado y está manipulando a todo el mundo para limpiar el camino.

—¿Por qué me cuentas esto?

—Necesito que me pongas en contacto con la cúpula del Movimiento. Diles que, si les interesa, tengo otra memoria externa con el resto de la historia. La única condición es que me den protección y me ayuden a dar con el paradero de Carolina.

A Sandra se le volvió a parar el corazón al ver que PR estaba dispuesto a arriesgar la vida por aquella Wagner. También le sorprendió descubrir que sabía su relación con el Movimiento. Los ojos de Sandra exigieron una explicación.

—El otro día, cuando nos acostamos, dijiste que yo era la mejor y la peor misión que te habían asignado nunca. La droga a veces nos juega malas pasadas. Además, llevaba el desfigurador de rostro… ¿Cómo me habrías distinguido si no te lo hubieran dicho?

Sandra tragó saliva, avergonzada.

—Tranquila, la primera vez que estuvimos juntos en el parque y vi el tatuaje de tu cadera ya sospeché. Al contactar con el Movimiento para liberar a Carolina comprobé si formabas parte de la organización. No fue difícil hackear su sistema. Apenas me llevó unos días colarme y leer el informe de la misión que te habían asignado. Debo felicitarte porque no me has quitado el ojo de encima…

Sandra estrujó el mantel, inquieta.

—Yo… yo… no sé qué decir.

—No hace falta que digas nada.

—PR, las cosas que te he dicho son reales.

—Cuesta creerlo. Después de todo lo que ha pasado, la realidad se ha distorsionado demasiado y ya no sé a qué aferrarme. Nada parece real.

Una lágrima rodó por la mejilla de Sandra.

—¿Sabes que algún día tu inteligencia te costará cara?

—¿Eso quiere decir que me ayudarás a ponerme en contacto con la cúpula?

—¿Para salvar a esa puta niña rica?

—Sí.

Sandra cogió el disco duro y se fue. El joven dio un trago a la cerveza y dejó caer la cabeza sobre su antebrazo para ahogar el llanto, tratando de ocultar la vergüenza que sentía. Al cabo de unos minutos, Vernon se acercó y le dijo:

—Escucha, hijo, como no salgas detrás de ella ahora mismo es que eres un auténtico mentecato. ¡Corre!

PR le hizo caso. Buscó a Sandra por las calles aledañas durante media hora, sin éxito. Rendido, se dejó caer en el suelo de un callejón. Era demasiado tarde: la oportunidad se había esfumado. El tren de la vida pasa una vez, dos a lo sumo, pero él parecía no aprender. Sacó de su bolsillo a Mimi y miró a su alrededor para cerciorarse de que estaba solo. Apático, programó la dosis. Mimi, a regañadientes, introdujo en su organismo la potente inyección con la sustancia negra que le quedaba de la noche anterior. Desvanecido, pudo ver cómo los pensamientos sobre Sandra y Carolina se esfumaban poco a poco.

No tuvo tiempo de disfrutar de sueños brumosos y delirantes fantasías. Para su desgracia, una mancha inmensa apareció de la nada. Mimi reaccionó y se puso en modo alerta, pero el desconocido le disparó una descarga, dejándola en el suelo, inmóvil. PR intentó reaccionar, pero la droga le había paralizado todo el cuerpo, que ahora parecía no pertenecerle. El monstruo se acercó a él desde arriba, desde el cielo; como un dios omnipotente que viene a castigarte por todos tus pecados. La visión brumosa le impidió ver quien era. Lo único que luego recordaría sería el golpe que le dejó inconsciente.

PR
Camino de la cruz

A las pocas horas, la cabeza de PR estaba cubierta por una áspera tela que lo envolvía todo de un negro oscuro, como si el cielo fuese un telón opaco. El eco del habitáculo en el que se encontraba amplificaba los cientos de pasos que, más que caminar, avanzaban entre tropiezos. Unos ciento cincuenta presos recorrían el angosto túnel que conducía hasta los juzgados de la Ballena Europea. Las cabezas cubiertas hacían que aquella peregrinación recordase a las antiguas procesiones andaluzas de Semana Santa con sus siniestros capirotes. PR se detuvo de improviso para intentar recuperar el aliento, con la mala suerte de que otro reo colisionó contra su espalda. Acto seguido, se concatenaron los choques, insultos y golpes que expandieron el caos por todo el túnel, obligando a las capas negras a intervenir. Un puñetazo en la boca del estómago y una patada directa en el trasero de PR sirvieron de advertencia para que retomase la marcha, doblado de dolor. Los guardias de tráfico sonrieron. La procesión de presos había retomado su cauce, avanzando por el túnel de la desesperación camino al infierno.

Tras cinco minutos que parecieron una eternidad, el avance se detuvo. Al concluir con la danza descompasada de pisadas, un sonido agudo sobresalió en medio de la angustiosa calma. Cada vez que aquel clic taladraba los oídos de las expectantes ánimas, la cola volvía a ponerse en marcha. Durante un minuto se sucedieron cinco movimientos más. Parecía una partida de ajedrez humana, donde los peones eran movilizados al frente: «Nos llevan al matadero», «Seguro que es una cámara de gas, como hacían los nazis con los judíos», se decían los unos a los otros, mientras el desquiciante sonido no dejaba de tañer, anunciando el supuesto final.

Llegó el turno de PR. Una mano lo empujó hacia el interior de lo que parecía una jaula. La falta de visión le hizo tropezar con un saliente y PR se precipitó encima de dos presos que lo ayudaron a incorporarse. «Gracias, gracias», dijo mientras intuía cómo sus compañeros temblaban tanto o más que él. En el interior de la máquina, el sonoro clic volvió a sonar con fuerza, mientras las puertas se cerraron. El silencio se quebró entre los gritos de los allí presentes que, sobresaltados por el movimiento del aparato, pensaron que el cielo se les venía encima. PR respiró aliviado al deducir que se encontraban en el interior de un montacargas.

Afortunadamente, el aparato se detuvo y abrió sus puertas. Al instante, el ambiente se renovó y un débil olor a sulfato los embriagó. PR cogió aire como un recién nacido que acaba de llegar al mundo. El propio movimiento de los otros presos le invitó a intentar salir, pero un capa negra le cortó el paso. El aparato cerró las puertas y volvió a ponerse en funcionamiento de nuevo. El ronroneo del montacargas pasó a ser un lamento todavía más perturbador: chas, chas, chas, sollozaba el aparato, mientras PR lidiaba con el temor de que el artilugio, que descendía a gran velocidad, se fuera a partir en mil pedazos. «¿A cuántos metros estaremos? Dios, ¿esto aguantará el calor del interior de la tierra?». Estaba encerrado entre cuatro paredes mientras el pánico tocaba el piano en sus costillas. Sonaba *Prelude in C Sharp Minor. Op. 3 No. 2*, de Rachmaninoff.

El aparato se detuvo. «¡Todos fuera! ¡Vamos, vamos!». Unos veinte presos avanzaron a trompicones, pisándose los unos a los otros, como si fuesen un ejército de cucarachas que huyen desorganizadas a punto de ser aplastadas. De sopetón, una mano lo agarró, sacándolo de la turbulenta corriente de agua sucia en la que se hallaba: «¡De rodillas, escoria!». PR obedeció en el acto, pero, de repente, escuchó cómo el capa negra que le acababa de ordenar postrarse se cuadraba y daba un zapatazo al suelo.

—¡Fuerza, mi general!

PR no tardó ni un segundo en reconocer la voz del recién llegado en cuanto la oyó: se trataba del general

Bilbatúa.

—¡Fuerza, agente! ¿Dónde están la canciller y el señor Wagner? —preguntó este al subordinado que custodiaba a PR.

—A media hora, señor.

—Muy bien. Informe de que estaré con el sospechoso en la sala catorce. Puede retirarse.

—Pero, mi general, mis órdenes…

—Puede retirarse. ¡Fuerza!

Dos zapatazos fuertes volvieron a castigar el suelo. PR imaginó las botas con punta de acero de Bilbatúa golpeando su cara. Casi pudo sentir el beso del cuero en el rostro cuando el general lo agarró por el brazo y, a rastras, lo condujo hacia una puerta aledaña. Después de cerrar el pomo, el tumulto de los otros reos despareció, como muere el croar de una rana ante la presencia de un extraño. El silencio de la fría pasarela de metal que se extendía ante ambos resultaba aún más perturbador que el bullicio que acababan de abandonar.

Los juzgados subterráneos en los que se encontraban se habían construido con forma de colmena durante la Gran Gran-Guerra. El edificio tenía un claro propósito militar, ya que la Célula Real, situada en el centro, había servido como refugio de antiguos militares y políticos. En la actualidad, se había reconvertido en la sala del Tribunal Supremo, donde la mismísima canciller del Origen juzgaba los casos más destacados de la Ballena. Alrededor de esta sala se extendían tres circunferencias más, con decenas de estancias destinadas a dependencias policiales, de prensa o administrativas. Toda el área oeste de la Colmena era zona restringida de investigación militar, que tenía conexión directa con la Torre de Marfil, situada en el monte Olimpo: en la Cabeza de la Ballena.

Por fin llegaron a la sala de interrogatorios. Esta no tenía nada de especial: una mesa, dos sillas, una falsa pared que daba a otra habitación donde se podía presenciar todo sin ser visto y cámaras con micrófonos incorporados. Bilbatúa sacó un inhibidor de frecuencia que anuló la grabación de cualquier dispositivo que pudiera haber en la sala, para acto seguido quitar la tela que tapaba el rostro de PR. A continuación, lo obligó a sentarse en la silla más cercana que tenía. Su pelo rizado estaba completamente enredado y sucio. La perilla que antaño le había dado un toque bohemio se había desdibujado, dando paso a una barba descuidada. Sus bonitos ojos no paraban de parpadear, tratando de definir mejor las formas del general. Al observarle, no pudo evitar pensar que era hombre muerto: el rostro de asesino desalmado que lo vigilaba no dejaba lugar a la esperanza.

—¿Sabes que estás en un buen lío? —le dijo Bilbatúa mientras se encendía un cigarrillo.

PR asintió, incapaz de articular palabra. Antes de continuar, el general espiró el humo sobre la cara de PR.

—No tenemos mucho tiempo, así que *no te andes por las copas*: ¿cómo has accedido a mi investigación?

PR guardó silencio. Sin aguardar ni un instante, el general le pegó un bofetón, más humillante que doloroso. Acto seguido, le agarró la cabeza con fuerza.

—Mira, imbécil, por mucho que te cueste creerlo, la única posibilidad que tienes de *salvar el pelo* es contestar a mis preguntas —le explicó, sin quitarse el cigarrillo de los labios—. En diez minutos llegará Wagner y será dueño de ti, salvo que yo interceda.

Acto seguido, Bilbatúa retiró el pitillo de sus labios y expulsó de nuevo el humo sobre PR.

—Te lo preguntaré por última vez: ¿cómo has conseguido hackear mi investigación?

PR buscó un resquicio de valor y, con la cabeza gacha, contestó:

—A través del chip de su mascota y gracias a las escuchas de su casa.

La inexpresiva mirada del general se cargó de tempestad.

—Además de tu estúpida amiga, ¿quién más sabe mi implicación en el robo del Núcleo 48? ¿Antoni? ¿Carolina?

PR, al pensar en Sandra, dirigió por primera vez la mirada al general, mientras le decía:

—No se te ocurra hacerle nada a Sandra o si no…

Otro bofetón le hizo guardar silencio, acabando con su breve valentía. La prolongada calada que Bilbatúa dio al cigarrillo dejó de manifiesto su hartazgo.

—¿Por qué me tocará lidiar con imbéciles en las peores situaciones? —se preguntó Bilbatúa en voz alta.

PR seguía empeñado en no colaborar. El general respiró hondo y decidió darle otra oportunidad antes de tomar medidas más drásticas.

—Te quedas sin tiempo. Wagner está al caer y me lo voy a pasar muy bien dejándote en sus manos.

Bilbatúa, apoyado sobre la mesa, apuraba el resquicio del pitillo. Como en un acto reflejo, PR abrió la boca, dejando que las palabras volaran sin control.

—¡¿Dónde está Mimi?!

—«¿Dónde está mi-mi-mi, dónde está mi-mi-mi»? —repitió burlonamente el general mientras se acercaba a PR para apagarle el filtro en la mano.

Mientras aullaba de dolor, PR mantuvo la mirada fija en la quemadura, sin ser capaz siquiera de cerrar los ojos. Bilbatúa agarró la cabeza del preso y, como un toro bravo a punto de envestir, le pegó con su propia frente. El cabezazo hizo que a PR se le saltasen las lágrimas.

—¡Contesta de una puta vez, gilipollas! ¿Quién más sabe lo del Núcleo?

—Sandra y el movimiento rebelde. Na... na... nadie más.

—Has estado a punto de mandarlo todo *a hacer puños* —exclamó mientras volvía a tomar distancia. Ahora su lenguaje muscular indicaba que estaba menos tenso—. Qué suerte hemos tenido, imbécil; *una flor en el pantalón*. Si Wagner te hubiese *echado las manoplas* antes que yo, los dos estaríamos muertos y todo habría sido en vano.

Los nervios de Bilbatúa estaban al borde del precipicio: la retahíla de frases hechas mal enunciadas así lo evidenció.

—He pensado mucho en qué debía hacer contigo: matarte ha sido mi primera opción, pero no, no. Sería una lástima desperdiciar a alguien con tus habilidades y talento para el espionaje. Dime, ¿te gustaría salir de esta?

—Cla... claro.

—Entonces solo te queda una escapatoria.

—¿Cuál?

—Te infiltrarás en la Torre de Marfil.

La noticia cayó como un yunque de hierro sobre un gatito. PR miró boquiabierto a Bilbatúa, esperando que continuase, pero el general tardó unos segundos en verbalizar sus verdaderas intenciones. Llevaba demasiado tiempo restringiendo las confesiones exclusivamente a su mascota y no le era sencillo compartir en alto sus pensamientos con cualquiera.

—Sabes que tengo el Núcleo 48 y también has descubierto que estoy intentando que la canciller, Wagner y Connor se destrocen entre ellos, pero lo que desconoces es por qué lo he hecho.

El hombre inaccesible al que PR había tratado de conocer a través de grabaciones se desnudaba ante él. El joven se quedó inmóvil, expectante.

—Soy miembro del Movimiento Río de Lava. —PR abrió mucho los ojos ante aquella revelación—. Llevo trabajando con ellos desde que empezó la Gran Gran-Guerra. Que hoy estés aquí es un error de cálculo, pero no te preocupes.

Bilbatúa se acercó a PR y, con ese mirar turbio que le caracterizaba, le confesó:

—Pienso acabar con este sistema podrido. Y tú me vas a ayudar.

PR, completamente desconcertado, no pudo si no balbucear:

—Pero San… San… Sandra…

—Tu amiga no tiene ni idea de lo que estamos tramando. ¡Casi tiráis años de trabajo *por la popa*! —le aclaró el general. Al ver que PR seguía en estado de *shock*, explotó, instándole a reaccionar—: ¡Deja de gimotear y escucha! Lo que te espera ahora no va a ser *un camino de amapolas*. ¡Vas a ser torturado hasta la locura! Es probable que te destrocen, que te cambien por dentro y por fuera. Incluso…

—¿Que muera?

—¡Ja! La muerte sería el menor de tus problemas allí arriba, créeme.

Una arcada apareció de improvisto. PR logró retener la náusea, tragando saliva como quien trata de poner diques al mar.

—Si logras mantener la cordura en la Torre de Marfil, todo será coser y cantar, *pan molido*. Tienes una misión que llevar a cabo allí arriba: contactarás con el infiltrado que tenemos dentro para que active el protocolo naranja. Una vez se inicie, deberás seguir sus órdenes.

—¿Qué infiltrado? ¿Cómo lo reconoceré?

—Contactará contigo. Vamos a liberar a todos los presos de la Torre de Marfil. El Movimiento Río de Lava te da la bienvenida a su organización, chaval.

Bilbatúa hizo una mueca que pretendía ser una sonrisa y le dio una palmada en el hombro, que más que un golpe de ánimo pareció una sacudida de terremoto. PR se quedó callado, meditativo. Algo no encajaba. La jauría de perros salvajes que deambulaban por su interior se alborotó todavía más cuando logró percatarse de un detalle. Si iba a morir pronto, lo haría con orgullo; no con miedo, no conformándose con cualquier patraña.

—Me… me estás mintiendo. —Apretó los puños y lo repitió con mayor seguridad—: Me estás mintiendo. No haré nada de lo que pides hasta que no conozca toda la verdad.

Bilbatúa movió el dedo gordo del pie mientras se acercaba a PR con mirada afilada, cortante como el filo de una navaja.

—¿Y qué te hace pensar que miento?

PR cogió aire. Sin pararse a meditar, soltó todo lo que pensaba, como si sus palabras se hubiesen convertido en dragones que abrasan castillos.

—Tú nunca has formado parte del Movimiento Río de Lava. Te… te he investigado a fondo y contactaste con ellos a través del comisario del Uno. Si lo hiciste fue porque Wagner te… te pisaba los talones, así que no eres ningún libertador. Quiero saber la verdad o probaré suerte con Wagner. A estas alturas no tengo nada que perder.

Bilbatúa emitió un extraño ruido, medio risa nerviosa, medio jadeo animal, que no invitaba a la calma.

—Si de verdad eres tan listo, ya deberías saber mis intenciones.

—Lo… lo primero que hiciste fue contratar a un grupo de sicarios para que robasen el Núcleo 48 para ti. Era un grupo de cinco personas. Todos trabajaban o tenían estrecha relación con tus objetivos. Ni la canciller ni Connor, ni siquiera Erik, sospecharon nada. Fue una jugada impecable. Todos estaban hartos: solo necesitaban un aliciente para darles la puñalada trapera a sus superiores. Y tú les pusiste la miel en los labios. Evidentemente, no sabían lo que iban a robar; si no, nadie en su sano juicio habría aceptado.

Bilbatúa escuchaba absorto a PR. La mosca cojonera parecía ser mejor investigador que sus propios subordinados.

—La operación fue un éxito y el caso cayó en tus manos, como habías dispuesto. Según tu investigación, o más bien habría que decir tu «premeditada inacción», el Movimiento Río de Lava había sido el culpable en un inicio.

Sin embargo, no tardaste en sembrar el caos y poner el foco en Wagner. Otra… otra jugada maestra del general. Filtrar la noticia a la prensa hizo que la información corriera como la pólvora, llevándonos al siguiente escenario. Ya habías generado el caos entre el tridente del mal y, para tu beneficio, el equipo de matones que contrataste había descubierto que lo que habían robado era ni más ni menos que el arma más potente del mundo.

PR parecía haber abierto una habitación desconocida en su interior. La puerta negra que le frenaba habitualmente había desparecido y solo quedaba una sala inmensa, donde podía hablar con soltura sin apenas trabarse, sin tener miedo.

—Es… es increíble. No me explico cómo lo tenías todo tan bien previsto. Mientras tú hacías el paripé como si investigases el robo del Núcleo 48 y alterabas pruebas, alguien asesinó a Alberto Ruiz, uno de los miembros de tu equipo. Eso te ofreció un sendero de migas que seguir sin que nadie sospechara…

PR detuvo durante un instante sus conjeturas, dejando vagar su mirada mientras pensaba. Entonces, cayó en la cuenta de una de las piezas del puzle. Levantó la cabeza para mirar directamente al general:

—O, mejor dicho, tú mismo creaste el caos: fuiste tú quien asesinó a Ruiz. Pero ¿cómo lo hiciste?

Bilbatúa le sostuvo la mirada con dureza, intrigado. PR ladeó la cabeza.

—A ver si lo adivino —prosiguió. Esta vez, el joven resolvió con rapidez la incógnita—: Compraste a los guardaespaldas de la canciller, que habían sido tus compañeros en el Ejército. Sabías que ambos eran ambiciosos y que aceptarían seguir tus órdenes si les ofrecías un buen trozo del pastel. El golpe de Estado que ibas a dar fue suficiente para convertirlos en aliados. Ellos habían formado el equipo y, por lo tanto, eran los únicos que sabían quién había robado realmente el Núcleo 48. El resto de ladronzuelos no tenían acceso directo a ti. El paso siguiente era que, poco a poco, los guardaespaldas eliminaran al resto del equipo; fue así cómo murió Ruiz. El N.º 51 descubrió a Rómulo, lo que te dio el pretexto para rematar la jugada: debías atentar contra la canciller para, acto seguido, hacerte con el poder. —PR sostuvo un instante el silencio antes de concluir—: Pero algo salió mal. Erik Wagner, que te seguía de cerca, mató a Rómulo antes de que él y Bruno pudiesen rematar su cometido.

PR guardó silencio y dejó que un cierto orgullo le embriagara.

—No está nada, pero que nada mal. No obstante, *has metido el brazo hasta el fondo* en un par de detalles.

Si PR hubiese sido consciente de cómo Bilbatúa lo observaba, un temor ingente se habría apoderado de él. Sin embargo, el joven se encontraba surcando mares desconocidos, cabalgando a lomos de la insensatez, la misma que le había permitido dejar de lado la timidez.

—Por un lado —retomó la palabra el general, dispuesto a desmontar parte de la teoría de PR—, mi intención no era matar a la canciller con el atentado, sino meterle el miedo en el cuerpo. Creí que, tras salvarla, todo sería más fácil, que confiaría plenamente en mí, pero me equivoqué.

Bilbatúa pareció alicaído por un segundo, como si hubiese tratado de analizar demasiadas veces cuál había sido el error.

—Quizás me pasé *apretándole los tornillos* con el tema de su empresa. Si te soy sincero, todavía no alcanzo a comprender cómo no ha culpabilizado del atentado a Wagner. Con él nunca actúa de forma racional y, aunque todas las evidencias la invitan *a poner el puntero en su cabeza*, no ha ido a por él con todo. Y ahora dime: ¿quién colocó las escuchas en mi casa?

PR se sorprendió. Durante un segundo, no supo qué contestar: temía que la verdad fuera un palo demasiado grande para el general.

—¿No sabe que fue el N.º 51 con ayuda de Mimi? —respondió finalmente, bajando el tono de voz.

Bilbatúa palideció.

—Connor quería saber a qué bando jugaba y comprobar su lealtad —le explicó PR.

El general no pudo disimular su decepción.

—Vaya, tampoco… tampoco sabías que el N.º 51 ha estado manteniendo un contacto fluido con su padrastro. Has estado demasiado ocupado atendiendo el frente de batalla y se te ha olvidado proteger tu retaguardia. Pero tranquilo, hackeé los informes que el N.º 51 le enviaba y no sirven para nada. Su compañero no se moja en ninguno. Creo que todavía no ha optado por qué bando decantarse, bandeándose entre dos aguas. En eso se parece a ti: ha aprendido del mejor estafador.

Bilbatúa sintió cómo la rabia se apoderaba de él. En un segundo, su rostro se cubrió de furia y agarró al joven del cuello.

—¡¿Qué sabes de Connor?! ¡¿Acaso seguías sus órdenes?!

—¡Na…da, na…da! ¡No! —balbució PR como pudo, buscando algo de aire. Con un hilo de voz, se excusó con rapidez—: Solo trabajé para Antoni a cambio de piezas para Mimi, nada más.

Bilbatúa lo soltó y se dio media vuelta, tratando de tranquilizarse. PR recuperó el aliento, entre toses. Le había apretado el cuello tan fuerte que casi se había desmayado en el acto.

—PR, eres un chico listo —siseó el general, apretando la mandíbula—. Espero que sepas desenvolverte bien en la oscuridad, porque en la Torre de Marfil vas a necesitar todo tu retintín tocacojones. Y ahora *cierra el grifo*. Te toca prestar atención.

PR asintió, entreviendo por primera vez a un Bilbatúa apesadumbrado que jamás había conocido.

—He visto cosas que no te puedes imaginar; he hecho cosas que no quieres saber… y todo ¿para qué? ¿Para que la canciller se asocie con un gánster?, ¿para que Wagner controle la información de la población? Mira, a mí nunca me ha interesado la política, pero hasta un ciego vería que a lo que hemos llegado es una auténtica locura. Robé el Núcleo 48 porque ya no podía más, porque quería acabar con todos ellos: no podía dejar que la canciller le entregara el arma a Wagner; no podía dejar que Wagner le transfiriese el control total de los metadatos a la canciller. Pensé que, si los tres mostraran su verdadera fachada, la gente reaccionaría y se percataría de que todo es una gran mentira. Te lo garantizo, llevo años dentro y *sé de primera muñeca* que han montado toda esta farsa para seguir ostentando el poder. ¿Promocionar, clasificar, evaluar, ascender? No vale para nada. Es parte de su trampa para enriquecerse a costa de los demás.

Bilbatúa parecía un anciano de cien años al que sus vivencias le pesasen demasiado. La violencia que solía envolver al agente había desaparecido de sopetón. Escondida bajo frases hechas y clichés policíacos, se encontraba una sensibilidad diferente e incomprendida que el agente siempre había camuflado.

—Echo de menos salir a pescar con mi padre —se lamentó Bilbatúa—. Antes todo era auténtico; ahora no tenemos nada que valga la pena. Todo tiene un precio y un porqué, y eso ha podrido la sociedad, acabando con nosotros mismos, con lo que nos hace únicos. Antes de la Gran Gran-Guerra, si estabas harto cogías el barco y te perdías navegando; cogías el coche y te ibas bien lejos, o comprabas el primer vuelo que saliese y te escondías donde quisieras, pero ahora todos somos presos de algo, de alguien.

PR no pudo evitar notar cómo se le despertaban sentimientos encontrados al escuchar al agente. «Un hombre capaz de matar a todo su equipo para cambiarlo todo, ¿de qué pasta está hecho? ¿Será un revolucionario como Chamorro o un demente?». Hacía tiempo que el huérfano había desterrado su ingenuidad. Sabía que el camino del cambio está lleno de barro y que las flores se reservan para los poemas de los que salen victoriosos en el campo de batalla, dejando para los vencidos un mar de lamentos a modo de consuelo.

—Entonces, ¿no querías dar un golpe de Estado? —preguntó el joven, desconcertado.

Bilbatúa lo miró sorprendido.

—Soy policía, no político, joder. Sería el peor dirigente de la historia. Además, no deseo el poder: no está hecho para mí. Desde que tengo memoria, siempre he querido ser policía. Siempre había tenido clara mi meta: detener a los malos. Sin embargo, durante muchos años he estado desorientado. No he sabido distinguir quiénes eran los enemigos y he faltado a mi deber.

Las palabras a veces cuestan demasiado, sobre todo cuando son honestas. Bilbatúa seguía luchando contra sí mismo, pero hablaba desde el corazón.

—Apoyé a esa pandilla de cabrones y he sido durante años su ramera, mientras ellos seguían destrozando más y más la ciudad. No sé en qué estaría pensando yendo contra los inocentes. Me han dado *gato por conejo* y, gracias a mí, están donde están.

—¿Tú... tú crees que habría sido diferente si no hubiesen ganado la Gran Gran-Guerra? —se animó a preguntar PR.

Bilbatúa tardó en contestar.

—Me gustaría creer que sí.

—Pero hay una cosa que no alcanzo a comprender. ¿Y si todo hubiese salido como esperabas? ¿Quién habría tomado el poder?

Bilbatúa se encogió de hombros.

—Pensaba dárselo a la gente. Nunca he tenido claro cómo, pero sé que es lo correcto. Cada uno tiene que tener derecho a vivir como quiera y a decidir cómo hacerlo. Joder, en el fondo no soy más que un bicho raro que ha tenido suerte. He sobrevivido porque sé matar y engañar a los demás, pero hay muchos otros que no son así. Por las noches los veo. Todos los que me he cargado vienen a saludarme, se cagan en mis muertos, me escupen... Todos: pobres, delincuentes; culpables o inocentes. ¡¿Qué más da?! Ninguno tenía la culpa, al menos no en el fondo. ¡Los que deberían estar *criando gusanos* son esos tres cabrones que han dedicado su vida a arruinar la de los demás, a llevar a la gente al límite!

La sinceridad del agente abrumó a PR, quien también conocía los estragos que deja el arrepentimiento en el corazón.

—Me temo que no solo ellos son culpables, general. Noso… nosotros hemos sido cómplices al contribuir con las clasificaciones, con la ruleta; con todo. Me… me gusta, ¿sabes? Siempre me ha gustado el cristal fino; cotillear a ver cómo iban los demás en la clasificación y sentirme conectado. De adolescente me metía en los juegos de promoción y allí encontraba memes sobre mí: «Payaso hijo de puta», «Rata de laboratorio», «Cucaracha». Mi consuelo era verme el primero en el *ranking*. Sus mofas no podían cambiar que fuese más listo que ellos. Quizás por eso me odiaban tanto.

—Todos odiamos al resto. Es lo que nos han enseñado. Ese es el verdadero problema y la auténtica victoria de Wagner, el conductor de esta apisonadora al que llamamos sistema. Hay que matarlo, pero no vale con pegarle un tiro, porque lo convertiríamos en un símbolo. Hay que sacar todo a la luz y que la gente abra los ojos por sí sola, o aparecerá otro cabrón para sustituirlo. Nos tiene bien agarrados a través de Skylinner. Él se descojona en su mansión, viendo cómo la ciudad se mata por ascender, mientras nosotros hacemos el canelo para intentar cambiar las cosas.

PR asintió. El silencio se adueñó de nuevo de la sala. Se habían dicho tantas cosas que el momento de la meditación había llegado. Tras un periodo de reflexión, PR encontró el camino hacia la palabra.

—Has logrado engañar a los hombres más poderosos de la Ballena. ¿Qué piensas hacer ahora?

Bilbatúa cogió aire y retomó su pose orgullosa.

—Ya te lo he dicho: liberar a los presos de la Torre de Marfil.

—Pero ¿por qué?

—Tengo que redimirme. Me he tirado media vida encerrando a la gente equivocada. *Ya es hora de coser los errores.*

A PR le pareció que el brillo de locura que los ojos de Bilbatúa emitían reflejaba destellos de heroica lucidez. Nunca había sido capaz de percibirlo hasta aquel instante, debido a los prejuicios cegadores que mantienen la venda sobre los ojos.

—¿Y qué piensas hacer ahora?

—El plan no ha variado. La relación entre Connor, la canciller y Wagner nunca ha sido peor. Es cuestión de tiempo que se destrocen entre ellos, y entonces el

Movimiento Río de Lava hará el resto. Ya está todo dispuesto.

—¿Y el Núcleo 48? ¿Se lo va entregar a los rebeldes?

Bilbatúa sonrió.

—Ellos piensan que sí, pero no lo haría ni loco.

PR no pudo evitar sonreír.

—General, una última cosa. ¿Y Carolina? ¿Dónde está?

—Tranquilo, no temas por tu amiga. Todo está dispuesto para su rescate.

La hora destrozó el espacio sin previo aviso, como una bomba atómica que cae desde el cielo sin mayor preámbulo que un leve silbido. La estruendosa alarma que sonó en el cristal del general indicó que Wagner estaba al caer. Bilbatúa puso el broche de oro para cerrar la conversación.

—Y, ahora, una última prueba de fe —dijo mientras abría el compartimento secreto de su reloj de muñeca, dejando a la vista una pastilla—. ¿Aceptas el trato?

PR cogió la cápsula y miró al general con desconfianza.

—¿Crees que vas a superar los interrogatorios, las palizas y las torturas sin ayuda externa? La píldora te dará fuerza y te hará olvidarlo todo para que en los interrogatorios no puedan descubrir nada.

—Pero, si borras mis recuerdos, ¿cómo podré infiltrarme y ayudarte en la Torre de Marfil? ¿Cómo podré recordar todo lo que hemos hablado? ¿Todo lo pasado?

—Tranquilo, te borrará la memoria durante un tiempo limitado.

—¿Cuánto?

—Eso es lo malo: no podemos estar seguros. Puede ser cuestión de días, semanas, meses o incluso años… En cada individuo actúa de una manera. Una vez ingreses en la Torre de Marfil, nuestro contacto te ayudará.

PR observó fijamente la pastilla, dudando.

—Si te quisiera muerto, ya lo estarías —se encogió de hombros el general—. Y te aseguro que el veneno sería el último de los métodos que utilizaría.

La nuez de PR bajó. Sintió que la pastilla colisionaba contra su estómago vacío, como si se hubiese tragado un bloque de cemento en vez de una cápsula. Sin previo aviso, el cocinero cayó al suelo, retorciéndose de dolor.

—¿Qué me has dado, hijo de puta?

Lo último que pudo ver con nitidez fue cómo Bilbatúa se guardaba el inhibidor de frecuencias. A los pocos segundos sus ojos, blancos como la nieve, no podían ver nada. El general sabía que la visión y la memoria no ayudarían al joven a soportar lo que estaba por pasarle en la Torre de Marfil, la prisión de máxima seguridad de la Ballena Europea.

—Confía en mí, muchacho —fue lo último que escuchó PR antes de desmayarse, envuelto en un mar de brumas del que no se despertaría en mucho tiempo.

PR
El Juicio Final

—¿Dónde está? ¡¿Dónde está?!

PR identificó la voz de Erik Wagner, que se abalanzó sobre él entre gritos. El reloj de oro que llevaba en la muñeca sonó como una serpiente cascabel atacando a su presa. El puñetazo impactó directo contra la cara del joven, tirándole de la silla al instante.

—Hijo de puta, ¡¿qué has hecho con mi hija?!

—¡Señor Wagner! —gritó detrás de él una voz grave y segura—. Tómeselo con calma.

La canciller del Origen observaba desde el quicio de la puerta cómo Wagner castigaba, golpe tras golpe, al indefenso PR. Sus zapatos rojos iban a juego con su vestido largo, que preveía tormenta en el horizonte. Cada vez que aquella mujer vestía el color de la sangre, los jinetes del apocalipsis cabalgaban hacia el fin del mundo.

A escasos cincuenta metros, en la antesala de la Corte Superior de Justicia, los preparativos para el juicio estaban a punto de concluir. El proceso se retrasmitiría en directo por todos los cristales finos de la ciudad para que la población no perdiese detalle del acontecimiento del año, como se hacía siempre que el Gobierno capturaba a un «terrorista», es decir, a un militante del movimiento rebelde. Además, tratando de alentar el fervor de las masas, la canciller había habilitado el estadio de la LID, con una capacidad de cien mil personas, para seguir el proceso en vivo. El objetivo primordial de este tipo de actos era que la ciudadanía recordase el poderío de la Cabeza y que los juicios sirviesen como correctivos para futuros disidentes. De momento, robots circenses amenizaban la espera en el interior del estadio con increíbles movimientos de luces, fuego y piruetas, ante un público entregado, que caldeaba el ambiente con cánticos sectarios.

En la Corte Superior de Justicia, Erik Wagner seguía acechando a su víctima. El empresario se había quitado la gabardina de cuero para tener mayor movilidad. La chaqueta marrón, a juego con los chinos beige que vestía, estaba manchada por gotas de sangre del acusado. Otro puñetazo cayó directo sobre el labio de PR, rompiéndoselo y decorando con su sangre los robustos zapatos de Erik, que no tardaron en golpear las espinillas del enemigo. Las garras de Wagner rodearon con fuerza el cuello del joven.

—¿Te acuerdas de mí, cocinero?

Bilbatúa hizo un ademán para detenerle, pero la canciller se lo impidió con un gesto discreto. El general movió el dedo gordo del pie derecho. Sin lugar a dudas, habría pagado una fortuna por saltarse el protocolo y darle su merecido a Erik. La habitación donde se llevaba a cabo la coacción era un despacho lujoso de cincuenta metros, decorado con maderas nobles por las paredes y mármol en el suelo. Las columnas de estilo gótico que sujetaban las esquinas tenían en sus capiteles pequeñas ballenas esculpidas en piedra.

La canciller, con un gesto despótico, indicó a Wagner que se retirase. El turno del carnicero había finalizado.

—PR, ¿me oye?, ¿me escucha? —tomó ella la palabra, mientras se movía de un lado a otro de la sala como quien juega a Marco Polo en la piscina—. Quiero que visualice mi rostro. ¿Qué ve en él?

PR, con los ojos blancos, dirigió la mirada hacia su voz. Paralizado por la reciente pérdida de visión y dolorido por la paliza propinada, sentía como el miedo limaba sus cuerdas vocales, robándole la palabra. Fue Bilbatúa quien le propinó un bofetón para sacarle de su ensoñación agónica.

—¡Contesta, imbécil!

—No… no veo nada.

Los allí presentes se quedaron anonadados al ver cómo la canciller del Origen cogía la mano del acusado y se la llevaba hasta la cara.

—¿Lo siente? —le preguntó, recorriendo las formas de su rostro con el dedo de PR.

Este retiró la mano, aterrado por la visión que su imaginación le ofreció. Aquello, en su mente, no era una mujer: era un cadáver andante.

—Caballero, no se apene por mi aspecto avejentado. Simplemente debe temblar por la huella que el tiempo ha dejado en mí. La notable experiencia que hay en él le dará una pista de lo que haremos con usted.

La canciller del Origen se acercó más. Casi podía tocar la nariz de PR cuando le susurró:

—Le garantizo que, si bien los simpatizantes de nuestra causa siempre han encontrado las puertas abiertas de nuestro hogar, los espías nunca fueron bien recibidos en la Cabeza de la Ballena. La oscuridad de la Torre de Marfil mostrará la verdad sobre quién es usted y el papel que ha desempeñado en el caso, eso se lo puedo asegurar. Ahora bien, me agrada anunciarle que somos personas razonables. Dígame, ¿dónde está mi nieto Gustav? ¿Dónde está Carolina Wagner? ¿Para quién trabaja Luscilda?

PR se quedó en silencio hasta que un golpe de Erik Wagner le sacó de su ensoñación.

—¡Contesta, asqueroso!

—No lo sé, lo juro, no lo sé.

La canciller retomó el hilo.

—Si coopera, tiene mi palabra de que reduciré considerablemente el sufrimiento que está a punto de experimentar en los interrogatorios venideros. ¿Cooperará?

PR apenas logró pronunciar un inaudible «Sí», que fue suficiente para contentar a la canciller, quien ordenó reparar las heridas del acusado con un espray de pronta sanación para que estuviese presentable ante las cámaras. El juicio debía comenzar.

—¡Lleváoslo de aquí!

El robot de seguridad desimantó la silla, le volvió a pasar el espray reparador y lo condujo fuera de la habitación. Los medios, expectantes, ansiaban ver la cabeza de niño huérfano que la canciller había cazado para ellos.

—Agente, dé la orden para que todo esté dispuesto a mi llegada. Ustedes dos —ordenó, señalando a Wagner y a Bilbatúa— no se marchen todavía.

La antesala se vació y la canciller se quedó a solas con los dos subordinados. Bilbatúa y Wagner, cuyas miradas estaban cargadas de veneno y desprecio, aguardaban las nuevas de su superior.

—Bilbatúa, actualícenos.

—Canciller, todo apunta a que PR estaba enamorado de Carolina Wagner. Tras ser despedido, mantuvo contacto con ella a través de su robot, Mimi, ganándose su confianza. Claramente tenía una obsesión enfermiza por ella, lo que le llevó a trazar un plan para raptarla. Fue entonces cuando contactó con el Movimiento Río de Lava, facilitándoles información confidencial y crucial de la casa, los horarios de la menor y su relación con Gustav, con el que estaba viviendo un romance. El Movimiento Río de Lava vio entonces la oportunidad de asestar un golpe clave a la Cabeza. Así que utilizó la influencia que tenía sobre Luscilda, una profesional que trabaja en casa de los Wagner, para que esta llevara a cabo el secuestro de ambos sin levantar sospechas. Una vez realizado el secuestro con éxito, el Movimiento se encargó de envenenar a PR con algún tipo de psicofármaco que le ha dejado ciego y ha destrozado su capacidad cognitiva, afectando a su memoria para siempre.

—Erik, ¿cuáles son tus deseos respecto al prisionero? —le preguntó abiertamente la canciller, satisfecha con el informe de Bilbatúa.

—Seré claro: quiero que ese cabronazo sufra. El general me mantendrá informado de las pruebas que se realicen y de los métodos de tortura que se lleven a cabo. Quiero comprobar si es posible que recupere la memoria y saber hasta el más mínimo detalle. Supervisaré personalmente los informes y el calendario de castigo para el cerdo. Si considero que no se adecúa al grado que debe recibir, se me permitirá modificarlo a mi voluntad. Por último, podré participar en todos los interrogatorios que se realicen y elegir el lugar y la forma. Quiero recuperar a mi hija y quiero que, en el proceso, ese paria pague las consecuencias.

El general intercedió a favor de PR, sin que la canciller le hubiera concedido la palabra.

—Me *niego en obtuso* a que delimite las acciones que se realicen contra el prisionero. No creo que sea una buena idea que Wagner se inmiscuya en nuestros procesos internos, canciller.

La guerra entre el titán y el dios todopoderoso había dado comienzo.

—La ineficiencia de este chapuzas es incuestionable —repuso Wagner rápidamente—. Lo único que ha traído es un culpable ciego, roto por la droga. Para colmo no ha dado con el paradero de su robot, que es quien podría arrojar más información sobre la situación de Carolina y de Gustav. —Erik alzó el dedo índice como si fuese una catana—. ¿Dónde está Carolina, incompetente? ¿Dónde está el Núcleo 48? ¡No pienso dejar el futuro de mi apellido en manos de un zumbado!

Bilbatúa seguía desgastando el interior del zapato.

—Señor Wagner, después de Skylinner y el escándalo de su familia, me sorprende que se atreva a exigir nada —expuso el general—. Quizás debería ocuparse de sus asuntos y no inmiscuirse en mi terreno, no vaya a tener que abrir una investigación paralela para esclarecer los hechos relacionados con sus actividades ilegales en las apuestas de boxeo.

—¡Serás hijo de puta! —estalló Erik, encarándose con Bilbatúa, que ni se inmutó.

—¡Basta ya! —intervino la canciller.

Había faltado muy poco para que se desatase una encarnizada pelea. Tras unos segundos de tensa calma, la canciller espantó las nubes de tormenta.

—¡Estoy harta de ustedes! —La tensión no disminuyó a pesar de su amenaza, pero ella continuó con su implacable discurso—: Les recordaré, por última vez, que nuestra prioridad es recuperar a nuestros seres queridos y hacernos con el control de la Ballena. Para que haya beneficio debe haber estabilidad, y para que esta sea duradera tenemos que estabilizar la situación. Eso será imposible si no dejan de pelearse entre ustedes como niños —sentenció con sobrado temple. Acto seguido, comenzó a pasearse por delante de ambos—. General, usted dará con el paradero de Carolina Wagner y de Gustav y encontrará el

Núcleo 48, de una vez por todas, o será relevado de su cargo.

Bilbatúa tragó saliva y asintió.

—Erik, volverás a retomar la actividad de Skylinner y a poner en funcionamiento el tráfico de los cristales finos. Sin datos fiables no podemos predecir qué va suceder, y eso nos hace vulnerables. Recupera el control de tu empresa o lo haré yo mediante una expropiación. Es mi última advertencia.

Wagner guardó silencio durante unos segundos, mientras la canciller aguardaba su contestación con sombrío rostro.

—Como ordene, canciller.

—Bien. Esta noche, PR será sometido al Fantasma del Túnel para ver qué es lo que sabe. Si dentro de dos días no ha cantado hasta el último de sus secretos, ya sabe, general, lo que debe hacer. En cuanto a usted, señor Wagner, no podrá supervisar los procesos en vivo, ni participar en ellos, pero sí recibirá un informe semanal y podrá dar su opinión sobre cómo proceder. Y ahora prepárense. ¡Es hora de impartir justicia! ¡Fuerza!

—¡Fuerza! —respondió Bilbatúa.

—En ese caso, lo tengo claro —musitó Erik, contradiciendo la autoridad de su superior.

—¿Qué ha dicho? —incidió la canciller, alterada.

Wagner, tras coger aire, se dirigió a la anciana con un atisbo de indecisión en el tono de voz.

—No… no asistiré al juicio.

El metal que recubría la ciudad flotante era más maleable que el rostro de la canciller en aquel instante. ¿Ni siquiera le consultaba primero una decisión como aquella?

—Creo que no podría comportarme al ver a ese hijo de puta —se explicó Erik rápidamente, refiriéndose a PR, mientras cerraba los puños con todas sus fuerzas—, insultándome con su presencia después de lo que ha hecho. Creo que será mejor que no esté en esa sala. No… no me responsabilizo de mis actos.

La canciller valoró las palabras del empresario. Solo tuvo que imaginarse las consecuencias para tomar una decisión: ¿Erik perdiendo los estribos delante de las cámaras? Pagar un par de sobornos para que los medios omitiesen la ausencia de Wagner en el proceso compensaba los posibles quebraderos de cabeza futuros. Así que, con un simple movimiento de cabeza, le dio su aprobación.

—Antes de que se marche, me gustaría entregarle algo —le dijo Erik, mientras sacaba una caja azul—. Se trata de la pluma de la familia Wagner.

Cuando la canciller se disponía a abrir el compartimento, Wagner le agarró la mano. El choque de piel contra piel la pilló por sorpresa, por lo que no pudo evitar ruborizarse ante aquel exceso de confianza.

—Me siento responsable de la desaparición de Gustav y Carolina —confesó Erik sombríamente—. Jamás me perdonaré que Luscilda me engañara. Por favor, le pido que imparta justicia con la pluma de los Wagner. Necesito pensar que la sentencia la firmamos los dos, de alguna manera.

Bilbatúa, que analizaba la situación desde fuera, pensó que los años no habían pasado en balde para el empresario. «Qué listo eres ganándote su favor, sabandija», musitó para sus adentros. Sin embargo, en contraposición, los reflejos de la canciller parecían cada vez más deteriorados. En la manada, una líder a la que le tiembla el pulso es débil, y, a ojos de Bilbatúa, la anciana se había vuelto inservible. La canciller, impulsivamente, cogió la pluma y se marchó de la sala, dejando en la habitación a Cronos y a Zeus a punto de colisionar.

—Y tú, ¿qué coño miras? —le ladró Erik con la voz rota, algo totalmente impropio de él.

—Acabemos con esto de una vez —zanjó el general, abandonando también la sala.

Bilbatúa se dirigió al punto de control, donde se supervisaba la seguridad del juicio. El antiguo anfiteatro griego estaba abarrotado. Unas doscientas personas se habían incorporado, como gesto de respeto hacia la canciller del Origen, que presidía ahora el estrado. A su derecha se encontraba el obispo de la ciudad y, a su izquierda, el delegado del pueblo; dos figuras institucionales, que, en realidad, no tenían otra función que depurar la imagen de la única y verdadera autoridad.

—¡Que empiece la sesión! —anunció ella.

Paralelamente, Bilbatúa, en el puesto de control, ponía su atención al completo en la escena.

—¿Está todo dispuesto? —le preguntó al agente encargado.

—Sí, mi general. Tenemos a treinta hombres apostados en la sala. Los robots artificieros han peinado el edificio y está todo despejado. Los francotiradores controlan el público y la sala está blindada para que la Lengua de Fuego no pueda interceder aquí.

—Procedamos, entonces.

Al instante, Bilbatúa, ayudado por el robot funcionario, activó el único panel de control de la sala. Los engranajes empezaron a girar, transformando el antiguo anfiteatro en un juzgado de última generación con proyecciones 3D en conexión directa con el estadio LID, cinco archivos y una veintena de robots buscadores de datos.

El público empezó a rugir, eufórico, y la señal se abrió a todos los cristales finos de la ciudad, convirtiendo el juzgado en un plató televisivo lleno de luces y efectos especiales.

PR, sentado en el banquillo de los acusados, sintió cómo el suelo temblaba. Al instante, una plataforma elevó al acusado por los aires mientras un redoble de tambores sonaba con fuerza. El joven, sin comprender qué sucedía y sin visión alguna, giró la cabeza en derredor, desorientado por el barullo. El robot realizador, encargado de la retransmisión del juicio, coordinaba los planos con increíble maestría. El pánico había invadido el rostro de PR, cuyo primer plano aparecía ahora en todos los cristales de la ciudad. El humano a cargo de supervisar la emisión ordenó accionar las máquinas de humo e iluminar al acusado con un haz de luz roja. El mismísimo diablo habría estado celoso de PR. El miedo que transmitía ante las cámaras con sus ojos blanquecinos, rebosantes de ceguera, la neblina que brotaba bajo sus pies y la luz rojiza tras sus costados le hacían parecer el mismísimo Hades. El robot realizador recibió una nueva orden y, tras cambiar la iluminación y poner dos columnas de haz blanco, casi celestial, sobre el jurado, cambió el plano. Un *zoom* progresivo de la sala, acercándose, poco a poco, hacia la canciller, sirvió como transición perfecta para que el juicio diese comienzo.

—Yo, la canciller del Origen, máxima responsable de la Ballena Europea, ejerzo mi derecho a juzgar el caso número 68739 que hoy nos atañe. Me dirijo al acusado PR, nacido y criado en el orfanato Pompa de Jabón del Distrito Tres, cuyo número de localizador es 12543, con el propósito de que conozca los cargos que contra él hoy se presentan. Se le acusa de robar en Skylinner; se le acusa de rapto en la mansión Wagner; se le acusa de espionaje a un miembro de la dirección de la Ballena Europea y el Partido. Por último, se le acusa de formar parte del movimiento terrorista Río de Lava y de facilitar información sensible de forma constante y premeditada para la organización. ¿Cómo se declara el acusado?

Las miradas se cruzaron en la sala. PR estaba totalmente desubicado. «¿Rapto? ¿Terrorismo?»: no podía creer lo que estaba escuchando.

—Volveré a formular la pregunta: ¿el acusado se declara culpable o inocente de los cargos?

—Inocente. Quiero un…

—¡Silencio! —gritó la canciller con todas sus fuerzas—. El acusado no puede hablar excepto que el tribunal así se lo exija. De ahora en adelante, solo su representante legal lo hará.

Al instante, alguien lanzó lo que parecía un cacho de

comida al robot encargado de la defensa de PR. Este se había quedado en estado de hibernación para descansar un poco antes de que el proceso empezara. Los años habían dejado huella en sus circuitos. Solo había que verle para percatarse de que el modelo estaba desfasado, por no decir obsoleto. En cuanto el abogado de la defensa se hubo ubicado, declaró la culpabilidad de su defendido y pidió un atenuante de la pena por haber cooperado. PR se quedó de piedra: no sabía que tenía representación legal, si es que se le podía llamar así a aquel montón de hojalata. Ninguno de los allí presentes parecía tener interés alguno en escuchar la versión de PR, el cual, de todas maneras, no recordaba nada.

—Una vez escuchada la posición del acusado y vista la gravedad de los hechos, me dispongo a deliberar un veredicto. Haremos un receso de unos minutos.

Para conceder mayor intimidad al tribunal, un telón negro cayó del techo, ocultándolos tras de sí. De inmediato sobre este apareció proyectado el número de baile que el equipo Urban Robots estaba realizando en el Estadio de la LID. Como nadie podía observar qué estaba sucediendo en el estrado, la canciller, tras dar un buen sorbo de agua, bostezó mientras se estiraba. Acto seguido, miró el reloj y pensó que dejaría pasar un minuto como periodo de reflexión y cortesía. Paralelamente, el holograma seguía proyectando las piruetas del espectáculo. El público no paraba de rugir. En el estadio, las familias comían guarrerías, cantaban, chillaban o bailaban sobre sus asientos, mientras que en la sala la situación no era muy diferente. La Ballena Europea aguardaba ansiosa al veredicto final de la canciller del Origen.

Finalmente, el telón se levantó:

—Debido a las pruebas presentadas por la acusación y a la nulidad de los testimonios de la defensa, declaro al acusado culpable de todos los cargos. Con la autoridad que me confieren Dios y la Ballena Europea, condeno al ciudadano PR a cadena perpetua. Esta se cumplirá en las dependencias de la Torre de Marfil.

Un bullicio se extendió por toda la sala. La canciller se vio obligada a pedir silencio antes de continuar.

—Por un lado, autorizo al máximo responsable de la seguridad de la Ballena Europea, el general Bilbatúa, a que realice al prisionero PR todas las intervenciones clínicas que sean necesarias para esclarecer los hechos que giran en torno a este caso. Por otro lado, se permite al padre de la desaparecida, Erik Wagner, tener acceso a toda la información del sumario y a cooperar estrechamente con las autoridades con el fin de resolver las incógnitas que rodean esta desaparición. Por último, ordeno que se someta de inmediato al condenado a la prueba del Fantasma del Túnel. Funcionario, puede llevárselo.

Un agente agarró a PR, le tapó la cabeza con una capucha negra y se lo llevó de la sala. «¿Por qué me cubrís la cara si estoy ciego?», maldijo el condenado mientras se lo llevaban. Hay cosas que no cambian con el paso del tiempo: ver cómo la noche oscura se traga la cabeza de un ser humano es un buen método intimidatorio para posibles disidentes. PR fue conducido fuera de la sala entre abucheos e insultos. Todavía no sabía que pronto se sumiría en las verdaderas tinieblas: la Torre de Marfil le esperaba.

La campaña política de terror y adoctrinamiento de la canciller había salido a pedir de boca; un espectáculo intachable, donde el vulgo se había divertido y su popularidad se había reforzado notablemente. Era experta en meterse a la ciudadanía en el bolsillo y, a estas alturas, se había convertido en la incontestable mesías de la Ballena Europea. Se incorporó y abandonó el estrado para situarse en mitad de la sala, entre una avalancha de aplausos.

—Hoy es un gran día. Por fin, después de semanas de incertidumbre, tristeza e impotencia, vemos cómo se ha hecho justicia. El acto vil que cometió el condenado será castigado, al igual que lo harán todos los cómplices que lo ayudaron, os lo garantizo.

El público, enloquecido, batía las palmas con fuerza.

—Tras duros años de trabajo para restaurar la democracia en la Ballena Europea, hemos visto cómo nuestro sistema ha sufrido una grave fisura. Es el momento de celebrar el encarcelamiento de un terrorista, pero, a su vez, ha llegado la hora de hacer autocrítica y evaluar lo sucedido. —Se dirigió lentamente hacia el lado izquierdo de la sala, con gesto serio—. El condenado llegó a trabajar en la Cabeza, poniendo en peligro no solo la vida de la familia Wagner, sino todo nuestro modelo. El terrorista ha utilizado la Ruleta del Ascenso de forma fraudulenta para propagar su mensaje de odio y muerte. Hoy quiero haceros una promesa: ¡corregiremos los fallos y perfeccionaremos el sistema! ¡Nunca más volverá a suceder algo así, no lo permitiremos! ¡No dejaremos que el Movimiento Río de Lava acabe con las clasificaciones! ¡Tenéis mi palabra!

El público comenzó a gritar: «¡No! ¡No! ¡Muerte al Movimiento! ¡Viva la canciller del Origen!». La anciana siguió moviéndose por el espacio, como Moisés lo hizo entre las aguas. Su elegante estilo, a pesar de su desgastado aspecto, lograba captar la atención de los allí presentes, generando una imagen contradictoria que irradiaba repulsión y admiración a la par.

—Lo único que nos separa de la barbarie más

depravada es nuestra querida ciudad. Un modelo justo, donde todo el mundo puede aspirar a una vida mejor a través del esfuerzo y el sacrificio. Fuerza, sumisión, superación, disciplina y humildad son las claves del éxito que nos hará construir un mundo perfecto. ¡Juntos lo conseguiremos! ¡Muchas gracias y buenas tardes!

El público empezó a vitorear a la canciller del Origen, que, levantando las manos hacia el cielo, gritó:

—¡Fuerza! Y recuerden: ¡su felicidad es nuestra felicidad!

El público incrementó la intensidad de los aplausos. Era un hecho irrefutable: la inmensa mayoría de la población adoraba a la canciller del Origen. La anciana se había convertido en toda una institución.

—¡Apoderado, traiga el acta!

El subordinado se acercó con el documento para que lo firmara y quedase zanjado el proceso. Era un protocolo arcaico que, como todas las tradiciones, se seguía respetando para dotar de cierto rigor a un acto tan intrascendente en esa época como era firmar un papel. Los robots fotógrafos no daban abasto. La canciller sacó la pluma que Erik Wagner le había entregado y enunció a los cuatro vientos, mientras la destapaba:

—¡Va por vosotros, por el futuro, por la Ballena Europea! ¡Fuerza!

—¡Fuerza!

El rugir de la ciudad amortiguó los gritos de agonía que profirió la canciller, pues, al escribir en el papel, se desencadenó una explosión que le deshizo la cara. Una vez más, la sangre pudo a la tinta. La máxima calidad de resolución permitió presenciar en alta definición cómo la anciana moría en el acto, abrasada por el regalo envenenado que Erik Wagner le había entregado. Paralelamente, en el estadio LID donde se estaba transmitiendo el proceso en directo, varios explosivos se detonaron simultáneamente, matando a gran parte de los asistentes.

Por su parte, Erik lo presenciaba todo desde la base militar C-41, situada en la Cabeza de la Ballena. Una carraspera en su garganta fue el único efecto que le produjo ver saltar por los aires a la canciller y a medio estadio. Ya no quedaban barreras que le impidiesen destapar la vitrina y hacerse con lo que realmente había ansiado desde niño: el poder.

Carolina
El Desenlace

Eran las tres menos diez de la madrugada y no había rastro de Connor Brown ni de sus perros en el pub Madis, situado en la Cabeza de la Ballena. El N.º 51, acompañado por otro agente, fumaba nervioso, consumiendo pitillos como si fueran gominolas. El pub irlandés estaba decorado como la tradición mandaba: la innumerable cantidad de cervezas vacías que adornaban las estanterías debían de haber alcoholizado a la población durante siglos. Una retransmisión forzosa por el cristal fino interrumpió el bullicio del establecimiento, todavía conmocionado por el asesinato de la canciller y la masacre en el estadio.

En la retransmisión, un hombre, enfocado en primer plano, tomó la palabra: «Buenas noches, Ballena Europea. Erik Wagner, antiguo directivo de Skylinner, asesor de la Moneda, almirante y, a partir de hoy, canciller de la Ballena Europea, tiene un mensaje que transmitirles». El hombre se echó a un lado y Wagner retomó el hilo: «Buenas noches, ciudadanía. Lo primero de todo, quiero agradecerle al capitán general del Ejército, don Manuel Sanjurjo —Señaló con la cabeza al hombre que acababa de hablar, situado ahora a su derecha—, su lealtad incondicional. Me gustaría continuar mostrando mis respetos, de igual manera, al nuevo general de las Brigadas de Atención al Ciudadano: don Bartholomäus Acker.

Las cámaras enfocaron al recién nombrado de aspecto serio y peligroso, a pesar de su avanzada edad. Wagner prosiguió: «Tras el asesinato de la canciller del Origen, el Directorio Militar que presido pasa a tomar el control de la ciudad. Desde hoy queda decretado el estado de excepción. Todos los ciudadanos deberán encerrarse en sus casas y no salir bajo ningún concepto, salvo la Cabeza de la Ballena, que sigue sin ningún tipo de restricción de movimiento. También debo comunicarles que el general Bilbatúa ha sido destituido de sus funciones por atentar mortalmente contra el Gobierno. Vi con mis propios ojos cómo, en un acto ruin y cobarde, entregó a la canciller la pluma que acabó con su vida. Hoy quiero darles mi palabra: daremos con su paradero y será castigado. No es casualidad que, tras la muerte de nuestra dirigente, el Ejército rebelde haya ocupado los distritos periféricos. El golpe de Estado perpetrado por Bilbatúa y sus aliados del Movimiento Río de Lava lleva meses planificado. Gracias a nuestra rápida reacción hemos conseguido detener su avance en el Distrito Tres y pronto serán aplastados.

Erik retrasmitía desde el Ministerio del Saber, vestido con un uniforme militar negro en el que destacaban sus doradas insignias. La iluminación de la transmisión era tenue, lo que le daba un aspecto aún más terrorífico.

«También el empresario Connor Brown, conocido coloquialmente como el Amante de los Perros, ha formado parte de este complot —continuó Wagner—. Además de ser uno de los ideólogos del atentado, ha tomado el estadio de la LID y se encuentra coordinando las tropas rebeldes en alianza con el Movimiento Río de Lava. A partir de hoy, ha pasado a ser un enemigo del Estado, y todos sus colaboradores serán considerados traidores de la Ballena. Ahora, me dirijo a la población de los distritos Dos y Uno. Sabemos que el Movimiento y la organización criminal de Connor tienen adeptos en vuestras barriadas. Os pedimos que no sucumbáis al miedo, que no cedáis ante la presión de la escoria. No permitiremos que nuestro sistema de clasificaciones caiga. Para demostrarlo, hemos decidido otorgar cien estrellas de promoción a los ciudadanos que aporten información determinante sobre el Ejército rebelde, el paradero de sus fuerzas, sus estrategias, localizaciones… Toda la información deberá ser enviada a través del siguiente hilo a Skylinner: #LaBallenaEuropeaVive#. —La frase apareció en todos los dispositivos—. Como medida excepcional, los ciudadanos del Distrito Tres serán evacuados al Cuatro con urgencia, donde se les dará asilo político. El Uno y el Dos deberán aguantar, pero no os preocupéis: nuestro ataque será inminente. Pronto seréis liberados.

Wagner rompió el plano fijo de la cámara y empezó a avanzar, cobrando mayor protagonismo.

«Se considerará enemigo del Estado a todo aquel que brinde ayuda o colaboración a la organización terrorista. Cualquier acto de sedición o traición se penará con la muerte. ¡Fuerza a través de la unión! ¡Unión a través de la fuerza! ¡Vengaremos la muerte de la canciller del Origen! Y recuerden: ¡su felicidad es nuestra felicidad!».

Un murmullo se apoderó de los clientes del bar tras haber recibido la comunicación de Wagner. A pesar de las graves consecuencias del discurso, la reacción fue liviana y ningún cliente abandonó el establecimiento. El N.º 51 se levantó a por una pinta más para aplacar la taquicardia que le embargó tras escuchar el comunicado.

—Ponme otra.

—Esta está pagada.

—¿Cómo?

—Lo que has oído, amigo —insistió el camarero—. Bébetela hasta el fondo, a mi salud. Connor os está esperando fuera.

El N.º 51 le dio un trago a la cerveza y, tras hacerle un gesto con la cabeza a su compañero, se dirigió a la puerta trasera. La penumbra del callejón a la que daba el bar era alterada por un titilante neón que centelleaba con ráfagas cada tres segundos. A lo lejos se percibía una figura, bajo el cobijo de un edificio aledaño.

—Soy yo —dijo el N.º 51, inquieto.

El viento sopló con fuerza, helando los huesos del agente. Unos hierros sueltos en algún rascacielos próximo luchaban entre sí con cada bocanada del dios Eolo, produciendo un sonido inquietante.

—Habéis cumplido bien vuestra misión. Ahora me toca a mí.

Un chasquido de dedos despertó a Muerte y a sus hermanos peludos. De la falda del edificio salieron cinco perros de presa que corrieron como espectros en la noche, espoleados por el viento. Los ladridos resonaron como truenos que estallan en el horizonte. El compañero del N.º 51 se quedó petrificado, presa del pánico. Los colmillos se dirigieron solo hacia él, y perforaron su carne como agujas que cosen el hilo fino de un vestido. Las tuberías de sangre estallaron, tiñendo el asfalto de un rojo negruzco a la luz de los neones. De lejos, la música que salía del interior del pub irlandés tapaba el murmullo del moribundo, que exhaló su último aliento.

Bajo el paraguas de la oscuridad, se encontraba Connor Brown, quien había contemplado la estampa como quien admira un cuadro de caza sin pestañear. Cansado de analizar los trazos de la escena, silbó para que sus fieles esbirros volviesen al amparo de su presencia. Estos miraban con fiereza al N.º 51, que se había subido a unos cubos de basura mientras los perros destrozaban a su compañero. Los animales obedecieron a Connor y volvieron bajo su protección. El mafioso los acarició con mimo, sin importarle sus mofletes ensangrentados.

—Deja de hacer el mono y baja de ahí, Marzo.

El agente no parecía tenerlas todas consigo. Finalmente, obedeció.

—Acércate y escucha —continuó su padrastro. Connor actuaba como si nada trascendental hubiera pasado—. El nieto de la canciller ya está en nuestra base y solo falta el traslado de Carolina al Cuerpo. Está todo dispuesto para que la entregues. No la cagues o te echaré a los perros como he hecho con el madero este. Hijo, tú tienes claro en qué bando juegas, ¿verdad?

El caos se había adueñado de la ciudad y una sombra negra se cernía sobre los habitantes de la Ballena Europea. Lo que antes era un rumor olvidado se había extendido por el cielo, como un cometa de fuego que anuncia el final de los tiempos. El recuerdo de la Gran Gran-Guerra se había avivado, cual chispa que enciende la llama antes de que todo salga ardiendo. El polvorín de los distritos más pobres, que durante años habían sido un hervidero de odio, envidia y, paradójicamente, admiración por la Cabeza de la Ballena, había explotado. El mafioso había convocado a su ejército de ratas para que fuesen a la guerra contra el golpista Erik Wagner. Connor sabía que su enemigo contaba con el apoyo del Ejército, que no había tardado en movilizar al ochenta por ciento. Además, Wagner había transformado el Ministerio del Saber en su cuartel general y Skylinner en su centro de comunicaciones, con todos los datos de la población en perfecto funcionamiento. Desde ambos espacios, controlaba la ofensiva, dejando a Connor y al movimiento rebelde arrinconados en los distritos Uno y Dos.

Tras abandonar detrás de él el callejón y al N.º 51, Connor puso rumbo hacia la zumbadora, aparcada en una calle paralela. El jadeo de su ejército perruno lo acompañaba, fiel a su lealtad, como un ruido familiar que aporta sosiego. Activó el cristal fino e hizo una llamada.

Mientras esperaba a que el receptor contestase, se chascó los nudillos un par de veces, como solía hacer antes de subir al *ring* a machacar a algún contrincante. Finalmente, alguien respondió.

—Hola, Wagner —saludó Connor.

Muerte, con los labios todavía ensangrentados, empezó a ladrar al escuchar la voz de Erik al otro lado de la línea.

—Debes de tener muchas agallas para llamarme.

—¿Agallas, yo? Matar a la canciller y masacrar el estadio, retrasmitirlo para que lo vea toda la ciudad... Eso sí que son cojones, Erik.

—Puedes respirar tranquilo: contigo no tendré tanto tacto.

—Me quito el sombrero. Nos has noqueado y ni siquiera ha sonado la campana.

Unos segundos de silencio lograron congelar el latir del corazón de Connor, que esperaba ansioso la reacción de Erik.

—Es tarde para eso, irlandés. No hay súplica que valga.

—Pero ¿por qué tenemos que llevarnos tan mal siempre? ¿Por qué tenemos que pelear innecesariamente? La canciller ya no está y ahora tú y yo podemos construir el nuevo mundo juntos. Tú en tus distritos de clase alta y yo gobernando a las ratas del Uno y del Dos.

Erik Wagner raramente sonreía, pero la disparatada idea de perdonar al mafioso le hizo emitir un gruñido que, en realidad, pretendió ser una carcajada.

—Connor, Connor... No conocía tu faceta de payaso. Siempre te había visto más bien como un chucho sarnoso, pero ¡qué sorpresa! ¡Tienes cierta guasa! —Dejó escapar otro conato de risa, que, esta vez, pareció más bien un carraspeo—. Mira, vamos a hacer una cosa: tú y tu estirpe de ratas vais a deponer las armas. Si lo hacéis en las próximas veinticuatro horas, te aseguro un puesto como bufón en mi corte.

Connor acarició con la mano a su lobero inglés.

—Eso no va a ser posible, Wagner.

Muerte volvió a ladrar.

—En ese caso, vete despidiéndote de tus chuchos sarnosos, porque los voy a asar vivos.

Una risa al otro lado de la línea sorprendió a Wagner, que no pudo evitar preguntar:

—¿Qué te hace tanta gracia, puto irlandés?

—Piensas que lo tienes todo a tu favor, ¿verdad, Erik? Siento desilusionarte, porque en realidad no puedes hacer absolutamente nada. ¿Y sabes por qué? Porque tengo lo que tú quieres.

—Un cadáver no tiene nada —sentenció Wagner, furioso.

—¿Seguro? Pensé que te gustaría echarle el guante a Bilbatúa. ¿O quizás te interesaría más recuperar con vida a la zorra de tu hija?

***

El N.º 51 y Carolina se encontraban en la puerta 563 de la Estación Central, el punto neurálgico que conectaba la Cabeza con el Cuerpo. En un día normal, la estación centralizaba miles de trayectos que interconectaban la vasta urbe en el menor tiempo posible. Aquel día era completamente anómalo. Debido al golpe de Estado de Wagner, el flujo de transportes era escaso y el número de trabajadores que querían regresar al Cuerpo con sus familiares era elevado, por lo que el lugar se hallaba completamente atestado.

—¿Estás preparada? —le preguntó el N.º 51.

«Preparada», musitó para sus adentros la joven. Los acontecimientos le habían obligado a estar preparada siempre, alerta por lo que pudiera pasar. Las humillaciones que el cocinero había sufrido en el juicio público serían una siesta entre algodones en comparación con lo que Wagner le haría si lograse dar con su paradero. «El Movimiento Río de Lava te rescatará y te dará asilo político en el Cuerpo», le había dicho PR en su última carta, antes de desaparecer. Una semana después, Luscilda le ofreció ayuda, intermediando a favor de los rebeldes. Había dos condiciones: tendría que traer a la mansión Wagner a Gustav, el nieto de la canciller del Origen y heredero de todo su imperio. A cambio del rescate, este sería secuestrado y Carolina les entregaría a los rebeldes el Cementerio de Tinta de Erik cuando estuviera a salvo.

Ella aceptó, a pesar de saber a ciencia cierta que sería utilizada como moneda de cambio. Como garantía de seguridad, Carolina había decidido proteger el Cementerio de Tinta a toda costa. Por ello, escondió el tercer tomo, el que contenía la información más sensible y determinante sobre los futuros planes de su padre, en un lugar ilocalizable. Carolina sabía que tenía que delegar esta tarea en alguien de confianza que no pudiera ser coaccionado. El segundo tomo sí lo llevó consigo: sería el que entregaría a los rebeldes cuando estuviera a salvo. Sin embargo, la información había sido encriptada con un programa de máxima seguridad que solo su contacto podría abrir. ¿En quién habría depositado tanta confianza? Por primera vez, Mimi fue capaz de tomar sus propias decisiones. Cuando Carolina le pidió ayuda y aceptó, el robot logró completar su madurez mental, construyendo un camino independiente. El sueño de PR se había cumplido: Mimi era capaz de razonar como una persona, aunque eso significara ocultar información y engañar a su creador, quien desconocía estos planes paralelos.

—Debemos separarnos para no levantar sospechas y evitar que las cámaras nos vean juntos —le recordó el N.º 51—. Tu irás por delante de mí en la fila y nos seguirá el equipo a unos puestos de distancia. No intentes ninguna estupidez: te estaremos vigilando.

Las manos sudorosas, los nervios a flor de piel, la garganta seca y el nudo; el nudo, fiel compañero de penurias, siempre presente. Sería la primera vez que pondrían a prueba el más moderno desfigurador de rostro para eludir el control de seguridad, el cual le habían implantado, borrando así cualquier rastro de la antigua Carolina Wagner. «Espero que sea tan eficaz como dicen», rezó. El escáner de retina dio luz verde. Pasó sin inmutarse al siguiente punto con sus nuevas huellas digitales. El capa negra que estaba en el escáner de rayos le hizo una pasada de arriba abajo, regalándole una patética sonrisa que escondía tintes sexuales grimosos. Luz verde. La muchacha avanzó por un pasillo ancho hacia el último control de identidad, el escalón final que le conduciría a la estación libertad. Sin embargo, Carolina vio como la fila se detenía de repente. Un superior se acercó con paso apremiante al puesto de control que la chica acababa de superar; llevaba unas insignias en el uniforme que lo distinguían de los demás. Todo el proceso se detuvo en un santiamén, mientras el mando militar daba instrucciones a los agentes. Dos minutos más tarde, el movimiento se volvió a reactivar, mientras el militar al cargo se dirigía al control de identidad, donde Carolina se encontraba.

—Señorita, adelante, adelante —le instó el agente responsable. Luego, le preguntó—: Nombre y apellidos.

—Úrsula Borrodeo Kviv.

—Número de identificación, distrito al que pertenece.

—Número 6782364, Distrito Cuatro. Calle Divino Tirano Abascal, 58, bloque 9, 20F.

—¿Motivo de su viaje al Tres?

Una estruendosa alarma interrumpió la pregunta del capa. Carolina, sobresaltada, se dio media vuelta, dirigiendo la mirada hacia el puesto de control que acababa de superar. Allí, otro capa negra reducía violentamente a dos de los hombres que la custodiaban. El N.º 51, que era el siguiente en la fila, no fue detenido: había pasado desapercibido.

—¡Eh! —le chistó a ella el agente de su puesto de control—. ¿Les conoces de algo?

—No.

Los ojos de Carolina eran totalmente inexpresivos, lo que logró tranquilizar al hombre, que prosiguió con su quehacer.

—Motivos del traslado.

—Trabajo.

—¿A qué se dedica?

—Soy sanitaria. Viajo al Tres para trabajar en un hospital de campaña.

El agente comprobó los datos y frunció el ceño. Algo no encajaba.

—Lo que me dice no concuerda con la información del sistema. En su permiso consta que se dirige a trabajar en el hospital de campaña del Cuatro, no del Tres.

Por un instante se le paró el corazón. Con los nervios se había confundido. Decidió mantener su versión para demostrar seguridad y no levantar sospechas.

—Habrá sido un error. Ya sabe que a todos nos ha pillado por sorpresa el atentado contra la canciller. Ha habido mucho caos en la central. Mi supervisora me dijo que tenía que ir al Tres.

El agente miró la preciosa sonrisa que Carolina le ofrecía.

—Sí, supongo. Esto no se lo esperaba nadie.

—Entonces, ¿puedo continuar?

—¿Sabe que se ha declarado el estado de excepción? Puede que no vuelva a la Cabeza en una larga temporada. Quizás este error administrativo le pueda servir de excusa para quedarse.

Carolina dulcificó su sonrisa, fingiendo sentirse alagada por la gentileza del agente.

—Se lo agradezco, pero no podría hacerlo. Ya sabe: el deber es el deber.

El capa negra se lo pensó unos segundos. Finalmente, accionó un botón verde, abriendo la puerta.

—Suerte.

Carolina, con aparente tranquilidad, cogió sus pertenencias y pasó de largo. Un minuto. Sin mirar atrás, apretó el paso y entró en el transbordador, al límite, justo antes de que el vehículo cerrase las puertas. El aparato se puso en movimiento y Carolina, desde la ventana del vagón, pudo ver cómo cerraban el puesto de control por el que acababa de pasar, dejando al N.º 51 atrapado en la cola.

«Atención, señores viajeros. Por orden del nuevo canciller Erik Wagner, este será el último transbordador que saldrá. Les deseamos buen viaje y recuerden: su felicidad es nuestra felicidad».

El transbordador se elevó por los aires. Acto seguido, Carolina se puso la capucha, apoyó la cabeza sobre el cristal y cerró los ojos. Las lágrimas brotaron sin control; la presa estalló: las barreras se habían resquebrajado y la tromba de agua caía sin control. «¿Qué va a ser de mí?».

No sabría decir exactamente cuánto tiempo pasó desde que se quedó dormida hasta que una mano la despertó, zarandeándola.

—Buenas noches, Carolina.

Su corazón dio un vuelco.

—Creo que se ha confundido de persona. Yo me llamo Úrsula.

El gigantesco hombre sonrió. Tenía una mirada enigmática que Carolina no supo catalogar. «¿Amigo o enemigo?».

—No te molestes en disimular, no me vas a *dar perro por liebre*. Sé perfectamente quién eres. Me ha costado mucho dar contigo, señorita Wagner.

Carolina analizó sus posibilidades: «Hombre de dos metros, ninguna salida, vagón atestado de gente: muerte segura». Se secó las lágrimas con la manga de la sudadera.

El hombre se acercó a la joven, le retiró la capucha, dejando a la vista su pelo recién teñido de rubio, y le dijo al oído:

—Soy el general Bilbatúa y he venido a ayudarte. Tu amigo PR te envía saludos.

Como respuesta, lo único que la chica fue capaz de formular fue un susurro: «Y ahora ¿qué?». Luego, Carolina clavó la mirada en la ventana, perdiéndose en el infinito.

Epílogo
El prisionero de la Torre de Marfil.
El Fantasma del Túnel.

PR se despierta. No sabe dónde está. Se toquetea la cara, asustado. «Relájate, piensa». Palpa la pared. Es irregular, viscosa; se mueve. Quita la mano de golpe. No ve nada. Afina el oído y discierne que la pared está viva: «¿Gusanos?». ¡Pánico! Se toca el cuerpo, están por todos lados. «No, no son gusanos. Son más grandes, hacen ruido y saltan. ¿Sluters? Sí, eso es. No son peligrosos. No te muevas. Comunícate». Se incorpora:

—¿Hola?

Una voz metálica contesta:

«Piensa. Solo una palabra por respuesta».

—¿Quién eres? —le pregunta PR a la oscuridad más opaca.

Se abre un pequeño tragaluz a unos cinco metros de su cabeza que ilumina el habitáculo, aunque a él la luz le es indiferente, porque sigue sin ver nada. Está en un zulo de un metro de ancho por uno y medio de largo repleto de sluters. Al abrir el conducto, empiezan a caer más y más insectos. Pide auxilio sin éxito. Los bichos dejan de aparecer cuando guarda silencio. El tragaluz se cierra. Hay movimiento de patas que chocan contra su cuerpo, trepan por su cara y se meten en su pelo. No se puede mover. Una arcada le viene, pero no tiene nada adentro. Escucha una cuenta atrás antes de que se dispare de nuevo la voz:

«El niño comadreja está sucio por fuera y roto por dentro,
recoge sus pedazos y los pasea por el cementerio.
Busca diversión que le haga divagar,
piernas, cadera, estómago, brazos.
Está a punto de
almorzar.
El niño
es una comadreja
y, por ello, roerá toda tu cabeza.
Recompondrá un chal de colores y aromas a probar.
Abrirá un inmenso túnel de sinceridad, halo de luz que has de cruzar.
Si de este acertijo enrevesado quieres escapar, la primera parte de ti deberás vomitar
¿Cuál?»

PR se sobrecoge.

—¡¿Qué es esto?! —grita, furioso.

La trampilla se abre y arroja más insectos.

—¡Socorro! ¡Socorro!

La trampilla se vuelve a abrir. Los insectos vuelan por

los aires, golpeando contra su rostro. Guarda silencio y la trampilla se cierra. Entiende el mecanismo, pero no ha prestado suficiente atención al acertijo. Su primera contestación es errónea. Se enciende la luz roja, abriendo tras de sí un compartimento distinto al anterior, que deja caer una buena cantidad de agua encima de él. Da otra contestación con la misma suerte. El agua vuelve a caer y PR, entre toses, intenta guardar la calma. Se agarra a la pared sin gran éxito y sucumbe a la desesperación.

—¡Cabrones! ¡Vais a matarme!

Al instante caen más bichos sobre él. La situación es crítica y solo puede mantenerse en pie de puntillas. «Calma. Piensa. Puedes hacerlo». Tercera respuesta: luz verde. Se abre otra compuerta y desagua todo el contenido. Del techo cae una escalera que le golpea la cabeza. A trompicones y a tientas, trepa por ella. En el exterior le espera un robot negro, situado en mitad de una pequeña habitación, que no tiene más de unos cinco metros de ancho por cinco de largo. El aparato empieza a hablar y PR se acerca a él con las manos extendidas, como el ciego novato que es.

«El niño comadreja vive de las cloacas.
Sus amigos son los conejos muertos y las ratas.
Salen los siete días de la semana
para desmelenarse por la noche, de barra en barra.
La preposición más utilizada».

PR, lleno de ira, se lanza contra el robot, lo que hace que reciba una descarga eléctrica que lo deja malherido en el suelo. El robot vuelve a repetir el acertijo, ajeno al llanto de PR. Sin previo aviso, las paredes se empiezan a mover. La estancia mengua por segundos, mientras el robot no para de repetir una y otra vez la adivinanza. PR se incorpora e invierte sus escasas fuerzas en intentar sujetar las paredes, sin éxito. El estrechamiento progresivo del habitáculo lo acerca cada vez más al robot, que emana electricidad. Aprieta los dientes como gesto de concentración. Trata de descifrar el mensaje que repite una y otra vez la máquina. Da una respuesta y las paredes comienzan a moverse con mayor velocidad. Segunda contestación: otro error. Una pared lo empuja contra el robot y este le da una descarga. Grita, presa del pánico, una tercera contestación, y las paredes se detiene de golpe. El robot abre su cabeza. Acto seguido, la voz recita:

«Comadreja
antes que belleza.
Burro
antes que
lagarto.
León seré mañana, pero nunca
osado.
¿Mi nombre es…?»

—¡Caballo! —grita él, adivinando esta vez la respuesta a la primera.

Las paredes vuelven a su ser y el robot desaparece por una trampilla, dejando solo a PR, que intuye los movimientos de la habitación por los sonidos que escucha. El joven se deja caer al suelo, derrotado. Llora tan desconsoladamente que las babas y los mocos descienden por su rostro, como el agua de deshielo corre sin freno por las laderas. Más que preguntar, grita:

—¡¿Hay alguien?! ¡¿Hay alguien?!

La puerta se abre de par en par y un haz de luz le enfoca. Se percata de la existencia de esta, porque sus ojos logran captar un leve destello. «¿Puedo ver?», se pregunta confundido, sintiendo un dolor en el pecho desconocido hasta entonces. Con dificultades, se incorpora y camina hacia el origen de la luz. Palpa el suelo hasta llegar a toparse con la figura de un hombre.

—Confiesa.

PR retrocede unos centímetros antes de suplicar:

—No sé nada. ¡Lo juro!

El hombre le pega un rodillazo en la boca.

—¡Confiesa!

—¡No… no… sé nada!

—¡Confiesa!

Otro puñetazo golpea su estómago y le hace caer al suelo. De repente, mientras se retuerce de dolor, el sonido de un disparo acalla las amenazas que el desconocido profiere. PR se queda inmóvil y empieza a notar cómo un charco de sangre mancha sus rodillas. Por un instante, siente un hálito de esperanza.

—¡Estoy aquí! ¡Ayuda!

Como si de arenas movedizas se tratase, nota el suelo en movimiento, mientras todo se tambalea a su alrededor, anunciando un final próximo. Sin previo aviso, una mano lo agarra con fuerza, destrozando todas sus ilusiones.

—Esto es solo el principio. Bienvenido a la Torre de Marfil.

Proyecto Ballena
Más Información

Si quieres seguir en contacto con Proyecto Ballena puedes informarte en:

Instagram

https://www.instagram.com/proyecto_ballena/

Tik Tok

https://www.tiktok.com/@proyecto.ballena

Spotify Proyecto Ballena

https://open.spotify.com/intl-es/artist/6sjBXd2HgrAWMHxqEhGsWA?si=F9vE7TxURnyikEEJu3nR-w

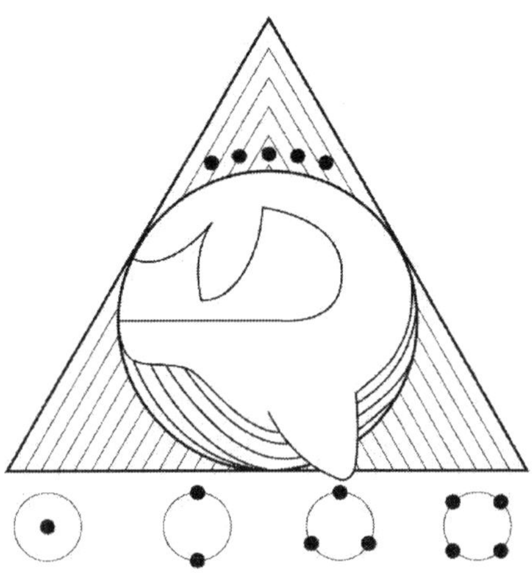

Printed by Amazon Italia Logistica S.r.l.
Torrazza Piemonte (TO), Italy

57170402R00217